les visiteurs

CLIFFORD D. SIMAK	*ŒUVRES*
DEMAIN LES CHIENS	*J'ai Lu* 373**
DANS LE TORRENT DES SIÈCLES	*J'ai Lu* 500**
AU CARREFOUR DES ÉTOILES	*J'ai Lu* 847**
LE PÊCHEUR	*J'ai Lu* 609**
LES INGÉNIEURS DU COSMOS	
LES FLEURS POURPRES	
LA CROISADE DE L'IDIOT	
TOUS LES PIÈGES DE LA TERRE	
CHAÎNE AUTOUR DU SOLEIL	*J'ai Lu* 814***
UNE CERTAINE ODEUR	
LE PRINCIPE DU LOUP-GAROU	
LA RÉSERVE DES LUTINS	
À CHACUN SES DIEUX	
L'EMPIRE DES ESPRITS	
ETERNA	
LES ENFANTS DE NOS ENFANTS	
LES ÉPAVES DE TYCHO	*J'ai Lu* 808**
UNE CHASSE DANGEREUSE	*J'ai Lu* 903***
HÉRITIERS DES ÉTOILES	
MASTODONIA	*J'ai Lu* 956***
ESCARMOUCHE	*J'ai Lu* 1005***
LES VISITEURS	*J'ai Lu* 1194***

CLIFFORD D. SIMAK

les visiteurs

traduit de l'américain par France-Marie Watkins

Éditions J'ai Lu

Ce roman a paru sous le titre original :

THE VISITORS

1. LONE PINE, MINNESOTA

George, le coiffeur, taillada l'air avec ses ciseaux, en faisant cliqueter furieusement les lames.

– Ma foi, Frank, je ne sais pas ce que vous avez, dit-il à l'homme assis dans le fauteuil. J'ai lu votre article sur ce que les types de la pêche et de la défense de la nature ont fait là-haut dans la réserve. Ça n'avait pas l'air de trop vous frapper.

– Pas tant que ça, répondit Frank Norton. Ça n'a pas grande importance. Si les gens ne veulent pas payer le permis de la réserve, ils n'ont qu'à aller pêcher ailleurs.

Norton était le propriétaire-directeur-rédacteur en chef-administrateur-distributeur-balayeur du *Lone Pine Sentinel*, le journal local dont les bureaux se trouvaient en face du salon de coiffure.

– Moi, ça m'agace, déclara le coiffeur. Ce n'est pas juste de donner à ces Peaux-Rouges tous les droits sur la chasse et la pêche dans la réserve. Comme si elle ne faisait pas partie de l'Etat du Minnesota, ni même des Etats-Unis. Maintenant, un Blanc ne peut plus aller pêcher dans la réserve avec son permis ordinaire. Il lui faut en acheter un à la tribu. Et la tribu aura le droit d'imposer ses propres règlements. Ce n'est pas juste, moi je vous le dis.

– Ça ne devrait rien changer pour les gens comme vous et moi, dit Norton. Si nous voulons aller à la pêche, nous avons une rivière à truites, là, à deux pas. Dans ce trou d'eau sous le pont, il y a des arcs-en-ciel d'une taille pas croyable.

– C'est le principe, insista le coiffeur. Les gens de la pêche et de la défense de la nature disent que la terre appartient aux Peaux-Rouges. Leur terre, merde! C'est pas leur terre. Nous leur permettons de vivre là, c'est tout. Quand vous irez dans la réserve, ils vous feront payer pour pêcher ou chasser; ils vous feront payer le permis au prix fort. Probablement plus que ce que demande l'Etat. Nous devrons obéir à leurs lois, des lois que nous n'avons pas votées. Et faites-moi confiance, ils nous harcèleront, vous verrez. Ils nous harcèleront.

– Ne vous mettez pas dans tous vos états, George, conseilla Norton. Je crois qu'ils ne harcèleront personne. Ils veulent qu'on aille là-haut. Ils feront tout pour attirer les pêcheurs. Ça fera rentrer de l'argent.

George fit claquer ses ciseaux.

– Foutus Peaux-Rouges. Toujours à râler pour leurs droits. A prendre des grands airs. A s'appeler les Américains d'origine. Plus des Indiens. Dieu de Dieu, non, maintenant ils sont des natifs américains! Et ils disent que nous leur avons pris leur terre.

Norton rit tout bas.

– Ma foi, si on réfléchit, nous leur avons bien pris leur territoire. Et quoi que vous en pensiez, George, ce sont des Américains d'origine. S'ils veulent s'appeler comme ça, il me semble qu'ils en ont le droit. Ils étaient là avant nous et nous leur avons bien pris leur terre.

– Nous en avions le droit, affirma George. Elle était là et ils n'en faisaient rien. De temps en temps, ils moissonnaient un peu de riz sauvage ou ils tiraient un canard, ils chassaient un castor rien que pour sa fourrure. Mais ils ne se servaient pas de la terre. Ils la laissaient en friche. Ils ne savaient pas comment l'utiliser. Et nous si. Alors nous sommes venus et nous l'avons cultivée. Moi, je vous le dis, Frank, nous avions le droit de la reprendre et de la faire fructifier. Nous avons le droit de prendre n'importe quelle terre qui ne sert à personne. Mais, même maintenant, on ne nous permet pas de le faire.

» Prenez ce territoire de l'autre côté de la rivière, tenez. Des arbres immenses, tout droits, qui sont plantés là depuis que Jésus était tout môme. Qui attendent qu'on les utilise. Dans le temps, je ne sais pas pourquoi, les bûcherons sont passés à côté et ils sont encore là, les arbres, comme ils étaient presque depuis la création. Des milliers d'hectares qui attendent. Des millions de stères attendant d'être sciés en planches. Il y a des compagnies, des scieries, qui veulent aller là-bas. Elles plaident pour avoir le droit d'aller couper du bois. Mais le juge dit non. On ne peut pas y toucher, c'est une forêt protégée, qu'il dit. Les Eaux et Forêts ont dit au tribunal que ces milliers d'hectares d'arbres sont un héritage national, que le patrimoine doit être préservé pour la postérité. Comment ça se fait qu'il y a tant d'histoires sur le patrimoine et la postérité?

– Je ne sais pas, avoua Norton. Ça ne me gêne pas. C'est agréable d'aller là-bas et de regarder cette forêt sauvage, de s'y promener. C'est paisible, là-bas. Paisible et assez imposant. Je trouve plaisant d'avoir cette forêt.

– Je m'en fous, je vous répète que ce n'est pas juste. Nous nous laissons bousculer. Mener par le bout du nez, par une bande de dingues de l'écologie et de cœurs tendres au cerveau ramolli qui crient que nous devons aider ces pauvres Peaux-Rouges opprimés et sauver les arbres et ne pas polluer l'air. Je me fous de ce que racontent tous ces cinglés, ces Peaux-Rouges ne peuvent s'en prendre qu'à eux-mêmes. Tous des flemmards. Pas une journée de travail honnête à eux tous. Ils ne font que paresser et râler. Ils ont toujours la main tendue. Ils prétendent tout le temps que nous leur devons quelque chose et nous avons beau leur donner, ils en réclament encore. Moi je vous le dis, nous ne leur devons rien qu'un bon coup de pied dans leur cul de plomb. Ils ont eu leur chance et ils n'en ont pas profité. Ils étaient trop bêtes, ou trop paresseux. Ils avaient tout ce sacré pays avant que les Blancs arrivent et ils n'en ont rien fait. Depuis des années, nous nous occupons d'eux et plus nous faisons pour eux, plus ils en veulent. Maintenant ils ne demandent même plus, ils exigent. C'est ce que tout le monde fait, on exige ce qu'on n'a pas. De quel droit est-ce qu'ils exigent? Pour qui ils se prennent?

» Notez bien ce que je vous dis. Bientôt ces Peaux-Rouges de la réserve vont exiger que nous leur rendions tout le nord du Minnesota et peut-être aussi une partie du Wisconsin. Tout comme ils font dans les Black Hills. Ils disent que les Black Hills et la région de Bighorn leur appartiennent. Une histoire de vieux traités d'il y a au moins cent ans. Ils racontent que nous leur avons volé leur terre et que nous n'avions pas le droit. Ils ont présenté ce projet de loi au Congrès et ils plaident pour exiger les Black Hills et le Bighorn. Et probable qu'un vieil imbécile de juge va leur donner raison et il y aura des foutus intellectuels au Congrès qui travailleront pour eux, en disant qu'ils ont des droits légaux sur la terre que les Blancs ont mis des années et des millions de dollars à faire fructifier. Tout ce que c'était, quand les Indiens la possédaient, c'était du pâturage à bisons. Vous verrez, vous verrez, dit le coiffeur en faisant cliqueter ses ciseaux. La même chose va se passer ici.

– Votre drame, George, dit Norton, c'est que vous êtes sectaire.

– Vous pouvez m'appeler comme vous voudrez, répliqua le coiffeur. Nous sommes amis et je ne m'offenserai pas. Mais je sais ce qui est bien et ce qui est mal. Et j'ai pas peur de le dire tout haut. Quand vous traitez quelqu'un de sectaire, tout ce que vous dites, c'est qu'il ne croit pas à ce que vous croyez. Vous arrivez à bout d'arguments alors vous l'insultez.

Norton ne répondit pas et le coiffeur se tut pour se mettre enfin au travail.

Dehors, les deux pâtés de maisons, de boutiques et de commerces du petit bourg de Lone Pine sommeillaient en cette fin d'après-midi d'automne. Quelques voitures stationnaient le long des trottoirs. Trois chiens se livrèrent aux rites complexes de la reconnaissance, trois vieux amis se rencontrant au coin du carrefour. Stiffy Grant, l'ivrogne loqueteux du village, était assis sur un baril de clous devant l'unique quincaillerie et s'intéressait au mégot de cigare qu'il fumait, d'une taille encore assez respectable, récupéré dans le caniveau. Sally, la serveuse du *Lone Pine Cafe*, balayait lentement le trottoir devant l'établissement, en faisant durer la corvée pour profiter le plus possible du chaud soleil. Au delà du carrefour, Kermit Jones, le banquier, arrêta sa voiture devant la station-service du coin.

Jerry Conklin, étudiant forestier qui préparait son doctorat à l'université du Minnesota, se gara à l'extrémité du pont enjambant la rivière Pine, en dessous du bourg, tira de son étui sa canne à lancer et commença à l'assembler. Quand il était passé à la station-service de Lone Pine quelques mois plus tôt, en route vers un camp de forestiers dans la forêt protégée, le pompiste lui avait parlé des truites fabuleuses, dans le trou d'eau sous le pont. Fervent pêcheur à la mouche, il avait conservé ce précieux renseignement dans sa mémoire mais n'avait pas eu l'occasion de s'en servir jusqu'à présent. Ce jour-là, il venait de faire un long détour en revenant d'un autre camp forestier où il avait passé plusieurs jours à étudier l'écologie d'une forêt de sapins encore vierge, afin de tenter sa chance au trou d'eau sous le pont.

Il consulta sa montre et vit qu'il ne pourrait y rester plus d'une demi-heure. Kathy avait deux billets pour le concert; un chef d'orchestre étranger, dont Jerry avait complètement oublié le nom, dirigerait l'orchestre et depuis des semaines Kathy attendait ce concert avec une folle impatience. Lui-même n'avait guère de goût pour ce genre de musique, mais Kathy l'adorait et elle serait furieuse s'il ne rentrait pas à Minneapolis à l'heure.

Dans sa boutique de coiffeur, George dit à Norton :

– Vous avez mis les journaux à la poste tout à l'heure. Ça doit vous sembler bon de ne pas avoir grand-chose à faire pendant huit jours.

– Vous n'y êtes pas du tout. Il ne suffit pas de claquer des doigts pour sortir un journal, même un hebdomadaire. Il faut composer la publicité et la vendre, s'occuper de l'imprimerie, écrire des articles, il y a un tas d'autres choses à faire pour boucler le numéro de la semaine prochaine.

– Je me suis toujours demandé pourquoi vous restiez ici, reprit George. Un jeune journaliste comme vous, il y a bien des endroits où vous pourriez aller. Vous n'êtes pas obligé de rester ici. Les journaux de Minneapolis vous trouveraient du travail, ils se battraient pour vous avoir, probable, vous n'auriez qu'un mot à dire.

– Je ne sais pas, dit Norton. D'ailleurs, je me plais bien, ici. Je suis mon propre patron, à mon compte. Je ne gagne pas gros, mais assez pour vivre. En ville, je serais perdu. J'ai un copain à Minneapolis. Il est rédacteur en chef du *Tribune*. Jeune, pour un rédacteur en chef, mais il a du talent. Il s'appelle Johnny Garrison...

– Je parie qu'il vous engagerait.

– Peut-être. Je ne sais pas. Ce serait dur, pour commencer. Il faut tout apprendre du journalisme dans un grand quotidien. Mais, comme je vous disais, Johnny est rédacteur en chef là-bas, il gagne beaucoup plus que moi. Seulement il a ses soucis. Il ne peut pas partir de bonne heure dans l'après-midi et aller à la pêche s'il en a envie. Il ne peut pas s'offrir une journée de repos et se rattraper le lendemain. Il a une grosse hypothèque sur sa maison, une famille qui lui revient cher. Il a des kilomètres d'embouteillage tous les matins pour aller au travail et autant le soir pour revenir. Il a de sacrées responsabilités. Il boit bien plus que moi. Il est probable qu'il doit faire un tas de choses, voir un tas de gens qui ne lui plaisent pas. Il fait de longues journées, il rapporte ses problèmes à la maison...

– Ma foi, dit le coiffeur, probable que chaque métier a ses inconvénients.

Une mouche irritée bourdonnait avec une persévérance stupide contre la vitrine de la boutique. Le bar derrière l'unique fauteuil était garni de bouteilles fantaisie, très rarement utilisées, rappel décoratif d'un autre temps. Au-dessus, un fusil de chasse 30-30 était posé contre le mur sur des crochets.

A la station-service du coin, le pompiste qui glissait l'embout de son tuyau dans le réservoir de la voiture du banquier, leva la tête et regarda par-dessus son épaule.

– Bon Dieu, Kermit, regardez-moi ça!

Le banquier leva les yeux.

La chose dans le ciel était énorme, noire, et passait très bas. Elle ne faisait aucun bruit. Elle flottait là, en descendant lentement vers le sol. Elle remplissait la moitié du ciel.

– Un de ces OVNI, dit le pompiste. Le premier que

je vois. Dieu qu'il est gros! J'aurais jamais cru qu'ils étaient si gros!

Le banquier ne répondit pas. Il était trop pétrifié pour parler. Il ne pouvait bouger un muscle.

Dans la rue, Sally la serveuse hurla. Elle lâcha son balai et se mit à courir droit devant elle, sans cesser de hurler.

Stiffy Grant, surpris par les cris, se leva en chancelant de son tonneau et se dandina jusqu'au milieu de la rue avant de voir l'énorme chose noire dans le ciel. Il renversa la tête en arrière, si loin qu'il perdit l'équilibre; cette instabilité étant due à ce qu'il avait fini un reste du tord-boyaux fabriqué par Abe Parker au fond des bois. Stiffy partit à la renverse et tomba assis au milieu de la chaussée. Il se releva précipitamment et se mit à courir. Le cigare était tombé de sa bouche et il ne revint pas sur ses pas pour le ramasser. Il l'avait oublié.

Dans sa boutique, George interrompit sa coupe de cheveux et se précipita à la vitrine. Il vit Sally et Stiffy, fuyant en proie à la panique. Laissant tomber ses ciseaux il bondit vers le mur derrière le bar pour décrocher son fusil, actionna la culasse afin de faire passer une cartouche dans le canon et se rua sur la porte.

Norton se leva du fauteuil.

– Qu'est-ce qui vous arrive, George? Qu'est-ce qui se passe?

Le coiffeur ne répondit pas. La porte claqua sur lui.

Norton l'ouvrit et s'arrêta sur le trottoir. Le coiffeur galopait dans la rue. Le pompiste accourut vers lui.

– Là-bas, George! cria-t-il en désignant un terrain vague. Ça s'est posé près de la rivière.

George s'élança dans le terrain vague. Norton et le pompiste le suivirent. Kermit Jones, le banquier, courut derrière eux, haletant et soufflant.

Norton déboucha du terrain vague sur une chaussée de gravier surplombant la rivière. En travers du cours d'eau, à la hauteur du pont, il vit une immense caisse noire, un engin gigantesque, assez long pour enjamber la rivière, une extrémité sur chaque berge. C'était un peu moins large que long et planait assez haut dans les airs au-dessus de l'eau. A première vue, c'était simplement une construction rectangulaire, sans aucun signe distinctif, une caisse peinte du noir le plus noir que Norton ait jamais vu.

Devant lui, le coiffeur s'était arrêté, il épaulait son fusil.

– Non, George, non! glapit Norton. Ne faites pas ça!

Le coup partit et presque en même temps que la détonation un éclair éblouissant jaillit de la caisse posée en travers de la rivière. Le coiffeur flamba en un instant quand cette espèce de foudre le frappa puis la lumière s'éteignit et l'homme resta quelques secondes debout, noir, calciné et fumant. Le fusil qu'il tenait devint rouge cerise et se tordit, le canon retombant comme un bout de spaghetti trop cuit. Puis George, le coiffeur, s'écroula sur le sol en une masse qui n'avait plus rien d'humain, une masse noire informe et encore fumante au-dessus de laquelle planaient quelques volutes de fumée nauséabonde.

2. LONE PINE

L'eau bouillonna sous la mouche de Jerry Conklin. Il releva légèrement la canne, mais il n'avait rien. La truite – et à en juger par l'importance du bouillonnement elle devait être grosse – s'était méfiée à la dernière seconde.

Conklin se mordit la lèvre. Les grosses étaient là, se dit-il. Le pompiste ne s'était pas trompé, il y avait des truites énormes dans ce trou d'eau.

Le soleil filtrait entre les arbres bordant la rivière. Des reflets brillants dansaient sur les minuscules vagues de la surface, provoquées par les rapides sautant des éboulis de rochers un peu plus loin en amont.

Avec précaution, Conklin ramena sa mouche, leva sa canne pour lancer de nouveau et visa un endroit juste au-delà de celui où il avait manqué la truite.

A mi-lancer, le soleil s'éteignit. Une ombre soudaine recouvrit la surface de l'eau, comme si un objet s'était interposé entre le soleil et la rivière.

Instinctivement, Conklin se baissa. Quelque chose heurta le bout de la canne à pêche levée et il sentit le choc se transmettre à sa main, il entendit l'affreux craquement du bambou. Bon Dieu, pensa-t-il, une canne de quatre-vingts dollars, la première et unique folie qu'il s'était permise.

Il regarda par-dessus son épaule et vit le carré de noirceur descendre vers lui. Le noir frappa la berge derrière lui et il perçut, dans un bruit lointain, un fracas de tôle emboutie quand la chose se posa sur sa voiture.

Il essaya de se tourner vers la berge mais trébucha et tomba à genoux, embarquant de l'eau dans ses cuissardes. Il lâcha sa canne. Puis, sans savoir comment, sans même en avoir l'intention, il se mit à courir en aval le long du trou, en glissant sur les petits galets polis du fond, l'eau clapotant dans ses hautes bottes.

L'extrémité de ce carré noir s'abattit sur la rive opposée. Du bois craqua et gémit, des clous arrachés grincèrent et le pont se désintégra. En se retournant, Jerry vit des poutres et des planches flotter dans le trou d'eau.

Il ne se demanda pas ce qui s'était passé. Dans le

chaos confus de son esprit, dans sa fuite folle, instinctive, il n'y avait pas place pour des questions. Il ne s'aperçut qu'il était sain et sauf qu'en retrouvant le soleil. Les hautes berges l'avaient protégé. La noirceur gisait en travers de la rivière, reposant sur les deux rives sans bloquer le courant.

Il atteignit l'extrémité du trou et avança dans le courant rapide et peu profond. Levant les yeux, il vit pour la première fois les dimensions réelles de l'objet. Il se dressait très haut au-dessus de lui, comme un immeuble. Douze, quinze mètres peut-être dans les airs, estima-t-il, et quatre fois plus long.

Il entendit à une certaine distance une détonation, un coup de fusil et au même instant une seule tache éblouissante apparut dans cette énorme masse noire, un éclair fulgurant qui s'éteignit aussitôt.

Mon Dieu, pensa-t-il, la canne brisée, la voiture écrasée et je suis perdu ici... et Kathy! Il faut que je me tire de là et que je lui téléphone.

Il fit demi-tour et tenta d'escalader la berge abrupte. C'était dur. Il était gêné par ses cuissardes mais il ne pouvait les ôter puisque ses chaussures étaient dans la voiture qui se trouvait là-bas, plate comme une crêpe probablement, sous la chose massive tombée sur le pont.

Avec un sifflement, quelque chose jaillit il ne savait d'où et s'enroula autour de sa poitrine, quelque chose de mince, de souple comme du fil de fer ou une corde. Affolé, il leva les mains pour l'arracher mais avant qu'il puisse la toucher, il fut soulevé dans les airs. En un instant brouillé, il vit sous lui l'eau rapide de la rivière, la longue étendue de verdure bordant les berges. Il ouvrit la bouche pour crier mais le fil de fer ou la corde ou il ne savait quoi avait chassé presque tout l'air de ses poumons et il n'avait plus de souffle.

Brusquement, il se retrouva dans l'obscurité et ce

qui l'avait attiré là n'entourait plus sa poitrine. Il était à quatre pattes, sur une plate-forme solide... solide mais pas dure, comme s'il était tombé sur un épais tapis élastique.

Il resta sur les mains et les genoux, en s'efforçant de lutter contre la terreur. Sa bouche s'emplit d'un amer goût de bile et il la ravala. Son estomac s'était noué en une boule dure et, volontairement, il s'efforça de se détendre.

Au début, il avait cru se trouver dans l'obscurité mais à présent il remarquait une faible lumière surnaturelle, une lueur bleu pâle un peu spectrale. Elle n'éclairait guère; elle était brumeuse et il devait cligner des yeux pour voir. Mais au moins cet endroit où il se trouvait n'était plus obscur et il n'était pas aveugle.

Il se redressa et tenta de discerner où il était, mais ce n'était pas commode car à la lueur bleue se mêlaient des éclats d'une autre lumière, clignotant si vite qu'il ne pouvait la distinguer, ni voir de quelle couleur elle était ou d'où elle venait. Les clignotements révélaient momentanément des formes bizarres comme il n'en avait jamais vu, ce qui était curieux, pensa-t-il, car une forme, quelle que soit sa configuration, n'était qu'une forme et ne devrait pas troubler. Il y en avait qu'il pouvait reconnaître, entre les éclairs, des rangées d'objets circulaires qu'il avait d'abord pris pour des yeux, qui pivotaient tous pour le suivre d'un regard phosphorescent, comme les yeux d'animaux, la nuit, surpris par des phares. Il sentit cependant que ce n'était pas vraiment des yeux, pas plus qu'ils n'étaient la source de la faible lueur constante qui emplissait cet endroit. Mais, yeux ou non, ils l'observaient.

L'air était sec et chaud, avec pourtant une inexplicable impression d'humidité, causée peut-être par l'odeur qui imprégnait tout. Une odeur bizarre, pas accablante, pas écœurante, mais inconfortable, d'une manière indéfinissable, comme si cette odeur pouvait le pénétrer et coller à sa peau, devenir une partie de lui-même. Il essaya de déterminer cette odeur mais n'y parvint pas. Ce n'était pas du parfum, pas non plus une nourriture. Cela ne ressemblait à rien qu'il eût déjà respiré.

L'air, tout en étant respirable, devait être pauvre en oxygène, se dit-il. Il haletait, il respirait à grands coups, il avait du mal à s'emplir les poumons.

Au début, il s'était cru dans un tunnel, pourquoi, il n'en savait rien; en regardant mieux, il vit qu'il se trouvait dans un grand espace rappelant une sinistre caverne. Il essaya de pénétrer les profondeurs de cet espace mais en fut incapable car la lueur bleue était trop diffuse et les clignotements gênaient la vue.

Lentement, avec précaution, il se mit debout, s'attendant presque à ce que sa tête heurte le plafond. Mais il put se dresser de toute sa hauteur; il y avait bien assez de place.

Au fond de son esprit, une faible idée s'anima et il s'efforça de la chasser, car ce n'était pas une chose qu'il avait envie de s'avouer. Cependant, petit à petit, elle s'imposa et il finit par l'accepter.

Il était, lui soufflait l'idée, à l'intérieur de l'énorme caisse noire tombée à cheval sur la rivière. La corde, le fil de fer ou le tentacule, ou Dieu sait quoi en était sorti. Il l'avait saisi, l'avait ramené en lui faisant traverser sa paroi pour le déposer là.

Il entendit à côté de lui un léger son, un vague claquement mou et, en tournant la tête, il vit quelque chose bouger en faisant de petits sauts. Il se pencha pour mieux voir; c'était un poisson, une truite arc-en-ciel à en juger par la forme et la taille. Elle était bien en chair et longue d'au moins quarante centimètres. Quand il tendit la main pour la prendre, elle lui parut lourde. Il l'entoura de ses doigts mais elle lui échappa et continua de tressauter sur le sol.

Bon, se dit-il, soyons réaliste. Prenons du recul et examinons la situation. Ne tirons pas de conclusions hâtives; tâchons d'être objectif.

1° : Une gigantesque noirceur était tombée du ciel pour se poser sur le pont et, à en juger par le fracas métallique, avait écrasé sa voiture.

2° : Il se trouvait dans un endroit qui pouvait être, était fort probablement, l'intérieur de la chose noire, et qui ne ressemblait à rien qu'il ait jamais vu.

3° : Non seulement lui mais un poisson avait été introduit dans cet endroit.

Il fit pénétrer, une par une, toutes ces observations dans l'ordinateur de son esprit et tenta de les coordonner. Elles ne donnèrent qu'un résultat : il était à l'intérieur, il avait été transporté ou absorbé à l'intérieur d'un visiteur de l'espace, un visiteur qui ramassait et examinait la faune de la planète où il avait atterri.

D'abord lui, puis un poisson. Et dans un petit moment, peut-être, un lapin, un écureuil, un raton laveur, un ours, un cerf, un chat sauvage. Bientôt, se dit-il, cet endroit va être surpeuplé.

Les objets circulaires scintillants qui l'observaient pouvaient être des récepteurs, qui regardaient et enregistraient, qui soutiraient des informations et les classaient, qui prenaient des notes sur lui (et sur le poisson), qui captaient chaque vibration de son cerveau, chaque frémissement de sa psyché, qui l'analysaient, déterminaient quel genre d'organisme il était, l'étiquetaient suivant un code, le classaient dans des banques de mémoire, le décrivaient en équations chimiques, cherchaient à comprendre ce qu'il était et quelle pouvait être sa fonction ou sa position dans l'écologie de la planète.

Ce n'était sans doute pas seulement les objets circulaires qui faisaient le travail. Les clignotements et les mécanismes qui les produisaient y participaient aussi.

Il pouvait se tromper, pensa-t-il. Tout bien réfléchi, il devait se tromper. Pourtant c'était la seule explication qui concordait avec les événements. Il avait vu la chose noire tomber; il avait été arraché à la rivière, il se rappelait l'eau vive sous lui quand il avait été soulevé dans les airs, les longues rangées d'arbres bordant les berges, il se souvenait d'avoir aperçu la petite ville de Lone Pine sur son plateau dominant le cours d'eau. Il se rappelait toutes ces choses et puis soudain il s'était retrouvé dans cette espèce de caverne obscure. A part l'intérieur de l'objet tombé du ciel, il n'y avait pas d'autre endroit où il aurait pu être déposé.

Si tout cela était bien arrivé, s'il ne se trompait pas, alors l'objet en travers de la rivière était vivant, ou gouverné par quelque chose de vivant et non seulement de vivant mais intelligent.

Il lutta instinctivement contre ce qu'il pensait car dans le contexte de l'expérience humaine, c'était de la folie de croire qu'une intelligence s'était posée sur Terre et l'avait aussitôt enlevé.

Il fut ahuri de constater que sa première terreur s'était dissipée. Il ne restait à la place qu'une froideur, un froid lugubre de l'âme, infiniment pire, dans un sens, que la terreur.

Une intelligence, pensa-t-il. S'il y avait là une intelligence, il devait y avoir un moyen de lui parler, de trouver un système de communication.

Il essaya de parler mais les mots se figèrent avant que sa langue puisse les articuler. Il fit un nouvel effort et les mots vinrent, mais dans un chuchotement. Il essaya encore et cette fois les mots résonnèrent et se répercutèrent dans la caverne.

– Hé ho! cria-t-il. Il y a quelqu'un? Y a-t-il quelqu'un par ici?

Il attendit et ne reçut pas de réponse, alors il cria encore plus fort, il hurla à l'intelligence qui devait être là. Les mots éveillèrent des échos qui se turent bientôt. Les objets circulaires évoquant les yeux l'observaient toujours. Le clignotement persistait. Mais personne, ou rien, ne répondit.

3. MINNEAPOLIS, MINNESOTA

Assise à sa machine à écrire dans la salle de rédaction du *Tribune*, Kathy Foster tapait son article, une histoire stupide sur des gens stupides. Elle maudissait Johnny qui l'avait envoyée pour couvrir ça. Il devait y avoir d'autres reportages qu'il aurait pu lui confier, des reportages moins bidons que celui-là, moins mystico-bêlants. Les Amoureux, ils s'appelaient, et elle croyait revoir l'innocence ensommeillée de leur regard, entendre le flot de préciosité intarrissable : l'amour est tout, l'amour conquiert tout, l'amour englobe tout. Il suffit d'aimer quelqu'un ou quelque chose assez fort et assez longtemps pour que votre amour vous soit rendu. L'amour est la grande force de l'univers, plus que probablement l'unique force significative, le tout-être, le tout-essence de tout. Et pas seulement les gens, pas seulement la vie vous répondraient. Si l'on aimait une matière, une énergie, quelle qu'elle fût, elle vous aimerait en retour et, en conséquence, ferait tout ce que vous voulez, au point de désobéir à toutes les lois empiriques (qui, prétendaient-ils, n'existent peut-être pas), fonctionnerait de n'importe quelle manière, ferait n'importe quoi, irait n'importe où, resterait n'importe où, exaucerait tous vos désirs. Mais pour y parvenir, lui avaient-ils déclaré gravement, l'innocence brillant dans leurs yeux, on devait s'efforcer de comprendre la vie, la matière, l'énergie, etc., et de l'aimer afin qu'elle prenne conscience de vous. C'était ça le drame aujourd'hui, disaient-ils. Personne n'a suffisamment de compréhension, mais la compréhension peut être obtenue par la force de l'amour. Quand l'amour est assez profond pour apporter la compréhension, alors en vérité l'homme est maître de l'univers. Mais cette maîtrise, disaient-ils, ne doit pas être un contrôle pour le contrôle seul, mais servir à perfectionner la compréhension et l'amour de tout ce qui composait l'univers.

Cette fichue université, pesta Kathy, est un bouillon de culture pour tous ces pseudo-penseurs qui cherchent une signification là où il n'y en a pas, qui usent de cette recherche d'une signification inexistante comme moyen de fuir la réalité.

Elle leva les yeux vers la pendule. Près de quatre heures et Jerry n'avait pas téléphoné. Il avait dit qu'il l'appellerait pour l'avertir qu'il était en route. Il savait qu'elle comptait sur ce concert. Depuis des semaines, elle en rêvait. Bien sûr, Jerry n'aimait pas la musique symphonique mais pour une fois, il pourrait bien faire ce qu'elle voulait, même s'il passait la soirée à bâiller. Elle avait fait des tas de choses, elle était allée dans des tas d'endroits qui ne lui plaisaient pas, simplement parce qu'il le lui demandait. Les matchs de catch, Dieu du ciel, les matchs de catch!

Un garçon bizarre, se dit Kathy, bizarre et par moments exaspérant mais adorable quand même. Jerry et ses éternels arbres! Il vivait pour les arbres. Comment diable, se demandait-elle, un homme adulte pouvait-il tellement se passionner pour les arbres? D'autres gens se prennent de passion pour les fleurs, les animaux, les oiseaux; Jerry, c'était les arbres. Il en était dingue. Il les aimait et semblait les comprendre et par moments, se dit-elle, il avait même l'air de leur parler.

Elle arracha la page finie, introduisit un nouveau feuillet et se remit à marteler les touches. Elle bouillonnait de rage, elle étouffait de dégoût. Quand elle remettrait son article, se promit-elle, elle dirait à Johnny qu'à son avis il devrait être mis au frigo ou, mieux encore, à la corbeille comme ça personne ne pourrait le récupérer si les nouvelles étaient minces et s'il fallait boucher un trou.

Au bout de la salle, John H. Garrison, rédacteur en chef, était assis dans son bureau et regardait dans le vague. La plupart des tables étaient inoccupées et il passa en revue sa rédaction : Freeman couvrait la réunion de la commission de l'aéroport qui n'aboutirait à rien, fort probablement, encore qu'avec toutes ces histoires sur les besoins de nouvelles pistes, elle dût être couverte; Jay était à la clinique Mayo à Rochester, pour l'article sur les nouvelles procédures de lutte contre le cancer qu'on y mettait au point; Campbell n'était pas revenu de la mairie, où il perdait son temps à une réunion de l'administration des parcs qui, comme celle de l'aéroport, allait certainement finir en eau de boudin; Jones était parti dans le Dakota du Sud pour enquêter sur la controverse des Black Hills et les Indiens et rassembler du matériel pour un grand papier du dimanche; Knight assistait au procès Johnson; Williams interviewait dans la banlieue de Wayata une vieille bonne femme qui prétendait avoir cent deux ans (et qui ne les avait sûrement pas); Sloane était pris par la fuite de pétrole à Winona... Bon Dieu, se demanda Garrison, et si une grosse affaire survenait brusquement? Mais ça, il savait que c'était improbable. La journée avait été mauvaise et elle ne s'améliorait pas.

Il demanda à Jim Gold, rédacteur en chef adjoint :

– De quoi est-ce que le budget a l'air, Jim?

Gold examina la feuille de papier sur sa machine.

– De pas grand chose. Vraiment pas grand chose, Johnny.

Un téléphone sonna. Gold allongea le bras, parla à voix basse et dit :

– Pour toi, Johnny. Sur la deux.

Garrison décrocha son téléphone et appuya sur un bouton.

– Garrison, annonça-t-il.

– Johnny, ici Frank Norton. De Lone Pine, tu te souviens?

– Frank! s'écria Garrison avec une joie sincère. C'est chouette de t'entendre. L'autre jour encore, je parlais de toi à des copains d'ici. Je leur racontais ta combine épatante. Ton propre patron, la pêche à la truite à deux pas de chez toi. Un de ces jours, tu vas me voir arriver avec ma canne à lancer. Qu'est-ce que tu en dis, Frank?

– Johnny, dit Norton, je crois que j'ai quelque chose pour toi.

– Dis donc, tu as l'air excité. Qu'est-ce qui se passe?

– Il se peut que, peut-être, nous ayons un visiteur de l'espace. Je ne suis sûr de rien...

– Vous avez quoi? rugit Garrison en se redressant dans son fauteuil.

– Je ne suis sûr de rien, mais quelque chose de gros est descendu du ciel. Ça s'est posé en travers de la rivière. Ça a mis le pont en miettes.

– C'est toujours là?

– Oui, oui. Là où ça a atterri, il y a à peine dix minutes. C'est énorme. Enorme et noir. Le patelin est fou. Tout est sens dessus dessous. Un homme a été tué.

– Tué? Comment a-t-il été tué?

– Il a tiré sur la chose. Elle a riposté. Elle l'a calciné, en cendres. Sous mes yeux. Je l'ai vu là debout tout fumant.

– Dieu de Dieu, murmura Garrison. Quelle histoire, et juste devant ton nez.

– Johnny, dit Norton, je ne peux être certain de ce qui se passe. Il y a trop peu de temps que c'est arrivé pour qu'on sache. J'ai pensé que tu voudrais peut-être envoyer quelqu'un pour prendre des photos.

– Bouge pas, Frank, quitte pas. Je vais m'en occuper tout de suite. Mais avant je veux te passer quelqu'un de la rédaction. Tu lui raconteras ce qui est arrivé. Dis-lui tout. Quand tu auras fini, ne raccroche pas. Je vais mettre la main sur un photographe et prendre des mesures.

– Bon, je ne quitte pas.

Garrison tendit le combiné à Gold en expliquant :

– Frank Norton est au bout du fil. C'est le propriétaire et le rédacteur d'un hebdomadaire local, à Lone Pine. Un vieux copain à moi, nous étions à l'école ensemble. Il dit que quelque chose est tombé du ciel, là-bas. Un homme a été tué. C'est tombé il y a un quart d'heure environ. Note tout ce qu'il te dira et puis dis-lui de ne pas raccrocher, je veux encore lui parler.

– Je vais le prendre chez moi, répondit Gold en décrochant son téléphone. Mr Norton? Je suis Jim Gold, rédacteur en chef adjoint...

Garrison pivota dans son fauteuil et s'adressa à Annie Dutton, la secrétaire de rédaction.

– Annie, appelle les types des charters. Vois s'ils peuvent nous préparer un appareil. Pour aller à... Quelle est la ville possédant une piste, la plus proche de Lone Pine?

– Bemidji, répondit Annie. C'est la plus près.

– Bon. Trouve une agence de location de voitures à Bemidji et arrange-toi pour qu'une voiture nous attende. Nous leur téléphonerons plus tard pour leur dire à quelle heure.

Annie décrocha et commença à former un numéro.

Garrison se leva, contempla la salle de rédaction et poussa un soupir.

Finley là-bas dans un coin, tapant un article avec un doigt, mais Finley était un stagiaire, un bleu archibleu. Sanderson, mais elle ne valait guère mieux et elle avait l'habitude de faire trop de littérature. Un de ces jours, se dit-il, il faudra qu'elle la perde, cette habitude, sinon la porte. Jamison, mais Jamison était le contraire d'un rapide. Parfait pour une enquête en profondeur mais trop lent et méticuleux pour une histoire qui démarrait sur les chapeaux de roue.

– Kathy! rugit-il.

Kathy Foster sursauta, cessa de taper, se leva et se dirigea vers le bureau de Garrison en essayant de maîtriser sa colère. Jerry n'avait pas encore téléphoné et son article, tel qu'elle l'écrivait, paraissait de plus en plus idiot. Si elle devait rater le concert...

Gold était à un téléphone, il écoutait, il parlait de temps en temps, tout en tapant d'une main, en prenant des notes. Annie était à un autre appareil. Garrison s'était rassis et formait un numéro.

– Garrison, dit-il au téléphone. Nous avons besoin d'un bon photographe. Qui avez-vous sous la main?... Où est Allen? C'est un reportage extérieur. Important. Priorité absolue... Ah merde! Vous voulez dire qu'Allen n'est pas là. C'est le gars qu'il nous fallait. Où est-il? On ne peut pas le joindre?... Oui, j'oubliais. C'est vrai, il est en vacances. Bon, alors envoyez celui-là.

Il raccrocha et annonça à Kathy :

– J'ai quelque chose pour toi.

– Pas maintenant. Pas ce soir. Pas d'heures supplémentaires. J'ai presque fini ma journée. Et j'ai des billets pour le concert de ce soir.

– Mais, nom de Dieu, ça pourrait être important! Le reportage le plus important que tu aies jamais eu. Peut-être notre premier visiteur de l'espace...

– Le premier visiteur de l'espace?

– Enfin, peut-être bien que oui, peut-être bien que non. Nous ne savons pas encore...

Gold lui tendit le téléphone. Il le prit vivement.

– Une minute, Frank, je suis à toi tout de suite.

– Un avion attendra, prêt à décoller, dit Annie. Il y aura une voiture à Bemidji.

– Merci. Qu'est-ce que tu as eu, Jim?

– Bonne histoire, à ce qu'on dirait. Solide. Des tas de faits. Des tas de détails. Ça paraît excitant. Quelque chose est vraiment tombé du ciel là-bas.

– Assez solide pour qu'on y aille?

– A mon avis, oui, déclara Gold.

Garrison pivota vers Kathy.

– Ça me fait mal de te demander ça, mais il n'y a personne d'autre. Personne sur qui je puisse mettre la main assez vite. Tout le monde est sur des coups. White et toi vous prenez un avion pour Bemidji. Une voiture vous attendra là-bas. Le *scoop*, je te le garantis. Ta signature. Tout le bazar. Vous devriez arriver à Lone Pine vers 6 heures ou avant. Téléphone avant 8 heures. Comme ça nous pourrons faire la première édition, avec ce que vous aurez.

– D'accord. A la condition que tu achètes ces deux billets. Pas question que je perde le prix de ces billets.

– Bon, bon, je les rachète. Je trouverai bien un moyen de le passer sur la note de frais, grogna Garrison en prenant son portefeuille. Combien?

– Trente dollars.

– C'est trop. C'est plus que tu ne les as payés.
– Ce sont de bonnes places. Et d'ailleurs, c'est ce que tu devras les payer.
– Ça va, ça va. Tiens...
– Et si Jerry Conklin téléphone, arrange-toi bien pour qu'on lui explique ce qui s'est passé. Je devais sortir avec lui ce soir. Promis?
– Je te le promets, dit Garrison en lui tendant l'argent puis il reprit le téléphone. Des détails de dernière minute, Frank... Tu as entendu? Il y aura quelqu'un là-haut vers 6 heures. Je leur dirai d'aller te voir. Mais comment se fait-il? Tu as un journal à toi. Pourquoi nous donner tout ça?
– C'est mon jour de parution, aujourd'hui. Je ne sors plus avant huit jours, même heure. Ce genre d'affaire n'attend pas. Je voulais te donner de l'avance. Deux voitures de la police routière sont arrivées en trombe il y a quelques minutes. A part ça, tout est pareil.
– Tu voudrais bien nous tenir au courant? demanda Garrison. Jusqu'à ce que nos gens arrivent là-bas? S'il y a du nouveau, tu nous passes un coup de fil.
– Avec plaisir, dit Norton.

4. WASHINGTON, D.C.

La journée avait été rude. La presse, à la conférence, avait été remontée à bloc. La plupart des questions concernaient le mouvement de la *Native American Association* pour la restitution aux tribus fédérées des Black Hills du Dakota du Sud et de la région de Bighorn dans le Montana, mais il y avait eu pas mal de harcèlement aussi à propos de l'énergie, à propos de la proposition du gouvernement de développer une centrale d'énergie solaire dans le désert du Sud-Ouest et son désir d'accorder des crédits importants à un système de transmission cryogénique. La presse était partie indignée par des réponses jugées peu satisfaisantes mais, se dit David Porter, ce n'était pas nouveau. Depuis plusieurs mois, il exaspérait ou écœurait les journalistes. Il était certain que d'un jour à l'autre il y aurait une campagne menée par quelques factions des medias pour le faire virer.

Un silence était tombé sur le bureau de presse, à peine troublé par les téléscripteurs alignés contre le mur qui marmonnaient entre eux, en continuant de cracher les faits et gestes du monde. Marcia Langley, l'assistante de Porter, rassemblait et rangeait ses papiers, se préparant à partir. Sur son bureau, le petit standard était calme; pour la première fois de la journée aucun voyant ne clignotait pour annoncer des appels. C'était la paix qui régnait au moment de sa synthèse des informations. Les dernières éditions du soir étaient bouclées, celles du matin en cours.

La salle s'assombrissait. Porter alluma sa lampe de bureau, qui révéla un désordre de papiers. En les regardant, il gémit. La pendule marquait près de 17 h 30. Il avait promis d'aller chercher Alice à 19 h 30, et cela ne lui laissait guère de temps pour mettre son travail d'écritures à jour. Il y avait un nouveau restaurant dans le Maryland que des amis d'Alice lui avaient recommandé et depuis plusieurs semaines elle en parlait de temps en temps. Ils devaient y aller ce soir. Il se carra dans son fauteuil et songea à Alice Davenport. Son père le sénateur, et Porter ne s'étaient jamais bien entendus mais jusqu'à présent le vieux n'avait pas fait d'objections à ce qu'il sorte avec sa fille. Ce qui, pensait Porter, était assez chic de sa part. En dépit de son ascendance, cependant, Alice était très bien. Amusante, gaie, spirituelle, bien informée. Sauf sa regrettable tendance, par moments, à se lancer dans de longues discussions partisanes sur son engouement social du jour. Actuellement, c'était les prétentions indiennes aux Black Hills et au Bighorn, qu'elle croyait passionnément devoir être restitués aux tribus fédérées. Quelques mois plus tôt, c'était les Noirs d'Afrique du Sud. Tout cela venait, pensait aigrement Porter, d'une formation trop poussée dans des disciplines peu recommandables. Elle ne parlait pas toujours de ces questions et ce soir, peut-être s'abstiendrait-elle. Depuis quelques mois, ils avaient passé de très bons moments ensemble car Alice, quand elle n'endossait pas sa tenue de croisade, était d'agréable compagnie.

Il ne lui faudrait guère plus d'une demi-heure, estima-t-il, pour dégager plus ou moins son bureau, s'il s'appliquait. Cela lui donnerait le temps de rentrer chez lui prendre une douche, se raser et se changer. Pour une fois, se promit-il, il irait chercher Alice à l'heure. Mais, d'abord, il avait besoin d'un café.

Il se leva et traversa la pièce.

– Savez-vous, demanda-t-il à Marcia, s'il reste du café au petit salon?

– Probablement. Il pourrait y avoir aussi des sandwiches mais ils seront rassis.

– Tout ce qu'il me faut, c'est du café.

Il était arrivé au milieu de la salle quand un des téléscripteurs fut soudain animé d'une agitation démente. Une sonnerie retentit, stridente et insistante, réclamant l'attention.

Il tourna les talons et se dirigea rapidement vers l'appareil. Il vit que c'était *l'Associated Press*. L'imprimante, courant sur le papier, tapait une suite de bulletins.

Puis : BULLETIN - SELON RAPPORTS UN OBJET VOLUMINEUX SERAIT TOMBE DU CIEL DANS LE MINNESOTA.

L'appareil s'arrêta, la touche frémissante.

– Qu'est-ce que c'est? demanda Marcia en le rejoignant.

– Je ne sais pas. Peut-être un météorite, répondit Porter. (Et s'adressant à l'appareil :) Allez, allez. Raconte-nous ce que c'est.

Le téléphone sonna aigrement sur son bureau. Marcia décrocha.

– D'accord, Grace, je vais lui dire.

Le téléscripteur se ranima : CE QUI POURRAIT ÊTRE NOTRE PREMIER VISITEUR DE L'ESPACE A ATTERRI AUJOURD'HUI PRES DU BOURG DE LONE PINE DANS LE NORD DU MINNESOTA...

– C'était Grace au téléphone, annonça Marcia. Le Président vous demande.

Porter hocha la tête et s'éloigna du téléscripteur. Les sonneries des autres appareils commencèrent à se faire entendre mais il continua de marcher jusqu'à la porte et dans le couloir.

Quand il entra dans l'antichambre, Grace désigna la porte de la tête.

– Vous devez entrer directement.

– Qu'est-ce qui se passe, Grace?

– Je ne sais trop. Il parle au chef d'état-major de l'armée. Une histoire de nouveau satellite qui a été découvert.

Porter traversa l'antichambre, frappa, tourna le bouton et entra.

Le Président des Etats-Unis, Herbert Taine, raccrochait le téléphone. Il indiqua un fauteuil à Porter.

– C'était Whiteside, dit-il. Il a le feu aux fesses. Paraît qu'une de nos stations d'observation a aperçu quelque chose de nouveau sur orbite. D'après le général, quelque chose de si énorme que ça fait peur. Pas à nous, dit-il. Très peu probable aussi que ce soit soviétique. Trop gros pour qu'eux ou nous l'ayons lancé. Nous n'avons ni les uns ni les autres de puissance de lancement suffisante pour mettre sur orbite quelque chose d'aussi gigantesque que ce que les observateurs ont vu. Whiteside est dans tous ses états.

– Quelque chose qui vient de l'espace? demanda Porter.

– Whiteside n'a pas dit ça. Mais c'était ce qu'il pensait. C'était évident. Il est sur le point de craquer. Il va venir ici dès qu'il pourra.

– Quelque chose est tombé, ou a atterri, je ne sais pas, dans le nord du Minnesota. Ça commençait à tomber sur le téléscripteur quand vous avez téléphoné.

– Vous croyez que ça pourrait avoir un rapport?

– Je ne sais pas. Il est trop tôt pour savoir ce qui se passe dans le Minnesota. Je n'ai eu que le début de la dépêche. Ce n'est peut-être qu'un gros météorite. De toutes façons, apparemment, quelque chose est descendu du ciel.

– Bon sang, Dave, nous avons assez d'ennuis sans ça, bougonna le Président.

– Entièrement d'accord, monsieur le Président.

– Comment s'est passée la conférence de presse d'aujourd'hui?

– Ils m'ont fait passer un mauvais quart d'heure. Il était surtout question des Black Hills et de la situation de l'énergie.

– Vous vous en êtes bien sorti?

– Monsieur le Président, je fais mon travail, je suis payé pour ça.

– Oui, sans doute. Mais ce n'est pas facile.

On frappa à la porte, elle s'entrouvrit et Grace passa la tête.

– Marcia m'a remis ça, dit-elle en agitant un feuillet arraché à un téléscripteur.

– Donnez.

Elle le porta au Président qui le parcourut rapidement et le fit glisser sur le bureau vers Porter.

– Ça ne tient pas debout, grogna-t-il. Une grande caisse noire, paraît-il, posée sur un pont. Un météorite n'aurait pas l'air d'une caisse noire, quand même?

– Difficilement. Un météorite tomberait avec une sacrée force. Il creuserait un monstrueux cratère.

– Comme n'importe quoi. Tout ce qui tomberait du ciel. Un satellite endommagé...

– C'est ce que je pense. Ils tomberaient très vite et creuseraient un cratère. S'ils étaient gros.

– Celui-là paraît gros.

Les deux hommes se dévisagèrent, de part et d'autre du bureau.

– Croyez-vous..., commença le Président. (Il s'interrompit quand l'interphone bourdonna; il leva la manette.) Qu'est-ce que c'est, Grace?

– Le général Whiteside, monsieur le Président.

– D'accord, passez-le-moi.

Il décrocha son téléphone en disant à Porter, du coin de la bouche :

– Il a entendu parler du truc du Minnesota...

Il dit quelques mots à l'appareil puis il écouta. De son fauteuil, Porter percevait le bourdonnement et le torrent de paroles que déversait l'interlocuteur au bout du fil. Enfin, le Président dit :

– Bon, très bien. Ne nous affolons pas. Appelez-moi dès que vous aurez du nouveau.

Il raccrocha et se tourna vers Porter.

– Il y croit. Quelqu'un de la Garde Nationale lui a téléphoné du Minnesota. Il a dit que la chose est descendue et s'est posée, qu'elle ne s'est pas écrasée, qu'elle est toujours là, qu'elle est de la taille d'un bon immeuble, toute noire, comme une immense caisse.

– C'est drôle, murmura Porter. Tout le monde l'appelle une grande caisse.

– Dave, demanda le Président, que ferons-nous si par hasard c'est un visiteur de l'espace?

– Nous jouerons ça au pifomètre, monsieur le Président. Nous prendrons les choses comme elles viennent. Pas de panique.

– Nous devons rassembler de l'information précise rudement vite.

– Oui. Les dépêches d'agence nous en donneront. Nous devrions envoyer une équipe sur place pour enquêter, dès que possible. Avertir le FBI à Minneapolis.

– La région doit être surveillée. Nous ne pouvons pas laisser le public grouiller partout, gêner tout le monde. Grace, dit le Président à l'interphone, demandez-moi le gouverneur à Saint-Paul.

Puis il regarda Porter.

– Ce qui me fait peur, c'est la panique.

– Les premiers journaux télévisés du soir vont passer d'ici une heure, ou moins, dit Porter en consultant sa montre. En ce moment même, ils doivent déjà diffuser des flashes. La nouvelle se répandra vite. J'imagine que mes téléphones sont en train de sonner. Pour connaître la réaction de la Maison Blanche, je vous demande un peu! Ils en savent probablement plus long que nous.

– Marcia est toujours là?

– Elle se préparait à partir, mais plus maintenant. Avec cette histoire, elle restera. C'est une vraie pro.

– Nous pourrons avoir besoin d'une déclaration.

– Pas encore, conseilla Porter. Pas de précipitation. Ne tirons pas de la hanche. Nous devons en savoir davantage...

– Quelque chose à donner à la population, insista le Président. Lui faire savoir que nous faisons tout ce que nous pouvons.

– Les gens ne vont pas commencer à se demander

tout de suite ce que nous faisons. Ils seront suffisamment agités par la nouvelle elle-même.

– Une conférence de presse, peut-être?

– Peut-être. Si nous en savons assez avant la fin de la nuit. Si je comprends bien, personne n'est au courant de cet objet sur orbite? Seulement Whiteside et nous, et, naturellement, les observateurs. Mais ils ne diront rien.

– Il y aura des fuites, assura le Président. Avec un peu de temps, tout finit par fuir.

– J'aimerais qu'on l'apprenne par nous, dit Porter. Nous ne voulons pas donner l'impression qu'on étouffe ça. C'est ce que ceux qui croient aux OVNI répètent depuis des années – que l'information concernant les OVNI a été étouffée.

– Je suis d'accord. Vous feriez mieux d'annoncer une conférence de presse. Allez mettre tout ça en mouvement. Et puis revenez me voir. Je ne serai peut-être pas seul, mais faites irruption quand vous serez prêt. A ce moment, nous devrions avoir de nouveaux renseignements.

5. LONE PINE

Le poisson n'était plus là. Le lapin avait sautillé dans l'obscurité et il revenait maintenant, par petits bonds prudents, le nez frémissant; un lapin fort perplexe qui devait se demander, pensa Jerry, dans quel carré de serpolet il avait pu tomber. Le raton laveur grattait le sol et s'y frottait le museau. Le rat musqué avait disparu.

Jerry avait un peu exploré, avec précaution, mais sans jamais s'éloigner au point de perdre son sens de l'orientation de l'endroit où il avait été déposé. Il n'avait rien découvert. Quand il s'était approché de certaines formes bizarres révélées par le clignotement lumineux, elles avaient reculé et s'étaient aplaties, enfoncées dans le sol. Il avait examiné les cercles qu'il avait pris pour des yeux. Au début, il croyait qu'ils étaient encastrés dans les parois mais les avait trouvés en suspension. Il pouvait passer une main au travers sans rien ressentir et sans les modifier. La source lumineuse demeurait circulaire et continuait de l'observer. Ce n'était ni froid ni chaud, ne provoquait aucune sensation.

Le clignotement persistait tout comme la lueur bleu pâle. Jerry avait l'impression de voir un peu plus clair, probablement parce que ses yeux s'étaient adaptés à l'éclairage diffus.

A plusieurs reprises, il avait essayé de parler à la singulière présence qu'il sentait là, mais n'avait reçu aucune réponse, pas la moindre indication qu'il ait été entendu. A part la sensation d'être observé, aucun signe ne lui prouvait que quelqu'un ou quelque chose avait conscience de lui. Il n'avait pas le sentiment d'une présence hostile ou dangereuse. Curieuse, peut-être, mais pas plus. Il respirait toujours l'odeur inconnue mais il s'y était plus ou moins habitué et n'y faisait plus guère attention.

La terreur et l'appréhension l'avaient abandonné, remplacées par une sorte d'engourdissement fataliste et de l'étonnement que pareil événement puisse se produire. Comment était-il possible, se demandait-il, qu'il se fût ainsi trouvé dans le temps et l'espace pour qu'une chose aussi incroyable lui arrive? De temps en temps, il pensait à Kathy et au concert, mais comme il ne pouvait remédier à cela, la pensée était vite chassée par le souci de son propre sort.

Il lui semblait par moments détecter une espèce de mouvement dans la structure où il se trouvait emprisonné. Deux fois, il avait perçu une secousse, un vague roulis comme s'il se produisait un déplacement violent. Cependant, il ne pouvait en être certain. Il se dit que ce n'était peut-être que des circonvolutions, certains ajustements biologiques de l'organisme.

C'était là l'importante question : était-ce biologique? Il n'y avait rien eu au début, au moment où la chose était tombée du ciel, pour indiquer qu'elle le fût, ni même à présent. Cela pourrait être plutôt une machine, un appareil programmé par ordinateur, capable de réagir approximativement à n'importe quelle nouvelle situation. Mais, confusément, elle avait quand même quelque chose de biologique, qui donnait l'impression, inexplicablement, qu'elle était vivante.

Oui, se dit-il, elle était vivante; cette grande caisse noire était une chose vivante. Et alors même qu'il se demandait comment il pouvait en être si convaincu, il comprit soudain, comme si une voix lui avait parlé, comme si une lueur particulière d'intelligence avait brillé dans son cerveau. Elle est comme un arbre, pensa-t-il. Il sentait en elle la même impression de vie qu'il trouvait dans un arbre. Ce qui était ridicule, se dit-il, car la chose n'avait rien d'un arbre. La pensée persista pourtant : cette chose dans laquelle il avait été jeté était semblable à un arbre.

Il essaya de chasser cette idée car à première vue, et au mieux, elle était idiote. Mais elle s'accrocha, elle refusa d'être rejetée, et une nouvelle idée surgit du néant pour s'associer à celle de l'arbre, la pensée subite du foyer. Il n'y comprit rien du tout. Cela signifiait-il que cet endroit était un foyer pour lui? Il se révolta à cette pensée car il ne se sentait certainement pas chez lui. C'était aussi éloigné d'un foyer que cela pouvait l'être.

Alors comment cette idée lui était-elle venue? Se

pourrait-il que cet extra-terrestre vivant – si c'était un extra-terrestre vivant – cherchât à communiquer avec lui, à faire passer des suggestions dans son esprit, à essayer de combler le fossé séparant leurs deux intelligences? Dans ce cas, et Jerry avait du mal à y croire, que voulait dire la créature? Quel rapport y avait-il entre un arbre et la maison? Quelle conclusion devait-il tirer de ce rapprochement?

En réfléchissant ainsi, il s'aperçut qu'il en venait de plus en plus à reconnaître que l'immense caisse noire était un visiteur de l'espace et que c'était non seulement vivant mais intelligent.

Le terrain, se rappela-t-il, avait été bien préparé pour une telle pensée et son acceptation. Cela faisait des années qu'on répétait, qu'on écrivait, qu'on racontait qu'un jour une intelligence extra-terrestre viendrait sur Terre; des années qu'on spéculait sur ce qui arriverait alors, sur les réactions possibles d'un public ignorant. Ce n'était pas une idée neuve; depuis des années elle était présente à l'esprit de la population.

Le lapin vint sautiller jusqu'à lui. Tapi sur le sol, il étira le cou pour renifler le bout de ses bottes. Le raton laveur, fatigué de gratter le sol, s'éloigna. Le rat musqué n'avait pas reparu.

De petits frères, pensa Jerry. Ils sont mes petits frères, réunis ici avec moi, habitants de ce que cet extra-terrestre considère comme une planète étrangère, rassemblés pour être étudiés.

Quelque chose le fouetta et s'enroula autour de lui. Il fut brusquement soulevé et projeté vers la paroi. Mais il ne la heurta pas. Une fissure s'ouvrit et il fut propulsé en vol plané.

Il tombait. Il y voyait très peu dans l'obscurité mais il distinguait au-dessous de lui une tache d'ombre et il leva les mains pour se protéger la figure. Il s'écrasa dans un arbre et les branches presque verticales, résistantes et souples, amortirent sa chute. Il tendit fébrilement une main, gardant l'autre sur sa figure. A tâtons, il s'accrocha à une branche. Elle plia sous son poids et le ralentit encore; de l'autre main, il chercha une branche plus grosse, assez solide pour arrêter sa chute.

Pendant un moment il resta suspendu, se balançant dans l'arbre, respirant une bonne odeur de sapin. Un vent léger soufflait et, tout autour de lui, il entendait le murmure des conifères.

Il resta accroché, reconnaissant, éperdu de gratitude d'avoir échappé à la structure inconnue. A la réflexion, échappé n'était pas le mot juste. Il avait été éjecté. Ils, ou la chose, ou quoi que ce fût, avaient extrait de lui tout ce qu'ils voulaient et l'avaient rejeté. Comme avait été probablement rejeté le poisson et, dans un moment, ce serait le tour du lapin, du raton laveur et du rat musqué.

Ses yeux étaient maintenant un peu accoutumés à l'obscurité et, avec précaution, il se glissa le long de la branche vers le tronc. Quand il l'atteignit, il l'enlaça des bras et des jambes et se reposa un peu. L'épaisseur des rameaux l'empêchait de voir le sol et il ne savait pas du tout à quelle hauteur il se trouvait. Pas très haut, estima-t-il, car il ne pouvait pas avoir été projeté hors de la structure à plus de douze ou quinze mètres du sol et il était tombé sur une courte distance avant de plonger dans l'arbre.

Lentement, il commença à descendre. Ce n'était pas facile, surtout dans le noir, car de nombreuses branches partaient du tronc et il devait manœuvrer pour traverser leur enchevêtrement. L'arbre ne paraissait pas très grand. Le tronc n'avait pas plus de trente centimètres de diamètre, bien qu'il s'épaissît à mesure qu'il descendait.

Soudain, ses pieds touchèrent le sol et ses genoux

fléchirent. Prudemment, il tâtonna d'un pied pour être sûr qu'il avait atteint la terre. Rassuré, il lâcha le tronc et se dégagea des branches basses.

A l'écart de l'arbre, il regarda tout autour de lui mais les ténèbres étaient si épaisses qu'il ne distinguait pas grand-chose. Il calcula qu'il était à une certaine distance de la route qu'il avait suivie en voiture et fut ahuri, et un peu terrifié, de constater qu'il n'avait aucune idée de la direction.

Il fit quelques pas dans l'espoir de trouver un endroit où les arbres seraient moins denses, où il pourrait mieux voir, mais il n'avait couvert qu'un mètre ou deux quand il se heurta à de nouvelles branches. Il essaya une autre direction, avec le même résultat. Il leva la tête, cligna des yeux, espérant entrevoir le sombre contour de la chose tombée du ciel mais fut incapable de la situer.

De l'endroit où il était, pensa-t-il, il devrait apercevoir les lumières de Lone Pine mais il eut beau chercher, il ne vit pas la moindre lueur. Il voulut ensuite s'orienter sur les étoiles mais il n'y en avait pas; le ciel était couvert ou alors la forêt était trop impénétrable.

Bon Dieu, pensa-t-il, tapi sur le sol, me voilà perdu dans les bois à un kilomètre à peine d'une ville, un petit bourg bien sûr, mais un lieu habité tout de même.

Il avait bien la ressource de passer la nuit là en attendant le jour mais il commençait à faire frais et il ferait encore plus froid avant le matin. Il pourrait allumer un feu, se dit-il avant de se souvenir qu'il n'avait pas d'allumettes. Il ne fumait pas, aussi n'en emportait-il jamais. Et il n'y avait pas que le froid. Il devait trouver un téléphone, le plus vite possible. Kathy serait furieuse. Il devait lui expliquer ce qui l'avait retenu.

Il se rappela le conseil séculaire, donné à celui qui s'est perdu : marcher en descendant. En descendant les pentes, on atteignait l'eau et, en suivant l'eau, on trouvait tôt ou tard des habitations. S'il marchait en descendant, il arriverait au bord de la rivière. En la suivant, il trouverait la route. Ou il pourrait tenter de traverser la rivière et serait alors à proximité de Lone Pine. Mais ce n'était guère tentant car il ne connaissait pas la rivière, la traversée risquait d'être dangereuse, si le lit était trop profond et le courant rapide.

Ou bien, peut-être, il tomberait sur la chose où il avait été enfermé. S'il la trouvait, il lui suffirait de tourner à gauche pour arriver à la route menant au pont. Mais il ne pourrait quand même pas traverser puisque le pont était détruit. Et la chose était peut-être encore jetée en travers; il avait cru la sentir bouger, mais n'en était pas du tout certain.

Cependant, il ne pouvait en être loin. Il avait été éjecté, il n'avait pas couvert une bien grande distance avant de tomber dans l'arbre, donc elle ne devait pas être à plus d'une dizaine de mètres.

Il se remit en marche ou plutôt il essaya. En vain. Il se heurta à des arbres, il s'empêtra dans des fourrés, il trébucha contre des branches mortes. Il était impossible de faire plus d'un mètre ou deux à la fois, de marcher en ligne droite. Il perdit toute orientation; il ne savait plus où il était.

Epuisé, il se laissa tomber contre un tronc, presque recouvert par les branches basses frôlant le sol. Dieu, pensa-t-il, c'est incroyable qu'un homme puisse se perdre si totalement, même dans le noir.

Après un bref repos, il se releva et repartit à tâtons. Par moments, il se demandait pourquoi il ne renonçait pas, pourquoi il ne restait pas tapi à l'abri pour attendre le jour. Mais il n'arrivait pas à se persuader. Chaque nouvel effort pourrait être son coup de chance, lui permettant de trouver la structure inconnue, la route ou quelque indice qui lui apprendrait où il était.

Ce qu'il trouva, ce fut un sentier. Il ne s'y attendait pas du tout, mais cela valait mieux que rien et il décida de le suivre. Le sentier, ou la piste, le conduirait bien quelque part.

Il ne l'avait pas vu. Il l'avait trouvé par hasard, en tombant, en butant contre une souche et en tombant à plat ventre. Il tapota le sol des deux mains, une terre durcie assez dépourvue d'obstacles, explora le chemin étroit. Des arbres et des fourrés se pressaient de chaque côté.

Il n'y avait qu'un moyen de le suivre : à quatre pattes, en tâtonnant des mains pour ne pas le quitter. Ainsi, complètement perdu, ne sachant ni où il était ni où il allait, Jerry avança lentement le long de la piste, à quatre pattes...

6. LONE PINE

Frank Norton était au téléphone.

– Je ne sais pas où ils sont, Johnny. Ils ne sont pas arrivés. Tu avais dit six heures et je les attends ici. Ce doit être l'embouteillage.

Garrison s'emporta :

– Qu'est-ce que tu racontes? Depuis quand y-a-t-il des embouteillages dans ton pays perdu?

– C'est pire que l'ouverture de la pêche, assura Norton. Tout le monde essaye de venir ici. Toutes les routes d'accès sont embouteillées. La police routière tente d'établir des barrages pour nous isoler mais elle a beaucoup de mal. Dès que la radio et la télévision ont commencé à diffuser des bulletins...

– Il est trop tard maintenant pour prendre des photos de ce truc qui est tombé, interrompit Garrison. Tu dis qu'il a bougé?

– Il y a pas mal de temps, oui. Ça s'est déplacé du pont et a remonté la route jusque dans la forêt. Il fait nuit maintenant. Pas moyen de prendre des photos. Mais j'ai photographié la chose avant qu'elle...

– T'as pris des photos? glapit Garrison. Tu ne pouvais pas le dire tout de suite?

– Elles ne valent pas grand chose, probablement. Ce n'est pas le genre de clichés qu'on prendrait avec les appareils que vous avez dans la presse. Ce n'est qu'un petit appareil d'amateur. J'ai pris deux bobines mais je ne suis pas certain d'avoir une seule bonne photo.

– Ecoute, Frank, est-ce que tu as un moyen quelconque de nous faire parvenir ces deux bobines? Tu accepterais de les vendre?

– Les vendre? Elles sont à toi si tu veux, Johnny. J'aimerais avoir quelques épreuves, c'est tout.

– Ne sois pas bête! Ces pellicules valent cher. Très cher. Si tu nous les confies, je t'obtiendrai, par ici, le maximum de ce que permet la note de frais. Est-ce que tu as un moyen de nous les faire parvenir? Quelqu'un qui nous les apporterait en voiture? Je ne veux pas que tu viennes toi-même. J'aimerais que tu restes là-bas jusqu'à l'arrivée de Kathy et de Chet.

– Il y a un gosse ici qui travaille à mi-temps à la station-service. Il a une moto. C'est lui qui irait le plus vite, s'il ne se tue pas sur la route.

– Tu as confiance en lui?

– Absolument, affirma Norton. Je le fais travailler de temps en temps, des petits boulots. C'est un ami.

– Dis-lui qu'il y a cent dollars pour lui s'il les apporte ici avant minuit. Nous garderons des blancs pour faire passer les photos dans la première édition.

– Je crois que le gosse est à la station en ce moment. Je vais l'avertir. Il pourra trouver quelqu'un, ou je le trouverai, pour le remplacer à la pompe. Merde, je ferais ça moi-même s'il le faut.

– Est-ce qu'il y a d'autres journalistes en ville? Des équipes de télé?

– Je ne crois pas. Les gens de la télé, je les verrais. Je suppose que Duluth va envoyer quelqu'un mais dans ce cas je le saurais, il viendrait me voir. Jusqu'ici, il n'y a personne. La police routière boucle les routes aussi bien qu'elle le peut. Relativement peu de gens ont réussi à arriver en ville. Certains ont abandonné leur voiture aux barrages routiers et viennent à pied. Les routes sont complètement embouteillées. Alors une moto, c'est plus pratique qu'une voiture pour quitter la ville. Ce gosse dont je te parle roulera dans le fossé, il passera à travers champs s'il le doit.

– Occupe-toi de ça, alors.

– Tout de suite. Si je ne lui mets pas la main dessus, je trouverai quelqu'un d'autre. Encore un mot, Johnny. Comment est-ce que le pays prend ça?

– Trop tôt pour savoir, répondit Garrison. J'ai un reporter qui arrête des gens dans la rue. Il entre dans les bars, il attend à la sortie des cinémas, il attrape les gens où il peut, pour leur demander ce qu'ils en pensent. Un article sur les réactions de l'homme de la rue. Pourquoi cette question?

– J'ai reçu un coup de fil de Washington. Chef d'état-major de l'armée, il paraît. Il m'a donné son nom mais je ne m'en souviens plus. Un général, je me rappelle.

– Jusqu'à présent, il n'y a pas eu de réaction de Washington, dit Garrison. Il leur faut du temps pour se remuer. Tu crois toujours que c'est quelque chose venu des étoiles?

– Ça a bougé, répondit Norton. Ça s'est déplacé en

traversant la rivière et ça s'est engagé dans la forêt. Ça pourrait donc être vivant, ou au moins une machine très sophistiquée, ou un appareil conduit par une intelligence. Les gens d'ici n'en doutent pas. Pour eux, c'est un visiteur de l'espace. Tu devrais voir ça, Johnny. Si tu le voyais, tu croirais aussi, peut-être.

La porte du bureau s'ouvrit et une jeune femme entra; un homme chargé de matériel photographique la suivit.

– Une minute, dit Norton, je crois que tes gens sont là. Ils viennent d'entrer... Vous êtes Kathy Foster?

– Oui, et cet animal de bât est Chet White.

– Frank? demanda Garrison.

– Oui?

– Passe-moi Kathy, tu veux?

– La voilà. Je vais chercher mes bobines.

Il tendit l'appareil à Kathy.

– Johnny est en ligne.

– Vous parlez de bobines de photos? demanda Chet.

– Oui. J'en ai pris deux avant que la chose quitte le pont. Pendant qu'on la voyait encore.

– Elle n'est plus là! gémit Chet.

– Elle s'est déplacée. En travers du pont et sur la route de la forêt. Il fait trop noir pour la distinguer. Et pas moyen de l'approcher.

– Vous envoyez ces pellicules à Johnny?

– J'ai un gars avec une moto. Il va les lui porter.

– Ça, c'est bien, dit Chet. Une voiture ne pourrait pas passer. Avec vos foutues routes à deux voies. Je n'ai jamais vu un tel bouchon. Nous avons fait trois kilomètres à pied, au moins, pour arriver ici. La voiture est restée par là-bas je ne sais où.

– A tout à l'heure, lança Norton en sortant.

Au téléphone, Kathy parlait à Garrison.

– C'est horrible, Johnny. La terre entière essaye de

venir ici. Les flics ont dressé des barrages. Il y a des kilomètres de bouchons.

– L'essentiel, c'est que vous soyez là tous les deux. Restez là-bas. Obtenez tout ce que vous pourrez. Parlez aux gens. Découvrez leurs réactions. Comment est-ce que la ville prend l'événement? Qu'est-ce que les gens croient que c'est? Tu sais ce que nous voulons.

– Johnny, est-ce que Jerry a téléphoné?

– Jerry?

– Bon sang, Johnny, je te l'ai dit avant de partir. Jerry Conklin. Le garçon avec qui je devais sortir ce soir. Je t'ai expliqué.

– Ah oui. J'ai passé la consigne. Ne quitte pas.

Au bout du fil, elle l'entendit crier :

– Hé, quelqu'un a reçu un appel d'un nommé Jerry Conklin? Le copain de Kathy.

Des marmonnements lui répondirent, pendant que Kathy attendait. Garrison reprit son appareil.

– Non, Kathy. Personne n'a reçu d'appel.

– Merde.

– Ecoute voir, dit Garrison, écartant rapidement Jerry Conklin. Il est maintenant 19 h 45. Nous devons boucler avec ce que nous avons pour la première. Frank nous a tenus au courant. Nous savons que le machin a traversé la rivière. Rappelle-moi dans deux heures. Navré que vous ayez été retardés sur la route. Je suis bien content de vous savoir là.

– Johnny, qu'est-ce qu'il se passe d'autre?

– Le gouverneur fait converger à peu près la moitié de la police routière de l'Etat sur Lone Pine. Il barre toutes les routes. Il a mis la Garde Nationale en alerte. Personne ne sait encore ce qui se passe au juste. Dans l'ensemble on a l'air de penser que c'est vraiment un vaisseau venu de l'espace mais personne n'est sûr de rien.

– Si Jerry téléphone, tu lui expliqueras.

– Bien sûr.

– Je te rappellerai, dit Kathy. Attends. J'ai l'impression que les lignes ne vont pas tarder à être impraticables. Tu devrais demander à quelqu'un d'utiliser la ligne WATS pour rappeler ici vers 21 h 30. Qu'ils continuent d'essayer si ça ne marche pas tout de suite. Tu as ce numéro?

– Oui. Tu auras quelqu'un qui pourra répondre de ton côté et garder la ligne pour toi?

– Je trouverai. Je peux payer combien? Quel est le budget pour cette opération?

– Aussi peu que tu pourras, dit Garrison. Autant qu'il faudra.

– Bon, alors je te tiens au courant.

Alors que Kathy raccrochait, Norton reparut à la porte.

– Jimmy est parti avec les bobines. Il a confié les pompes à un de ses copains.

– Ça n'a pas pris longtemps, observa Chet.

– J'ai eu de la chance, expliqua Norton. J'ai trouvé Jimmy tout de suite et justement son copain traînait à la station.

– Il nous manque encore une chose, dit Kathy. Johnny va rappeler vers 21 h 30. Nous aurons besoin de quelqu'un pour nous garder la ligne jusqu'à mon retour. Les lignes risquent d'être bloquées, ce sera difficile d'obtenir des communications.

– Je crois avoir l'homme qu'il vous faut, dit Norton. Je viens de le croiser dans la rue. Un vieux poivrot, Stiffy Grant. Il ferait n'importe quoi pour le prix d'un verre.

– On peut avoir confiance?

– S'il y a un verre à la clef.

– Combien devrais-je le payer?

– Un, deux dollars.

– Dites-lui que je lui en donnerai cinq. Faites-lui bien comprendre qu'il ne doit laisser personne d'autre téléphoner. Sous aucun prétexte.

– Vous pouvez compter sur lui. C'est un type à idée fixe. Pour le moment il est à jeun. Il comprendra.

– Je ne sais pas ce que nous aurions fait sans vous, dit Kathy.

– C'est tout naturel. Johnny et moi sommes de vieux amis. Nous étions à l'école ensemble.

– Il y avait une voiture écrasée sous le truc qui est tombé, intervint Chet. Elle est encore là?

– Autant que je sache, répondit Norton. Un policier monte la garde. On a donné l'ordre de ne pas la déplacer avant que quelqu'un apparaisse.

– Qui va apparaître?

– Je ne sais pas.

– Bon, allons-y, décida Kathy. Je veux jeter un coup d'œil à cette voiture. Prendre des photos.

– Vous allez jusqu'au bout de la rue, expliqua Norton. Suivez la route qui descend à la rivière. Ce n'est pas loin. Il y a un véhicule de police avec un gyrophare rouge. C'est là que vous la trouverez. Je vais chercher Stiffy et le mettre au travail. A tout à l'heure.

En sortant du village, ils aperçurent le feu rouge de la voiture de police. Quand ils y arrivèrent, un agent surgit de l'ombre et vint à leur rencontre.

– Presse, lui dit Kathy. Le *Minneapolis Tribune.*

– Vous avez votre carte, s'il vous plaît?

Kathy prit son portefeuille dans son sac et montra sa carte de presse. Il alluma sa torche pour l'examiner.

– Katherine Foster. J'ai vu votre signature.

– Mon compagnon est Chet White. C'est notre photographe.

– D'accord, dit le policier. Il n'y a pas grand chose à

voir ici. Le truc, la chose... est de l'autre côté de la rivière.

– Et la voiture? demanda Chet.

– Elle est encore là.

– Je peux la photographier?

L'agent hésita, puis il répondit :

– Oui, sans doute. Mais n'y touchez pas. Le FBI nous a demandé de la laisser telle qu'elle est.

– Qu'est-ce que le FBI vient faire là-dedans? demanda Kathy.

– Je n'en sais rien, madame. Mais c'est les ordres. Paraît que des types du FBI vont venir.

Ils contournèrent la voiture de police et firent quelques pas sur la route. L'automobile écrasée se trouvait à l'extrémité du pont, ou plutôt de l'endroit où il avait été. Le pont avait disparu. La voiture était aplatie, comme passée au laminoir.

– Il y a quelqu'un dedans? demanda Kathy.

– Nous ne le pensons pas, madame.

Chet prenait des photos, tournait autour de la voiture écrasée dans les éclairs de son flash électronique.

– Pas d'identification? reprit Kathy. Une plaque minéralogique, peut-être?

L'agent fit un geste vague.

– Il doit y en avoir une, mais pas visible. C'est une Chevrolet. Assez vieille. Je ne suis pas sûr du modèle.

– On ne sait pas du tout qui était dedans? Ce qui a pu leur arriver?

– Probablement quelqu'un qui s'est arrêté pour pêcher dans le trou d'eau sous le pont. Il paraît qu'il y a de grosses truites là-dedans. Elles attirent les pêcheurs, à ce qu'on m'a dit.

– Mais alors, dit Kathy, vous ne pensez pas que la ou les personnes se seraient manifestées, depuis le temps, pour raconter leur grande aventure?

– Oui, c'est bizarre, reconnut l'agent. Il pourrait être

au fond de l'eau, cependant. Le pont s'est écroulé quand la chose est tombée. Une poutre a pu assommer le pêcheur.

– On a bien dû le chercher?

– Probablement. Mais je ne suis pas au courant.

– Vous avez vu la chose qui est tombée? demanda Kathy.

– Brièvement. Juste avant la nuit. Elle avait déjà traversé quand je suis arrivé. Elle était là-bas sur l'autre rive. A une centaine de mètres de la rivière. Posée là, simplement. Enorme.

– Elle était encore sur la route?

– Oui, mais elle dépassait de chaque côté. Elle est beaucoup plus large que la route. Elle avait abattu pas mal de petits arbres.

– Et elle est toujours au même endroit?

– J'en suis presque certain. Si elle bougeait, elle déracinerait d'autres arbres. Ça ferait du bruit. Je n'ai rien entendu depuis mon arrivée.

– Qu'est-ce qu'il y a plus loin? Sur la route, je veux dire?

– Ça, c'est un domaine réservé. Une forêt vierge protégée. Des sapins immenses. Certains sont vieux de plusieurs siècles. La chose, de quoi qu'il s'agisse, est prise au piège, moi je vous le dis. Elle ne pourra pas passer entre les arbres. Elle ne peut aller nulle part.

– Elle présente des signes de vie?

– Je n'en ai pas vu. Ce n'est qu'une énorme caisse noire. Comme un gigantesque et bizarre char d'assaut. Mais ça n'a pas l'air d'avoir de chenilles. Je ne sais pas du tout comment ça se déplace.

– Et c'est l'impression que vous avez eue? Un grand char d'assaut?

– Eh bien... non. Plutôt une grande caisse noire. Une grande caisse rectangulaire qu'on aurait peinte du noir le plus noir possible.

– Est-il possible de traverser la rivière?

– Aucun moyen, affirma l'agent. Il y a ce trou d'eau profond sous le pont et un courant rapide à chaque extrémité.

– En bateau, peut-être?

– Vous pouvez essayer de vous renseigner. Vous pourriez probablement traverser le trou d'eau en bateau. Si vous en trouvez un.

– Par ici, déclara Chet, tout le monde a un bateau.

– Je préférerais que vous ne le tentiez pas, dit le policier. Il va falloir que je demande, à la radio. On me dira probablement de ne pas vous laisser essayer.

– On ne peut pas faire le tour?

– Pas par la route. Elles sont toutes barrées.

– Et les gens qui vivent au-delà de la rivière?

– Il n'y en a pas. C'est une forêt vierge protégée, là-bas. Des kilomètres de forêt. Personne n'habite là.

– Monsieur l'agent, puis-je avoir votre nom? demanda Kathy. Je peux citer une partie de ce que vous m'avez dit?

Fièrement, l'agent donna son nom.

– Mais allez-y doucement pour les citations, ajouta-t-il.

7. WASHINGTON, D.C.

Porter se leva et regarda entrer les journalistes. Ils paraissaient plus silencieux que d'habitude et il y en avait plus qu'il n'en attendait. Après tout, c'était tard pour une conférence de presse. Ils entrèrent en file indienne et prirent des sièges, pour attendre tranquillement.

– Je vous demanderai d'abord de nous pardonner cette heure tardive, dit Porter. Nous aurions sans doute dû attendre demain matin mais j'ai pensé que certains d'entre vous auraient hâte de savoir ce que nous savons. Ce qui ne doit pas être beaucoup plus que ce que vous avez déjà appris.

» Nous savons simplement qu'un objet est tombé du ciel près de la petite ville de Lone Pine dans le nord du Minnesota. La rivière Pine passe juste au nord de l'agglomération et l'objet est tombé en travers, une extrémité sur une berge, l'autre sur celle d'en face. Assez curieusement, il est tombé sur un pont qui enjambe le cours d'eau. Le pont a été détruit et une voiture garée tout près a été écrasée. Personne, à ce moment, ne semble avoir été dans le véhicule. Juste avant la nuit, l'objet a traversé la rivière et, apparemment, il se trouve toujours de l'autre côté.

» J'aurais une information supplémentaire à vous rapporter. Nous ne savons pas encore si c'est en rapport avec l'objet tombé dans le Minnesota, mais des stations d'observation ont découvert un assez important objet inconnu en orbite autour de la Terre.

Le *New York Times* demanda :

– Monsieur le Secrétaire, vous dites assez important. Pouvez-vous nous dire de quelle taille et nous décrire l'orbite?

– Aucune évaluation de la taille n'a encore été faite, Mr Smith, répondit Porter. Selon la meilleure estimation, il mesurerait plusieurs kilomètres de large. Quant à l'orbite, je crois que c'est ce que l'on appelle une orbite synchrone. Sa hauteur est approximativement de 35000 kilomètres et sa vitesse accordée à la révolution de la Terre. Pour le moment, si je comprends bien, l'objet serait en suspens au-dessus de l'Iowa.

– Dave, dit le *Chicago Tribune,* vous dites que le

nouvel objet a été détecté par des stations d'observation. Est-ce que ça veut dire qu'il vient d'être découvert déjà sur orbite, ou a-t-il été vu plus tôt avant qu'il s'y place?

– J'ai l'impression qu'il a été découvert, alors qu'il était sur orbite, depuis quelques heures.

– Est-il permis de supposer qu'il pourrait s'agir d'un vaisseau porteur d'où provient l'objet tombé à Lone Pine?

– C'est à vous de décider, je crois, si vous pensez pouvoir ou non émettre des suppositions. Pour le moment, il est trop tôt pour que je m'engage dans ce genre de spéculation. Cela impliquerait que les deux objets, celui sur orbite et celui de Minnesota, proviennent d'une région de l'espace. Cela, nous l'ignorons encore.

– D'après votre première estimation de la masse de l'objet sur orbite, cependant, sa taille semblerait exclure qu'il ait été lancé de la Terre.

– Oui, je le pense mais, comme je disais, il n'y a encore aucune certitude.

– Vous nous dites que l'objet du Minnesota s'est déplacé, intervint le *Washington Post.* Si je vous ai bien compris, il est tombé en travers d'une rivière. Et puis il est passé de l'autre côté.

– Oui, c'est exact.

– Pouvez-vous nous dire comment il s'est déplacé? A quoi identifieriez-vous ce mouvement?

– Je ne sais comment vous répondre, Joe. Je ne sais pas comment il s'est déplacé. Tout ce que nous savons pour le moment, c'est qu'il a changé de place. Je suppose que cela signifie qu'il s'est déplacé indépendamment, tout seul. Vous devez comprendre qu'à ce moment-là aucun observateur qualifié n'était présent. Tout ce que nous savons, c'est ce qu'un certain nombre d'habitants du village disent avoir vu.

– Pourriez-vous nous en donner une description plus détaillée, meilleure que celle que nous avons jusqu'ici? Meilleure que la description d'une grande caisse noire?

– Je crains que non. Nous n'avons pas encore reçu de plus amples informations. A notre connaissance, aucune photo n'en a été prise. Il a atterri tard dans l'après-midi. Quelques heures plus tard, la nuit est tombée.

L'*Associated Press* leva la main.

– Vous répétez que vous ne savez pas et j'imagine que pour le moment personne ne peut vraiment savoir, mais d'après ce qu'on a appris, tout porte à croire que l'objet représentait une intelligence venue de l'espace. Avez-vous un commentaire?

– Je vais essayer de vous donner une réponse honnête, dit Porter, pour ne pas en revenir à mon « je ne sais pas ». L'objet s'est bien posé sur une route, donc on pourrait supposer qu'il était capable de choisir un bon point d'atterrissage. Il a bougé, apparemment de lui-même, ce qui indiquerait soit une présence intelligente à bord, soit un système de télécommande sensoriel. Comme vous le savez tous, quand un homme a tiré dessus un coup de fusil, l'objet a riposté et l'homme a été tué. Cela supposerait une capacité de défense. Ce sont des points sur lesquels vous avez tous dû réfléchir. Mais c'est tout ce que je peux vous dire. Il n'y a pas assez d'informations ou de preuves tangibles pour justifier une conclusion valable. Nous devons attendre. Nous avons besoin de plus de renseignements.

– Vous semblez exclure toute origine terrestre, pour le nouvel objet sur orbite, dit la NBC. Est-ce qu'il ne pourrait pas s'agir d'un nouvel engin expérimental?

– Je suppose qu'en pareilles circonstances tout est possible. Si je semble exclure quoi que ce soit, je le regrette. Mais nos services nous assurent que cela ne vient pas de chez nous.

– De chez quelqu'un d'autre?

– J'en doute.

– Alors, vous dites que c'est un visiteur de l'espace?

– C'est vous qui l'avez dit, Carl. Pas moi.

– Mais, demanda le *Los Angeles Times,* ne pensez-vous pas que si cet objet, ou ces deux objets, à terre et sur orbite, se révélaient d'origine extra-terrestre, l'affaire deviendrait d'un intérêt international, plutôt que simplement national?

– Je n'ai pas la prétention de parler pour le Secrétaire d'Etat, répliqua Porter, mais je pense que telle que vous la formulez, votre question ne manque pas de logique.

– Allons un peu plus loin dans ce sens, dit le *Kansas City Star.* S'il était établi que l'objet tombé à Lone Pine est réellement un vaisseau spatial venu des étoiles, ou du moins d'au delà notre système solaire, en supposant que ce soit le cas, quelle serait l'attitude gouvernementale? Est-ce que nous tenterions un contact, peut-être une conversation limitée, avec l'intelligence qui pourrait être à bord?

– Nous n'en sommes pas encore là, dit Porter. Pour le moment, rien n'indique...

– Mais si dans les jours qui viennent l'origine extra-terrestre se confirmait, savez-vous quelle pourrait être alors notre attitude?

– Si vous demandez si nous avons l'intention, bon gré mal gré, de faire sauter des visiteurs, je ne le pense pas. Ce n'est pas l'attitude officielle exprimée; elle est uniquement inspirée par mes connaissances du fonctionnement de notre gouvernement. Il est vrai que quelqu'un a tiré sur l'objet quand il a atterri. Mais c'était le geste d'un citoyen irresponsable, énervé, terrifié peut-être par ce qu'il voyait. J'espère que le reste de la population se comportera raisonnablement.

– Qu'appelleriez-vous un comportement raisonnable?

– Je pense, dit Porter, qu'un homme raisonnable tenterait de parvenir à une sorte de communication raisonnable. Sur une base très limitée, plus que probablement. Mais une fois cette sorte de communication établie, nous pourrions passer à autre chose. Vous m'avez forcé à dépasser ma pensée. Je n'ai rien sur quoi fonder une réponse officielle à une telle question. L'affaire n'a même pas été discutée. A ma connaissance du moins.

– Vous comprenez bien, dit l'ABC, que si c'était le cas, si nous avons ici un contact avec une autre intelligence de la galaxie, ce serait l'événement le plus important de toute l'histoire de l'humanité.

– Personnellement, je m'en rends compte, mais, encore une fois, je ne me fais pas l'écho de la pensée officielle. Comme je vous l'ai dit, l'affaire n'a pas encore été étudiée. Notre évaluation de la situation n'a pas encore progressé jusque-là.

– Nous le comprenons, Dave, dit l'ABC. Nous posons simplement les questions que peuvent se poser beaucoup d'autres gens.

– Merci.

– Pour en venir à des thèmes d'ordre plus pratique, demanda le *Baltimore Sun,* pourriez-vous nous dire quelle sera la prochaine mesure que prendra le gouvernement?

– J'imagine qu'il s'en tiendra d'abord à l'observation. Au cours des prochaines vingt-quatre heures, nous enverrons autant d'observateurs qualifiés que nous pourrons. Beaucoup seront probablement des scientifiques, venus de nombreuses régions du pays. Pas seulement des hommes liés au gouvernement. A part ça, je pense que nous nous laisserons guider par les événements. Je doute qu'il soit possible de prévoir ce qui peut se passer maintenant.

– Revenons, s'il vous plaît, au nouvel objet sur orbite, dit le *Detroit News.* Est-il possible que la grande masse aperçue ne soit qu'une collection de ferrailles de l'espace? Nous avons pas mal d'engins, là-haut. Est-ce qu'ils n'auraient pas pu se rassembler, par une sorte d'attraction réciproque?

– C'est une explication, reconnut Porter. Je ne connais rien à la physique. Je ne peux pas vous dire si c'est possible. La question n'a pas été évoquée. Notre agence spatiale pourrait avoir une opinion.

– Pouvons-nous envoyer quelqu'un là-haut pour y regarder de près? L'a-t-on envisagé?

– J'en doute. Il est possible qu'une des navettes de la station spatiale puisse être envoyée. Certainement elle en serait capable. Cela mérite plus ample considération.

– S'il était établi que nous recevons la visite de quelqu'un de la galaxie, dit la CBS, avez-vous une idée de ce que serait l'effet sur nous, sur la race humaine? En s'apercevant que nous ne sommes pas seuls dans l'univers?

– Indiscutablement, l'effet, le choc serait considérable, répondit Porter, mais je ne suis pas en mesure de le commenter. Un sociologue pourrait vous répondre.

– Monsieur le Secrétaire, dit le *New York Times,* nous vous remercions de nous avoir reçus à une heure aussi tardive. Vous nous tiendrez au courant, naturellement?

– A tous moments, Mr Smith, assura Porter.

Il regarda sortir la presse. Marcia quitta son bureau pour le rejoindre.

– Je trouve que ça s'est assez bien passé.

– Cette fois, ils ne voulaient pas ma peau. L'affaire peut devenir politique plus tard, mais pas encore. C'est trop nouveau. Accordez quelques jours aux gars du Capitole, et ça deviendra politique.

Il alla se rasseoir à son bureau pendant que Marcia se préparait et partait enfin.

Le calme régnait. Quelque part, au loin, un téléphone sonnait, quelqu'un marchait, ses pas résonnant dans le corridor désert.

Porter décrocha son téléphone et forma un numéro. Alice répondit.

– Je pensais que vous m'appelleriez, dit-elle. J'étais à côté du téléphone. Comment ça s'est passé?

– Pas trop mal. Ils ne m'ont pas dévoré.

– Pauvre Dave!

– Mais non. Je l'ai cherché. J'empoche l'argent.

– Vous n'avez jamais cherché ça.

– Peut-être pas, mais j'ai sauté sur l'occasion quand ce travail s'est présenté.

– Vous ne pouvez pas venir jusqu'ici? Un verre vous attend.

– Hélas non, Alice. Il vaut mieux que je reste ici où on peut me joindre. Pour un moment au moins.

– Bon. Plus tard, alors. Attendez un instant. Papa me fait des signes désespérés. Il veut vous parler.

– Passez-moi le sénateur. Je suis toujours ravi de l'entendre.

– Bonsoir, chéri. Voilà papa.

La voix du sénateur tonna à l'oreille de Porter.

– Dave, qu'est-ce qui se passe là-bas? La télé ne s'occupe que de ça mais ils ne savent rien. Personne n'a l'air de savoir ce qui se passe. Y a-t-il du vrai dans cette histoire de visite d'extra-terrestres?

– Nous n'en savons pas plus que les gens de la télé. Mais il y a du nouveau. Nos stations d'observation ont détecté quelque chose de neuf sur orbite.

Rapidement, Porter expliqua au sénateur le nouvel objet.

– Alors il y a peut-être du vrai, Dave. Pas comme le représentent le cinéma et la télévision dans leurs spectacles idiots. Pas de petits hommes verts jusqu'ici?

– Pas de petits hommes verts. Il faudra nous faire à l'idée que, s'il y a du monde là-bas, ce ne sont peut-être pas des hommes.

– S'il y a quelqu'un.

– Oui.

– Les Américains tirent trop vite des conclusions, déclara le sénateur. Nous avons trop d'imagination et pas assez de bon sens.

– Jusqu'à présent, le pays est assez calme. Pas d'hystérie, pas de panique.

– Pour le moment, il n'y a pas de quoi devenir hystérique. Bientôt, il circulera des histoires folles. De foutus crétins répandront des rumeurs. Un mot encore, Dave.

– Oui?

– Est-il question d'internationaliser ça?

– Je ne comprends pas très bien.

– Allons-nous inviter d'autres pays? Allons-nous partager ça avec eux?

– Je ne vous suis pas, monsieur le sénateur. Il n'y a encore rien à partager.

– Mais bon Dieu, Dave, s'il y avait quelque chose? Si nous avons des extra-terrestres dans le Minnesota, nous devrions leur mettre la main dessus. Pensez un peu, une nouvelle intelligence, une technologie nouvelle!

– Oui, je vois.

– Nous devons au moins être les premiers à apprendre d'eux tout ce que nous pourrons. Ce qu'ils nous enseigneraient pourrait tout changer.

– Avez-vous une petite idée de la difficulté de causer avec un extra-terrestre, s'il y en a dans cet objet qui est tombé?

– Bien sûr. Je sais, je comprends. Mais nous avons les meilleurs savants du monde. Nous avons les cerveaux.

– Il n'en a pas été question ici, dit Porter.

– Touchez-en un mot. Je vais essayer de voir le Président moi-même, mais vous pourriez lui glisser un mot...

– Je glisserai un mot, promit Porter. Je ne sais pas comment il sera pris.

– Un mot. C'est tout ce que je demande. Un mot avant que vous fonciez tous dans toutes les directions. Vous voulez encore parler à Alice?

– Si elle veut.

Alice reprit l'appareil et ils bavardèrent brièvement avant de raccrocher. Porter pivota dans son fauteuil et vit quelqu'un qui attendait sur le seuil de la porte du couloir.

– Bonsoir, Jack. Il y a longtemps que vous êtes planté là? Vous auriez dû entrer vous asseoir.

– Quelques instants seulement, répondit Jack Clark, l'attaché militaire du Président.

– J'avais le sénateur Davenport au téléphone, il y a deux minutes.

– Qu'est-ce qu'il veut?

– Simple curiosité. Il avait besoin de parler à quelqu'un. Il y a beaucoup de gens qui vont chercher quelqu'un à qui parler, ce soir. J'ai l'impression que le pays commence à être sur les dents. Rien d'inquiétant encore mais un certain malaise, les gens se posent des questions, font peut-être des examens de conscience.

– Et sans rien pour prouver que c'est autre chose qu'une inoffensive quincaillerie tombée de l'espace.

Porter secoua la tête.

– Je crois que c'est plus que cela, Jack. Le sacré machin s'est déplacé.

– Un appareil, un engin, peut-être.

– Possible, mais un appareil suffit quand même à m'effrayer.

Clark entra dans la pièce et s'assit dans un fauteuil à côté du bureau.

– Comment va le Président? demanda Porter.

– Il est monté se coucher. Je ne pense pas qu'il dormira beaucoup. Cette affaire l'inquiète. C'est l'inconnu de la chose qui le trouble. C'est ce qui nous trouble tous.

– A l'instant, vous disiez que ce n'était qu'une machine. Jack, pourquoi cherchez-vous à nier que ça pourrait être une intelligence?

– Je n'en sais fichtre rien. Vous avez raison, c'est ce que je faisais. Je ne sais pas, l'idée d'une intelligence m'effraie. Il y a tant d'émoi ces dernières années à propos des OVNI. Presque tout le monde a sa petite idée sur eux, maintenant. Tout le monde, ou presque, s'est fait une opinion préconçue à leur sujet.

– Mais cette chose n'est pas un OVNI, du moins pas dans le sens populaire. Elle ne présente aucune des caractéristiques habituelles. Pas de lumières clignotantes, pas de bruit sifflant, pas de mouvement de toupie.

– Là n'est pas la question, dit Clark. S'il est jamais prouvé que cette chose est vivante, ou qu'il y a une vie à l'intérieur, la moitié du pays fuira en hurlant de terreur et l'autre moitié croira que l'Age d'Or est arrivé. Il n'y aura qu'une poignée de citoyens qui affronteront cela la tête froide.

– S'il se révèle, dit Porter, qu'une intelligence extra-terrestre est en cause, le gouvernement fédéral, et plus particulièrement les militaires, auront pas mal d'explications à donner. Depuis des années, on accuse l'armée d'étouffer les affaires d'OVNI.

– Vous croyez que je n'y ai pas pensé? C'est la première chose qui m'est venue à l'idée quand j'ai appris la nouvelle.

– Dites-moi, franchement... Est-ce qu'on a gardé des informations secrètes?

– Comment voulez-vous que je le sache?

– Qui le saurait? Enfin bon Dieu, Jack, si je dois représenter le gouvernement dans cette affaire, je veux être au courant!

– Les Renseignements, je suppose, répondit Clark. Peut-être la CIA. Ou le FBI.

– Dans les circonstances actuelles, est-ce que quelqu'un me le dirait?

– J'en doute, répliqua Clark.

8. MINNEAPOLIS

Garrison demanda à Jim Gold si Kathy avait téléphoné.

– Non. Stiffy Grant tient toujours la ligne. Il était très bavard au début mais maintenant nous ne trouvons plus grand-chose à dire. Il m'a donné une assez bonne description de l'objet. Il m'a parlé de la réaction de Lone Pine. J'ai tout repassé à Jackson. Il a remis son papier tout à l'heure.

Gold souleva le combiné et demanda :

– Mr Grant? Vous êtes toujours là?

Il écouta un moment puis il reposa l'appareil.

– Il est toujours là.

Garrison s'assit à son bureau, déplia l'exemplaire de la première édition qu'un garçon de bureau avait posé sur sa machine, l'étala et parcourut la *une*.

La manchette annonçait : UN OBJET SPATIAL ATTERRIT DANS LE MINNESOTA.

Toute la page était consacrée à l'événement : l'article principal; un papier d'atmosphère sur la réaction de Lone Pine, fourni par Frank Norton; un communiqué du bureau du gouverneur; une déclaration du chef de la police routière; un envoi du bureau de Washington du *Tribune*; un article de Jay Kelly, sur les possibilités d'une vie intelligente ailleurs dans l'univers et le peu de chances que la Terre soit visitée par une des formes de vie; une carte indiquant la situation géographique de Lone Pine.

Un bon premier effort, se dit-il. Maintenant, il faudrait que Kathy téléphone et que les photos de Frank arrivent. Il demanda à Annie :

– Pas de nouvelles du garçon qui apporte les bobines?

– Il a appelé il y a dix minutes, d'Anoka. Quand il s'est arrêté pour faire le plein.

Garrison jeta un coup d'œil à la pendule, au fond de la salle de rédaction. 22 h 05. Encore tout le temps pour développer les bobines et clicher deux ou trois photos.

– Est-ce que le jeune homme de Kathy a téléphoné? demanda-t-il encore à Annie. Quand elle appellera, elle voudra savoir.

– Non. J'ai regardé dans le casier de Kathy tout à l'heure. Je pensais que quelqu'un avait pu recevoir l'appel et laisser un mot. Il n'y avait rien.

– Tu pourrais peut-être téléphoner chez lui. Tu connais son nom?

– Oui. Jerry Conklin. Un étudiant de l'université. Il devrait figurer dans l'annuaire des étudiants.

Garrison contempla la salle. La situation avait changé, beaucoup de bureaux étaient occupés. La plupart des journalistes, fort probablement, seraient déjà partis en temps normal, leur journée terminée. Jay, par exemple, s'était mis en route de bonne heure dans la matinée pour aller à Rochester, pour l'histoire du cancer, il était revenu, avait écrit son article, et puis celui sur la vie possible dans l'univers et il restait là. Comme bien d'autres qui s'incrustaient, qui attendaient au cas où l'on aurait besoin d'eux. Une bonne équipe, pensa Garrison. Mais bon Dieu, ils ne devraient pas faire ça; leur journée finie, ils devraient rentrer chez eux.

– Un truc que j'ai oublié, dit-il à son assistant. Nous n'avons pas prévu de logement pour Kathy et Chet. Où vont-ils passer la nuit? Est-ce qu'il y a un hôtel à Lone Pine?

– Un petit motel, répondit Gold. Annie a retenu des chambres.

– Annie pense à tout.

– Quand elle a téléphoné, le motel lui a dit que Norton en avait déjà réservé pour eux.

– Bonne chose de faite.

Hal Russell, chargé des dépêches, s'approcha du bureau de Garrison.

– Johnny, Washington nous envoie un autre papier. La Maison Blanche vient d'annoncer qu'un grand objet inconnu a été détecté sur orbite. On a l'air de penser qu'il pourrait y avoir un rapport avec la chute à Lone Pine. Un vaisseau porteur, peut-être.

Garrison se prit la tête à deux mains.

– La nuit ne va donc jamais finir? Il va nous falloir lui trouver de la place. Ote le communiqué du gouverneur de la *une* et refais la mise en page. Il faudra donner à celui-là une place à peu près égale à l'histoire principale. Nous devons recomposer le début de l'article de tête pour le mentionner.

– Ça commence à tomber sur le téléscripteur, dit Russell. C'est prévu pour environ 750 mots. Nous allons manquer de place. Il faut supprimer autre chose, peut-être ajouter une page d'encart.

– Ecoute, Hal, il y a un tas de conneries que nous

pouvons éliminer. Fais-moi une copie et apporte-la moi quand ce sera fini.

– D'accord, Johnny.

– J'ai eu le numéro de Jerry Conklin, dit Annie, mais ça ne répond pas. Je me demande ce qui a pu arriver.

– Quand Kathy reviendra, elle aura sa peau, dit Gold. Je ne voudrais pas être celui qui lui a posé un lapin. Même si elle n'était pas là pour se le faire poser.

Dans la travée entre les bureaux apparut la haute silhouette dégingandée d'Al Lathrop, le directeur du journal. Il serrait la première édition dans sa main et paraissait soucieux. Dressé de toute sa taille, il s'arrêta devant le bureau du rédacteur en chef et contempla Garrison.

– Je ne sais pas, bougonna-t-il. Je me sens un peu nerveux. Nous agissons comme si ce truc de Lone Pine venait réellement de l'espace, comme si c'était une espèce de visiteur extra-terrestre.

– Mais il est bien venu de l'espace, répliqua Garrison. Il est descendu du ciel et il a atterri. Nous avons discuté de tout ça à la conférence...

– Mais ça fait un autre effet, je ne l'imaginais pas comme ça. Il en ressort que c'est une intelligence de l'espace. Une espèce d'OVNI.

– Relisez, conseilla Garrison. Relisez attentivement. Nulle part nous n'avons dit ça. Nous avons rapporté ce que d'autres gens nous ont dit. S'ils croient que c'est un OVNI, ou quelque chose de ce genre, nous l'avons répété. Mais à part ça...

– Ce papier de Jay...

– Simple chronique. Spéculation pure et Jay le dit. S'il y a de l'intelligence dans l'espace, comment seraient ces êtres? Quelles chances avons-nous qu'ils nous rendent visite? C'est le genre d'article qui a été écrit et récrit mille fois. Publié dans les journaux et magazines, diffusé à la radio et à la télévision. Jay met tout au conditionnel. Si c'était le cas..., écrit-il. Si cet objet de Lone Pine était une intelligence venue de l'espace...

– Nous devons être prudents, Johnny. Nous ne pouvons pas déclencher une panique.

– Nous faisons attention. Nous publions des reportages objectifs. Nous n'avons pas...

Le téléphone sonna et Annie décrocha.

– Bon, bon, grogna Lathrop. Continuons d'être prudents. N'allons pas au delà des faits.

– C'était le laboratoire de photo, annonça Annie à Garrison. Le gosse vient d'arriver avec les bobines.

Gold lui tendit un autre appareil.

– Kathy en ligne.

Garrison le prit, demanda à Kathy de ne pas quitter et, une main sur l'appareil, il dit à Gold :

– Annonce au marbre qu'ils auront les photos pour la prochaine édition. Deux à la *une* et peut-être d'autres en pages intérieures. Va voir ce qu'ils ont au labo. Si elles sont bonnes, tâche de leur obtenir une page assez dégagée. Il y a beaucoup de broutilles dans ce numéro que nous pouvons jeter au panier pour leur faire de la place.

Lathrop repartait entre les bureaux, serrant toujours le journal dans sa main. Garrison reprit le téléphone.

– Ça va, Kathy. Qu'est-ce que tu as pour nous?

– Avant tout, dit-elle, est-ce que tu as eu des nouvelles de Jerry?

9. LONE PINE

Kathy émergea péniblement des profondeurs du sommeil. Quelqu'un tambourinait à sa porte. Derrière les rideaux, la fenêtre était faiblement éclairée par un semblant d'aube. Elle chercha à tâtons la lampe inhabituelle sur la table de chevet inaccoutumée. La chambre, même à peine entrevue, était d'une redoutable austérité. Où suis-je? se demanda-t-elle. Puis elle se souvint : Lone Pine.

Lone Pine, et on martelait sa porte.

Elle trouva enfin l'interrupteur. Rejetant les couvertures, elle chercha ses pantoufles, les trouva. Sa robe de chambre était jetée en travers du lit, au pied. On ne cessait de frapper.

– Ça va, ça va, j'arrive! cria-t-elle.

Serrant sa robe de chambre autour d'elle, elle traîna les pieds vers la porte, tira le verrou et ouvrit. Elle vit Frank Norton sur le seuil.

– Miss Foster, dit-il, ça m'ennuie de vous déranger à cette heure, mais il se passe des choses. L'objet tombé du ciel abat des arbres et les mange.

– Ça mange des arbres!

– Oui. Ça les abat et ça les mastique. Ça dévore de grands arbres.

– S'il vous plaît, voulez-vous réveiller Chet? Il est à côté, au 3. Je viens tout de suite.

Elle referma la porte. La chambre était glaciale. Son haleine formait de petits nuages de vapeur. Rapidement, en grelottant, elle s'habilla, se passa un peigne dans les cheveux, devant la glace. Elle n'était pas en beauté. Elle était même affreuse, mais tant pis. Que pouvait-on espérer d'une fille tirée de son lit à une heure aussi impossible?

Norton est fou, se dit-elle. La chose de l'autre côté de la rivière ne pouvait pas manger des arbres. Ce n'était peut-être qu'une blague, mais Norton n'avait pas l'allure d'un garçon qui passe son temps à faire des blagues. Et pourquoi diable cet objet de malheur irait-il dévorer des arbres?

Quand elle sortit Chet l'attendait déjà, chargé de son matériel.

– Tu es superbe, dit-il à Kathy, même à cette heure impie.

– Va te faire voir, répliqua-t-elle.

– Je suis navré, dit Norton, de vous faire lever avant le soleil. Mais je pensais que vous voudriez savoir. J'y ai réfléchi pendant au moins trente secondes.

– Ça ne fait rien, c'est le boulot, répondit-elle.

– Il y a d'autres journalistes en ville, annonça Norton. Ils sont arrivés pendant la nuit. Petit à petit. Trowbridge du *Minneapolis Star*, quelqu'un du *Kansas City Star*, deux de Des Moines, du *Register* et du *Tribune*. Ils ont tous des photographes. Je suppose qu'il en viendra d'autres dans la journée.

– Comment arrivent-ils? demanda Chet. Les routes sont barricadées.

– La police routière a ôté les barrages. Ils ont fait faire demi-tour aux curieux. Quelques voitures sont restées sur place. La vôtre doit y être. Les policiers les poussent sur les bas-côtés. Ils laissent entrer la presse et quelques autres mais ils refoulent les badauds.

– Et la télé? demanda Kathy.

– Plusieurs équipes. Ils font un raffut du diable. Ils veulent traverser la rivière, mais il n'y a pas moyen.

– Pas de bateaux?

– Ils en ont cherché. Il n'y a pas beaucoup de gens qui ont un bateau, par ici. On n'en trouve que sur les lacs de la région. Personne ne fait du bateau sur la rivière.

Il y avait peu de passants dans la rue quand ils sortirent. Tout le monde, pensa Kathy, devait être à l'extrémité du pont détruit pour regarder la chose manger les arbres.

Bien avant d'arriver au bord de l'eau, ils entendirent

un bruit d'arbres abattus et un grondement qui s'enflait et s'atténuait.

– C'est la chose qui mastique les arbres? demanda Kathy.

– Oui. Elle abat un arbre et elle s'en empare...

– Mais ils sont immenses, protesta Chet.

– La chose elle-même est immense. Attendez de la voir.

Une foule s'était rassemblée près du pont détruit. Trois équipes de télé étaient en position sur la route. La voiture aplatie par l'objet avait disparu. Un véhicule de la police routière était garé au bord de la route et deux agents s'y accotaient. Aucun n'était celui de la veille, nota Kathy.

Sur l'autre rive, il y avait l'objet. Kathy laissa échapper une exclamation de stupeur. Tout le monde lui avait dit que c'était énorme mais elle ne s'attendait tout de même pas à cela. C'était si grand que, si la plupart des arbres le dépassaient, l'objet leur arrivait à mi-hauteur sinon plus. Enorme et noir... la chose la plus noire qu'elle avait jamais vue. Mais, à part ça, singulièrement peu spectaculaire. Pas d'antennes, rien, aucun des gadgets que les réalisateurs de téléfilms sur les OVNI aimaient à coller sur leurs soucoupes volantes. Rien qu'une gigantesque caisse noire. Et, curieusement aussi, absolument pas menaçante. Rien, en dehors de sa taille, n'en faisait un objet effrayant.

Devant elle, un des grands arbres s'inclina lentement et s'écrasa sur le sol, parmi toute une litière d'autres arbres abattus. De la chose montait un grondement régulier de bois mâché, broyé, ingéré, de quelque manière que ce soit. L'arbre qui venait de tomber semblait animé d'une vie propre. Il tressautait et se balançait d'un côté et d'autre. Et, lentement, il était attiré vers l'avant de la machine.

– Ce sacré machin les aspire et puis les mâche, dit

Norton. Depuis qu'il a commencé, il y a une demi-heure environ, il a couvert presque sa propre longueur. Près de cent mètres, plus peut-être, à mon avis.

– Qu'est-ce que ça cherche? demanda Kathy. A se tailler un chemin dans la forêt?

– Si c'est cela, ça aura un sacré chemin à parcourir. Cette forêt s'étend sur trente-cinq kilomètres au moins, totalement dense.

Pétrifiée, Kathy regardait. Il n'y avait pas grand-chose à voir. Rien que l'énorme caisse noire qui abattait des arbres et les avalait. Le plus effrayant, pensa-t-elle, c'était la lenteur du mouvement délibéré, l'impression de puissance, de certitude que rien ne pouvait l'empêcher de faire ce qu'elle faisait.

Kathy s'approcha de la voiture de police.

– Oui, mademoiselle? dit un des agents. Qu'y a-t-il pour votre service?

– La voiture. Celle qui a été écrasée au bout du pont. Elle n'est plus là.

– Une dépanneuse est venue la remorquer. Le conducteur avait les papiers nécessaires et nous lui avons permis de l'emporter. Nous avons vérifié par radio et on nous a dit que c'était d'accord.

– D'où venait l'ordre?

– Je ne peux pas vous le dire, mademoiselle.

– Du FBI?

– Je ne peux rien dire, mademoiselle.

– Bon, c'est possible. Mais pouvez-vous me dire ce qui va se passer maintenant?

– Des soldats du Génie vont venir poser un pont provisoire. Nous les attendons d'une minute à l'autre. Un de ces ponts préfabriqués, si je comprends bien.

Chet s'approcha et dit à Kathy :

– J'ai pris tout ce que je pouvais d'ici. Nous devrions aller plus près. Trowbridge et quelques autres en parlaient avec moi. Nous pensons que nous pouvons traverser la rivière à gué. Le courant en aval du trou d'eau est rapide mais pas très profond. Du moins c'est ce que nous disent les gens d'ici. Si nous nous tenons par la main, en formant une chaîne, en nous entraidant, nous pourrions traverser.

– Vous ne pouvez pas traverser la rivière, intervint un des agents. Nous avons des ordres. Personne ne doit traverser.

– Si vous passez de l'autre côté, j'en suis, dit Kathy. J'y vais aussi.

– Pas question, protesta Chet. Tu vas rester ici et garder le matériel que nous sommes obligés de laisser. Je ne vais emporter qu'un appareil et quelques bobines.

– Chet White! J'irai. Si d'autres y vont, j'irai...

– Tu te feras tremper les fesses. Cette eau est glacée.

– J'ai déjà été trempée. J'ai déjà eu froid.

– L'ennui, c'est ces cons de la télé. Ils veulent transporter tout un tas d'équipement. Ils veulent que nous les aidions. Leurs trucs sont lourds.

L'agent qui leur avait parlé vint vers eux.

– Vous ne pouvez pas traverser la rivière. Nous avons des ordres.

– Montrez-moi ces ordres, répliqua Chet sur un ton belliqueux.

– Nous n'avons pas d'ordres écrits. Nos ordres sont verbaux. Par radio. Personne ne doit traverser.

Trowbridge, du *Minneapolis Star,* les rejoignit.

– Je vous ai entendu, dit-il au policier. Vous devrez employer la force pour nous en empêcher. Je ne pense pas que vous aurez recours à la force.

Le deuxième agent apporta son renfort au premier.

– Foutus journalistes, grommela-t-il, écœuré. (Puis il dit à son camarade :) Appelle par radio. Dis-leur ce qui se passe.

Un autre homme arriva.
– Je suis Douglas, du *Kansas City Star,* déclara-t-il à l'agent. Nous prenons bonne note de vos ordres mais nous devons traverser. C'est notre boulot. C'est un domaine fédéral, là-bas. Vous êtes de l'Etat. Sans ordonnance de justice...
Le policier ne répondit pas. Douglas se tourna vers Kathy.
– Vous êtes résolue à venir avec nous?
– Et comment!
– Alors restez près de moi. Cramponnez-vous.
– Merci, mon bon monsieur.
– Tiens, dit Chet en tendant un appareil à Kathy, accroche-toi ça au cou. Je vais aider les types de la télé avec leur matériel.
– Qu'est-ce que tu vas faire du reste de ton équipement?
– Nous allons entasser là sur la route tout ce que nous ne pouvons pas emporter. Les agents nous le surveilleront.
– Ne comptez pas là-dessus! déclara un des deux.
Il retourna à la voiture, où son camarade parlait à la radio.
– Vous êtes durs avec les policiers, murmura Norton.
– Nous ferons des excuses plus tard, grogna Chet. Merde, on a notre boulot à faire.
– Il y a des lois interdisant de franchir des lignes.
– Ce n'est pas une ligne de feu, ça, c'est une rivière.
– Oh bon, dit Norton. Je traverse avec vous. De l'autre côté de Kathy. Le *Kansas City Star* et moi veillerons à ce qu'elle ne se noie pas.
Un des agents revint.
– Vous pouvez traverser, annonça-t-il. Nous ne nous y opposons plus. Mais à vos risques et périls.

C'est vos fesses. Vous pouvez aussi prendre bonne note de ça, dit-il en regardant Douglas.

– Merci, monsieur l'agent. Très volontiers. Et encore merci.

Une file se formait sur la berge. Il y eut quelques cris et bousculades. Trowbridge se hâta pour prendre le commandement.

– Cessez de déconner! cria-t-il. Mettez-vous en rang, tenez-vous par la main. Allez-y doucement. Aspirez profondément. Cette eau est froide. Elle va vous geler les roustons... Oh pardon, Kathy.

– Ne vous en faites pas pour moi, j'en ai entendu d'autres.

La file commença à entrer dans l'eau.

– Oh bordel de Dieu! cria un homme de la télévision, en tête. C'est de la glace!

– Doucement, dit un autre. Allez-y mollo, les gars.

Lentement, pas à pas, ils traversèrent. Dans la partie la plus profonde de la rivière, l'eau arrivait jusqu'à la taille.

En y entrant, Kathy serra les dents. Mais en avançant avec les autres, une main dans le gros poing de Douglas, l'autre serrée comme dans un étau par les doigts de Norton, elle oublia le froid et se concentra sur sa traversée.

La tête de la chaîne atteignit la rive opposée et les hommes se groupèrent pour aider les autres.

Claquant des dents, Kathy escalada la berge, l'appareil de Chet se balançant et cognant sa poitrine. Il lui tendit une main pour l'aider sur les derniers mètres et la déchargea de ce fardeau.

– Cours un peu, conseilla-t-il. Saute sur place. Ne reste pas sans bouger, tu te réchaufferas. Tu as l'air d'un rat noyé.

– Toi aussi. Et nous tous.

Quelques autres gravissaient en courant la pente abrupte. Kathy courut avec eux. Sur leur gauche, l'objet les dominait de très haut, comme une grande muraille noire dressée vers les cieux. Le fracas des arbres abattus et le grondement sourd de l'objet qui les mastiquait étaient plus bruyants qu'ils ne l'avaient cru de l'autre berge.

Les photographes se dispersèrent, l'objectif braqué.

Vue de près, la chose était infiniment plus impressionnante. Ses véritables dimensions apparaissaient. Et aussi son aspect imperturbable. La gigantesque caisse noire avançait lentement, sans faire attention, ou sans paraître faire attention aux humains qui grouillaient autour d'elle. Comme si elle ne s'apercevait pas de leur présence ou, si elle en avait conscience, les négligeait. Comme si nous n'existions pas, pensa Kathy; comme si nous n'étions pas dignes d'attention – simplement de petites formes de vie courant en tous sens, dépourvues d'intérêt.

Elle se dirigea vers l'arrière de l'objet pour essayer de comprendre comment il se déplaçait. Il n'y avait pas de chenilles, pas de roues, rien pour le propulser. Ça ne semblait même pas avoir de parties mobiles et, tout bien réfléchi, aucune partie n'avait l'air de toucher le sol. Elle envisagea de s'accroupir et de glisser une main entre la terre et la grande masse noire, pour voir s'il y avait réellement un espace, mais à la dernière seconde, le courage lui manqua. On risquait de perdre une main, avec un truc comme ça, se dit-elle.

La caisse, à vrai dire, n'était pas vraiment une caisse. Le côté que voyait Kathy montait tout droit mais l'arrière (et peut-être l'avant aussi) était légèrement incurvé vers l'extérieur, le bord proche du sol formant une petite avancée. Sans qu'elle comprenne pourquoi, l'ensemble lui rappela une carapace de tortue.

Elle la contourna, heurta une racine du pied, fut projetée en avant mais parvint à garder son équilibre. Elle regarda sur quoi elle avait buté. Ce n'était pas une racine. C'était blanc, très lisse, très près du sol. Elle s'accroupit et balaya de la main des aiguilles de sapin qui le recouvraient. Elle vit alors une souche récemment coupée, proprement sciée à quelques centimètres de la terre.

Ahurie, elle passa sa main sur le dessus lisse. De fines gouttes de résine en sortaient, qui lui poissèrent la paume. L'objet ne renversait pas les arbres, comme elle l'avait cru. Il les taillait à ras du sol et les poussait, de tout son poids immense, pour qu'ils tombent devant lui.

Cela signifiait, pensa-t-elle, que cet abattage d'arbres n'était pas simplement destiné à tailler un passage. Cela voulait dire que l'objet était conçu pour faire précisément cela. Et alors qu'elle le pensait, l'arrière de l'espèce de carapace de tortue frémit et remonta, comme une porte de garage répondant automatiquement à un signal.

L'arrière coulissa d'un mètre cinquante environ en hauteur et trois gros objets blancs furent éjectés. Avec eux arriva un soudain jaillissement d'écorce et d'aiguilles de sapin mâchées, ressemblant aux débris crachés par une tondeuse à gazon.

Puis l'arrière de l'objet retomba.

Des glissières? se demanda Kathy. Avait-elle vu des glissières par lesquelles étaient expulsés ces masses blanches et ces débris? Elle ne pouvait en être sûre.

Avec prudence, elle s'approcha d'une des bales, avança la main, puis la ramena, soudain effrayée, répugnant à la toucher. Elle s'en voulut de sa crainte, se traita de tous les noms et avança de nouveau la main. Le matériau blanc était serré, compressé mais pas lié par du fil de fer ou des cordes. Elle voulut y enfoncer le doigt mais le matériau résista. Elle réussit à en arracher un petit fragment.

C'était presque comme du coton. Bizarre, se dit-elle, une bale de coton sortant de ce monstre qui mangeait des arbres.

Du côté de la rivière lui parvint un grincement métallique et, en se retournant, elle vit qu'un gros camion équipé d'une grue avait reculé jusqu'au bord, à l'autre extrémité du pont. La grue soulevait de la plate-forme une grande plaque de bois rectangulaire. Dessous, d'autres étaient empilées. Elle pensa que ce devait être les soldats du Génie avec leur pont préfabriqué. Peut-être n'aurait-elle pas à se mouiller pour retraverser; elle se demanda combien de temps il leur fallait pour assembler le pont. Elle espéra qu'ils ne mettraient pas trop longtemps, car cela ne lui disait rien de replonger dans cette eau glacée.

Elle entendit des pas précipités derrière elle. Chet arrivait en courant, suivi par d'autres photographes et des journalistes.

– Qu'est-ce que tu as là? demanda-t-il en haletant. D'où viennent ces bales?

– La chose vient de les cracher.

Déjà Chet se ruait, l'œil à son viseur, d'autres se précipitaient. Les équipes de télévision montaient frénétiquement leur équipement, certains utilisaient des mini-caméras à main, d'autres manipulaient des trépieds et du matériel électronique.

Lentement, Kathy recula. Elle ne pouvait rien faire et c'était rageant. C'était un *scoop* pour les journaux du soir. Ce serait dans les dernières éditions et aux journaux télévisés de la soirée avant que le *Tribune* soit bouclé. C'était parfois comme ça, se dit-elle avec philosophie. On gagnait sur des coups, on perdait sur d'autres. On n'y pouvait pas grand-chose.

Elle se demanda ce que tout cela signifiait, ce

monstre de caisse qui mangeait des arbres et, par l'autre bout, éjectait des bales ressemblant à du coton, ainsi que des boisseaux de déchets qui étaient probablement le sous-produit de sa digestion d'arbres. Logiquement, ces bales étaient produites par les arbres mangés, mais que pouvait être cette chose blanche? Elle devrait le savoir, pensa-t-elle, en cherchant fébrilement des connaissances enfouies au fond de sa mémoire, des restes de ces journées d'université où elle avait vaillamment lutté avec la biologie mais sans grand succès. Les sciences, les sciences et les maths étaient ce qu'elle détestait le plus et elle n'avait jamais réussi dans ces matières.

Un mot lui revint à l'esprit. Cellulose. Ce serait ça? Elle se souvenait vaguement que les arbres étaient composés, en grande partie, de cellulose. Peut-être toutes les plantes en contenaient-elles. Mais combien? Assez pour que cela vaille la peine de mastiquer des arbres pour en extraire la cellulose? Et est-ce que ça ressemblait à du coton? Et si c'était vraiment de la cellulose, pourquoi diable cette grande caisse noire en aurait-elle besoin?

Tout en réfléchissant ainsi, Kathy avait reculé, pas à pas, la tête levée pour contempler l'énorme masse, en cherchant à mieux la voir en perspective, à mieux mesurer sa taille.

Un arbre l'arrêta. Baissant la tête pour regarder autour d'elle, elle s'aperçut qu'elle avait reculé dans la forêt, au bord de la large piste taillée par la chose du ciel.

Derrière elle, une voix basse murmura :

– Kathy... Kathy, c'est toi?

Elle la reconnut immédiatement, elle sut tout de suite qui lui parlait et se retourna vivement, le cœur battant.

– Jerry! Qu'est-ce que tu fais là, Jerry?

Le grand imbécile était planté là, avec un large sourire, ravi de s'être approché d'elle sournoisement et de l'avoir effrayée. Il portait des cuissardes, sa figure était couverte d'égratignures et sa chemise de laine déchirée.

– Jerry, répéta-t-elle sans en croire ses yeux.

Il l'avertit, un doigt sur les lèvres.

– Pas si fort.

Elle se jeta à son cou.

– Attention, dit-il en la serrant dans ses bras. Attention. Reculons un peu.

Tout en parlant, il l'attira plus profondément dans le fourré. Elle leva vers lui un visage mouillé de larmes.

– Mais pourquoi, Jerry? Pourquoi « attention »? Je suis si heureuse de te voir. J'ai été envoyée ici par la rédaction, j'ai laissé un message pour toi...

– Attention, répéta-t-il, parce que je ne peux pas me montrer.

– Je ne comprends pas. Pourquoi? Et d'abord, qu'est-ce que tu fabriques ici?

– J'ai garé la voiture et je suis allé pêcher dans le trou d'eau. Et puis cette chose est descendue et a écrasé la voiture...

– Ainsi, c'était la tienne?

– Tu l'as vue? Je suppose qu'elle est complètement aplatie.

– Complètement. On l'a emportée.

– Qui ça?

– Je ne sais pas. Elle a été remorquée, c'est tout. C'est peut-être le FBI.

– Merde, jura-t-il.

– Pourquoi?

– C'est une des choses que je craignais. Ils vont trouver les plaques minéralogiques. Ils sauront qu'elle est à moi.

– Jerry, pourquoi te caches-tu? Qu'est-ce que tu as à cacher?

– J'étais dans cette chose, là-bas. A l'intérieur. Un truc en est sorti et m'a soulevé pour me jeter dedans.

– Dedans? Mais tu as pu t'enfuir.

– Elle m'a éjecté. J'ai atterri dans un arbre. C'est ce qui m'a sauvé.

– Je ne comprends rien du tout, Jerry. Pourquoi as-tu été jeté à l'intérieur?

– Pour être examiné, je crois. Je ne sais pas trop. Je ne suis sûr de rien. J'ai passé toute la nuit, perdu, tapi dans la forêt. J'ai failli mourir de froid. J'ai beaucoup réfléchi.

– Tu as réfléchi et tu as fini par comprendre quelque chose. Dis-moi quoi.

– J'ai compris que je ne peux pas être un de ces cinglés qui ont été à l'intérieur d'une soucoupe volante.

– Ce n'est pas une soucoupe, Jerry.

– Ça n'en est pas loin. Ça vient de l'espace. C'est vivant. Je le sais.

– Tu le sais...

– Oui, je le sais. Pas le temps de t'expliquer maintenant.

– Viens donc avec moi. Je ne veux pas que tu coures tout seul dans les bois.

– Il y a des journalistes, là, dehors, n'est-ce pas?

– Oui, bien sûr.

– Ils ne feraient qu'une bouchée de moi. Ils me poseraient des questions.

– Mais non. Je ne le leur permettrai pas.

– Et il y a des policiers près du pont.

– Oui, deux.

– Ils me guettent, fort probablement. Ils ont sans doute deviné que quelqu'un avait laissé sa voiture là pour aller à la pêche dans le trou d'eau. Ces cuissardes... Ils me reconnaîtraient aux cuissardes.

– D'accord, d'accord, dit-elle. Qu'est-ce que tu veux faire, alors?

– Je suis descendu en reconnaissance jusqu'à la rivière. Quand j'ai vu les agents, j'ai compris que je ne pouvais pas traverser. Il y a un endroit peu profond où je peux passer à gué. A deux ou trois cents mètres en aval. Juste en face du bout de la ville. Plus tard, tu pourras me retrouver là-bas.

– Si c'est ça que tu veux, Jerry. Mais je pense quand même que tu pourrais sortir avec moi.

Il secoua la tête.

– J'ai bien réfléchi. Je sais ce qui se passera si on découvre que j'ai été à l'intérieur de ce truc. Je te verrai tout à l'heure. Retourne là-bas, maintenant, avant qu'on vienne à ta recherche.

– Embrasse-moi d'abord, dit Kathy. Espèce de gros idiot, tu ne m'as même pas embrassée.

10. WASHINGTON, D.C.

Quand Dave Porter entra dans la salle de conférence, les autres y étaient déjà. Certains venaient d'arriver et prenaient place. Le Président était assis en haut de la table, le général Henry Whiteside, chef d'état-major de l'armée, à sa droite, John Hammond, chef de cabinet de la Maison Blanche, à sa gauche.

John Clark, l'attaché militaire du Président, occupait une place près de l'autre bout de la table. Il dégagea une des chaises libres, pour inviter le chargé de presse à s'asseoir.

– Merci, Jack, lui dit Porter en se rapprochant de la table.

– Dave, y a-t-il du nouveau sur les téléscripteurs? demanda le Président.

– Rien, monsieur le Président. Je pense que tout le monde doit savoir que notre visiteur dévore des arbres et les transforme en bales de cellulose.

– Oui, je crois. Cette nouvelle est tombée ce matin de bonne heure. Il n'y a rien d'autre?

– Beaucoup de copie, répondit Porter. Rien d'extraordinaire. Le nouvel objet sur orbite a droit à pas mal d'attention.

– Très bien, dit le Président. Essayons de clarifier ce que nous savons de la situation. Général, si vous voulez commencer?

– Tout paraît calme, déclara Whiteside. La population est très intéressée mais il n'y a pas de panique. Pas encore. Il n'en faudrait peut-être pas beaucoup pour la déclencher, tout le monde est sur les dents. La tension a sérieusement monté, j'imagine, mais jusqu'à présent elle est maîtrisée. Des dingues se livrent à quelques actes grotesques. Il y a eu des manifestations dans certaines universités, mais bon enfant. Des gosses qui se défoulent. De l'exubérance. Dans le Minnesota, la police routière a la situation bien en main. Lone Pine a été isolé par un cordon de police. La population semble le prendre assez bien. Pas de grosses demandes de laissez-passer. Le gouverneur a mis la Garde nationale en alerte mais on n'a pas encore eu à s'en servir. La police routière laisse la presse entrer à Lone Pine. Ce matin de bonne heure, quelques journalistes et photographes ont traversé la rivière à gué et circulé tout autour du visiteur. Il ne s'est rien passé. Il a continué de s'occuper de ses affaires, si je puis m'exprimer ainsi. J'aime autant vous dire que nous nous sommes inquiétés de la mort du coiffeur, hier, mais jusqu'ici cet objet n'a pas manifesté d'autre hostilité. Il paraît qu'un groupe d'agents du FBI de Minneapolis est maintenant sur les lieux. Le directeur a peut-être reçu de leurs nouvelles?

Timothy Jackson, directeur du FBI, répondit :

– Rien qu'un rapport préliminaire, Henry. Autant que nos agents ont pu s'en assurer, le visiteur ne semble muni d'aucun armement, quel qu'il soit. Ou du moins rien qui puisse être identifié comme armement. En fait, il ne porte absolument rien, rien n'est monté dessus, rien n'en sort.

– Alors comment a-t-il tué le coiffeur? demanda le Président.

– C'est ce que nous aimerions bien savoir, grommela Whiteside. Jusqu'à présent, nous n'en avons pas la moindre idée.

– Steve, vous envoyez aussi des hommes, n'est-ce pas?

– Ils devraient être déjà sur place, monsieur le Président, répondit le Dr Steve Allen, le conseiller scientifique. J'attends leur coup de fil d'une minute à l'autre. Mais je ne crois pas que nous puissions espérer de rapides découvertes ni de révélations stupéfiantes. Nous avons apparemment affaire à quelque chose qui dépasse de loin tout ce que nous connaissons.

– Entendez-vous par là, demanda Marcus White, le Secrétaire d'Etat, que nous avons affaire à une chose venue de l'espace, une intelligence extra-terrestre, peut-être?

– On a toujours tendance à exagérer, au début, dit Allen. J'avoue qu'il est tentant de dire qu'il s'agit d'une intelligence de l'espace mais nous n'en avons encore aucune preuve. C'est indiscutablement tombé de l'espace et, comme je le disais, semble dépasser toutes nos connaissances actuelles mais, en tant que savant, j'hésite à formuler un jugement avant d'avoir au moins reçu quelques résultats.

– Vous restez assis entre deux chaises, dit le Secrétaire d'Etat.

– Non, Marcus, je réserve simplement mon jugement. Il paraît improbable, à première vue, que la chose ait une origine terrestre mais pour le moment nous n'en savons rien. Je suis encouragé par le fait que cette chose, quelle qu'elle soit, ne semble pas vouloir faire de mal. Jusqu'à présent, elle a été amicale.

– Abattre des arbres n'est pas précisément amical, protesta William Sullivan, Secrétaire à l'Intérieur. Vous rendez-vous compte, monsieur le Président, que le territoire où elle se livre à ces déprédations est une forêt protégée? Une des plus importantes que nous ayons, la plus représentative de ce qu'était réellement la terre sauvage primitive. Des milliers d'hectares d'arbres, des sapins pour la plupart, se dressent encore aujourd'hui là où ils étaient avant que des hommes blancs arrivent en Amérique. Vraiment, c'est une affaire tragique.

– Il me semble, dit Hammond, que l'abattage d'arbres et la transformation en cellulose devraient être considérés comme une marque d'intelligence.

– Une machine bien programmée pourrait très facilement accomplir cette tâche, déclara le conseiller scientifique.

– Mais quelqu'un ou quelque chose à dû programmer la machine.

– C'est vrai, dit Allen.

– A mon avis, estima le Secrétaire d'Etat, la perte de quelques arbres est peu de chose à côté de ce qui se passe.

– A votre avis, peut-être, objecta l'Intérieur, mais je ne puis être d'accord avec vous. C'est l'arrogance du visiteur qui m'inquiète. C'est comme si quelqu'un s'introduisait dans un jardin et abattait un pommier que son propriétaire chérit depuis des années ou volait les produits de son potager. Non pas en commettant un simple acte de vandalisme mais en agissant comme s'il avait un droit légal d'abattre le pommier ou de piller le potager.

– Nous perdons du temps, déclara le Secrétaire d'Etat, à ressasser ces petits détails. Nous devrions nous occuper de notre attitude nationale, mettre au point une politique. Si notre visiteur du Minnesota se révélait extra-terrestre et intelligent, nous devrons nécessairement avoir une politique pour l'affronter. Nous ne pouvons être certains qu'il soit seul. Il peut y en avoir d'autres qui attendent son rapport avant de se poser. Et si d'autres apparaissent, une conduite cohérente serait capitale. Nous devons définir notre attitude à leur égard. Comment allons-nous les traiter et les considérer? Je ne veux pas dire que nous devons immédiatement en venir aux détails précis, puisque nous ne savons pas encore au juste de quoi il s'agit, mais nous devons certainement déterminer en gros comment nous agirions face à certaines éventualités. Nous avons le temps de mettre au point une politique. Si nous ne le faisons pas maintenant, nous risquons d'être obligés de réagir d'une manière improvisée et pas toujours au mieux de nos intérêts.

– Vous parlez comme si ce truc du Minnesota était l'équivalent d'une nouvelle nation, grommela Whiteside. Eh bien, ce n'est pas une nation. Nous ne savons pas ce que c'est. Comment pouvons-nous décider d'une politique avant de savoir ce que c'est? En tant que militaire, mon principal souci est notre capacité de défense contre la chose.

– La défense, dit White. Rien n'indique pour le moment que nous ayons besoin de nous défendre.

– Il y a une autre question que nous devons aborder, intervint Leslie Logan, l'homme de la CIA. Celle de la sécurité.

– Comment ça, la sécurité? demanda le Secrétaire d'Etat.

– S'il y a une intelligence dans l'objet du Minnesota, si nous découvrons qu'il vient d'un endroit qui ne ressemble en rien à la Terre, possédant des facteurs d'évolution et de développement différents de tout ce que nous connaissons sur Terre, alors il est possible que nous ayons beaucoup à en apprendre. Nous traiterions avec une intelligence, une technologie totalement étrangères. Si nous parvenions à acquérir une partie de sa technologie, nous pourrions sans aucun doute l'adapter à nos propres besoins, dans le sens de l'intérêt national. Toute étude que nous ferons doit être menée dans cette perspective. Je pense qu'il serait extrêmement imprudent de partager ces nouvelles connaissances avec le monde. Nous devrions prendre immédiatement des mesures pour qu'aucune information que nous obtiendrions tombe entre les mains de puissances étrangères. Naturellement, nous pourrions révéler quelques découvertes d'ordre général. Un geste à l'égard de l'opinion internationale, en somme, mais sans précipitation et avec un grand discernement.

– Un intérêt international se développe, déclara le Secrétaire d'Etat. Je commence à recevoir de discrètes demandes d'information. Sir Basil, de l'ambassade britannique, m'a téléphoné ce matin. Je peux m'attendre demain à un appel de Dmitri. Et d'autres ensuite. Je suis d'avis qu'il vaudrait mieux, pour un meilleur climat international, que nous soyons parfaitement francs dès le début. Nous pouvons nous attendre à ce qu'on dise bientôt qu'il ne s'agit pas d'une affaire d'intérêt uniquement national, qu'elle devrait être internationale. Je préconiserais d'inviter un groupe de savants du monde entier à participer à nos observations, nos études et nos évaluations.

L'homme de la CIA secoua la tête.

– Je ne suis pas du tout d'accord.

– Andy, qu'avez-vous à dire de tout cela? demanda le Président.

– Je ne puis faire de commentaire impromptu, répondit Andrew Rollins, le ministre de la Justice. Autant que je me souvienne, il n'y a rien dans le droit international qui s'applique à la situation. Il pourrait y avoir l'une ou l'autre clause, glissée dans quelques traités. Vous devez m'accorder quelques jours.

– Vous parlez comme un avocat, protesta le Secrétaire d'Etat.

– Je suis un avocat, Marcus.

– Alors, au pied levé, en tant qu'homme, et non en tant qu'avocat : que pensez-vous franchement? Si c'est contraire à vos précieux manuels de droit, nous ne vous en tiendrons pas rigueur.

– Ce qui me frappe, dit Rollins, c'est que nous avons parlé de nos intérêts, des intérêts du monde et de la politique que nous devrions adopter. Pas un instant nous n'avons considéré les intérêts de notre visiteur. Il est venu nous rendre visite, pour le bien ou le mal je ne sais pas. Mais tant que nous ne le savons pas, tant que nous n'avons pas de preuves du contraire, je pense qu'en hôtes aimables, nous devons lui accorder le bénéfice du doute.

– C'est exactement ce que je voulais dire, Andy. Comme toujours, vous le formulez bien mieux que moi.

– Mais ça détruit des arbres! gémit l'Intérieur.

– Tout en reconnaissant que nous avons certaines obligations en tant qu'hôtes, intervint Whiteside, je persiste à penser que nous devons rester en alerte, sur nos gardes. Nous affrontons quelque chose que nous ne connaissons pas.

– Vous estimez toujours que nous risquons d'être

forcés de nous défendre? demanda le Secrétaire d'Etat.

– Je n'ai pas dit ça, Marcus. J'ai dit que nous devions rester en alerte.

Porter prit alors la parole :

– Aujourd'hui, à la conférence de presse, on a posé des questions à propos du nouvel objet sur orbite. On voulait savoir si nous envisagions d'envoyer une navette de la station spatiale pour enquêter. J'ai pu simplement répondre qu'on en discutait. Est-ce toujours le cas? Il me semble qu'on en avait parlé.

– La navette peut être prête à partir dans une heure, dit John Crowell de la NASA. Il suffit d'un ordre présidentiel. La station a été alertée et l'équipage de la navette attend.

– Est-ce que ce serait une entreprise difficile? demanda le Président.

– Un exercice relativement simple, expliqua Crowell. La station et l'objet sont en orbites synchrones, écartés l'un de l'autre de moins de quinze cents kilomètres. Il me semble que ce serait tout à notre avantage d'employer la navette pour aller voir de plus près. Avec le télescope de la station qui n'est pas, comme vous le savez peut-être, une lunette astronomique mais d'une puissance relativement limitée, nous avons pu obtenir un peu d'informations. L'objet est beaucoup plus grand qu'on ne l'avait cru au début. Il mesure près de trente-cinq kilomètres de diamètre et huit d'épaisseur. En forme de disque. On dirait que ce n'est pas un seul objet massif mais qu'il est composé de parties séparées.

– L'idée que tout le monde a en tête, naturellement, dit Porter, c'est que ça pourrait avoir un rapport avec notre visiteur. Que ça pourrait être un vaisseau porteur.

– Je crois que nous devons envoyer la navette,

décida le Président, et découvrir ce que c'est réellement. Voyez-vous un danger? demanda-t-il à Crowell.

– Rien de particulier, à ma connaissance. Dans un cas semblable, le danger ne peut être entièrement exclu.

– Et le reste d'entre vous? Voyez-vous des complications?

– Il peut y avoir des complications, dit la Justice, mais c'est une chose que nous devons faire, monsieur le Président. Il faut que nous sachions ce qu'il y a là-bas, ce que nous avons à affronter. Mais je pense que le pilote devrait avoir ordre d'être extrêmement prudent. De veiller à ne rien déclencher. Pas d'action précipitée. Absolument pas d'héroïsme.

– Tout à fait d'accord, approuva le Secrétaire d'Etat.

– Moi aussi, dit l'Intérieur.

Un murmure d'assentiment courut autour de la table.

11. LONE PINE

Jerry avait traversé la rivière et attendait quand Kathy descendit de la colline derrière le motel. Il était assis à la lisière d'un bouquet de pruniers qui le cachaient du pont, à deux ou trois cents mètres en amont.

Elle contourna les arbres, l'aperçut et lui lança la paire de souliers qu'elle apportait.

– Tu peux te débarrasser des cuissardes, maintenant. J'espère que j'ai pris la bonne taille.

– Je fais du quarante-deux, dit Jerry.

– C'est du quarante-trois. Je ne me souvenais pas. Je n'ai peut-être jamais su. Mieux vaut trop grand que trop petit. Des curieux arrivent, ils passent à travers le cordon de police. Sans cuissardes, personne ne te remarquera.

– Merci. Les bottes m'inquiétaient.

Elle alla s'asseoir à côté de lui. Il la prit par les épaules, l'attira et courba la tête pour l'embrasser.

– C'est gentil, chez toi, dit-elle. Restons un peu et bavardons. J'ai des tas de questions à te poser. Ce matin, là-bas, tu ne m'as rien laissé demander. Maintenant vas-y, raconte-moi tout.

– Eh bien, je t'ai dit que j'avais été à l'intérieur de ce truc. Je n'étais pas le seul. Il y avait un poisson, un lapin, un rat musqué et un raton laveur.

– Tu disais qu'on voulait t'examiner. Est-ce qu'on voulait étudier les autres aussi?

– Je crois. Suppose que tu sois un extra-terrestre, tu atterris sur une autre planète. Tu veux savoir rapidement quel genre de vie il y a.

– Si tu commençais par le commencement? Raconte-moi tout, en détail.

– Tu vas m'interrompre, poser des questions.

– Non. Je vais t'écouter tranquillement.

– Et tu n'écriras rien? Tu ne feras pas un article sur moi?

– Ça dépend si ton histoire est bonne. Et si elle peut être écrite. Mais si tu dis non, c'est non. Je discuterai peut-être avec toi, mais si tu ne veux vraiment pas, eh bien je n'écrirai rien.

– D'accord. Hier j'ai fait un détour pour venir ici parce qu'on m'avait parlé des grosses truites arc-en-ciel dans le trou d'eau sous le pont. Quand je suis arrivé, je savais que je ne pourrais y passer qu'une demi-heure, à cause de ce concert où tu voulais aller et...

– Ainsi, tu t'es souvenu du concert?

– Comment pouvais-je l'oublier? Tu m'as harcelé, menacé...

– Bon, bon, continue, raconte.

Il continua et raconta, sans être trop interrompu.

– Pourquoi n'es-tu pas revenu à Lone Pine hier soir? demanda-t-elle quand il eut fini. Tu connaissais cet endroit où tu pouvais traverser à gué.

– Non. C'est plus tard, seulement. Pas avant ce matin. Hier soir, j'étais perdu... toute la nuit. Quand la chose m'a éjecté, j'ai perdu tout sens de l'orientation et il faisait nuit noire. Je ne pouvais même pas retrouver ce truc que tu appelles le visiteur. Alors j'ai découvert ce que j'ai pris pour un sentier. Je ne pouvais le suivre qu'à quatre pattes. Quand j'essayais de marcher, je me cognais dans les arbres. A genoux, je pouvais tâtonner avec les mains. J'ai suivi le sentier parce que je pensais qu'il me conduirait quelque part. Mais non, il a fini par disparaître. Quand j'ai vu ça, j'ai compris que je devais attendre le jour. Alors je me suis glissé sous un petit sapin. Ses branches frôlaient le sol et elles m'ont abrité du vent. Malgré tout, il faisait très froid. Je n'avais pas d'allumettes pour faire du feu...

– Et tu es resté jusqu'au jour?

– Oui. Alors j'ai entendu tomber des arbres et ce grondement que fait le visiteur quand il les mange. Je ne savais pas que c'était le visiteur, bien sûr. Je ne savais pas ce qui se passait. C'est une réserve, une forêt protégée et personne n'a le droit d'y abattre des arbres. Mais je n'ai pas pensé à ça, sur le moment. Je me suis simplement dit qu'il y aurait quelqu'un pour me montrer comment retourner à Lone Pine.

– Et tu as vu la police routière à la hauteur du pont et tu as pris peur?

– Précisément. J'ai exploré le long de la rivière et j'ai trouvé cet endroit où je pouvais traverser. Et puis j'ai entendu du monde de mon côté, alors je suis allé voir. C'est là que je t'ai aperçue.

– Je ne comprends toujours pas très bien pourquoi tu ne veux pas qu'on sache que tu as été à l'intérieur du visiteur.

– C'est pourtant simple. Je n'ai pas l'ombre d'une preuve. Je ne serais qu'un abruti de plus qui essaye de se faire valoir avec un atterrissage de soucoupe volante. Le pays doit être sens dessus dessous, à présent.

– Plutôt, dit Kathy. Surtout Washington, sans doute. Je t'ai parlé des types du FBI qui sont ici. Et une équipe d'observateurs scientifiques est arrivée dans l'après-midi.

– Si jamais quelqu'un soupçonne que je me suis trouvé à l'intérieur de ce truc, dit Jerry, on me sautera dessus et on m'interrogera. Je peux dire la vérité, la conscience tranquille, bien sûr, mais je ne peux pas prouver mon histoire. Je me sentirais idiot et il est probable qu'on ne me croirait pas. Et tôt ou tard les journaux parleraient de moi, la moitié des gens me prendrait pour un menteur et, ce qui est pire, l'autre moitié me croirait...

– Oui, je commence à comprendre.

– Ce que j'ai à dire ne servirait pas à grand chose mais une fois qu'ils m'auraient mis la main dessus, ils ne me lâcheraient plus. Ils continueraient de me harceler et de me bombarder de questions, en cherchant à me prendre en flagrant délit de mensonge. Aussi bien, ils me traîneraient à Washington et moi j'ai cette thèse à laquelle je travaille...

– Oui, tu as raison, reconnut Kathy. Oui, je crois que ta décision est la bonne.

– Alors tu ne vas pas insister pour écrire un article sur moi?

– Je ne sais pas si j'oserais, avoua-t-elle. Ça aurait l'air bidon, du sensationnalisme pur. Aucune preuve pour étayer l'histoire. Rien que ta parole. J'entends d'ici ce que dirait Al Lathrop...

– Qui est Lathrop?

– Le directeur du journal. C'est un fana de la documentation. Jamais il ne laisserait passer un tel papier. Johnny non plus, probablement. Johnny en baverait, mais il saurait que Lathrop...

– Ça me rassure, dit Jerry. J'avais peur d'être obligé de me bagarrer avec toi.

– C'est quand même malheureux. Ça serait un sacré papier. Dieu, quelle histoire ça ferait! Les agences de presse la reprendraient. Tous les journaux la publieraient. Des millions de gens la liraient. Tu serais un héros du jour au lendemain...

– Ou une pauvre cloche...

– Ça aussi, oui.

Elle se laissa aller au creux du bras de Jerry. Il faisait bon. Le soleil qui commençait à baisser à l'ouest était chaud; il n'y avait pas un nuage. Devant eux, l'eau peu profonde gargouillait sur son lit de cailloux. Sur la rive opposée, un bosquet de peupliers étincelait de tout l'or de ses feuilles d'automne sur le fond vert sombre des sapins.

– Tu te rends compte, naturellement, dit-elle, qu'ils finiront par te rattraper. Dès qu'ils auront suffisamment démonté cette voiture pour trouver des plaques. Ou quand ils auront le numéro du moteur.

– Oui, je sais. Je dois gagner du temps. Il faut que je réfléchisse encore. Que je me remette. Que je sache ce que je dois faire. A ce moment-là, peut-être, la question de savoir à qui appartient la voiture paraîtra moins importante.

– Même quand ils sauront qu'elle est à toi, il n'y a pas de raison de leur dire que tu as été à l'intérieur du visiteur. Ils ne te le demanderont jamais. Personne ne se doutera que ça a pu arriver. Tu n'auras qu'à attendre que tout se tasse. J'ai dans l'idée qu'avec le temps, le visiteur leur donnera bien d'autres sujets de réflexion. D'ici quelques jours, tu devrais avertir ton assurance, pour la voiture. A ce moment, nous saurons probablement qui l'a remorquée et pourquoi.

– Ça peut attendre. Mais j'ai un problème. Il faudrait que je retourne à l'université.

– Chet doit aller à Bemidji d'ici une heure ou deux, avec des bobines de pellicule à mettre dans un avion à destination de Minneapolis. Un des gosses qui travaillent à la station-service est parti ce matin et il a ramené la voiture pour Chet. Elle avait été abandonnée dans le bouchon, quand la police routière a barré les routes de Lone Pine et elle attendait là. Tu peux aller avec Chet à Bemidji et prendre l'avion là-bas.

– Je n'ai pas d'argent sur moi pour mon billet, Kathy.

– Ça ne fait rien, j'en ai. J'ai pris toute une liasse pour mes dépenses, avant de quitter le *Tribune*.

– Je te rembourserai plus tard. Tu devras attendre.

– Inutile. Je peux m'arranger pour faire passer ça sur la note de frais. Sinon tout cette fois, le reste au prochain reportage.

– Ça m'ennuie de partir, murmura Jerry. C'est si paisible ici. Une fois de retour, je vais m'énerver, en attendant que le téléphone sonne ou qu'on vienne me taper sur l'épaule.

– Ça peut prendre du temps. Ils ne sont pas si rapides. Et ils ont d'autres choses à faire.

– Quand part Chet?

– Pas tout de suite. Nous avons un moment.

– Quand vas-tu rentrer au *Tribune*?

– Aucune idée. Bientôt, j'espère. J'ai réfléchi à une chose que tu m'as dite. Cette idée de foyer que le visiteur a projetée dans ton esprit, si c'était ça. Qu'est-ce que tu en penses?

– J'y ai réfléchi, réfléchi. C'était curieux. Pas une chose à laquelle on pourrait s'attendre. Mais j'ai beau me creuser la tête, je tourne en rond. Je n'arrive pas à saisir.

– C'est curieux, en effet.

– Tout est bizarre. Si ça ne m'était pas arrivé à moi, je dirais que c'est impossible.

– Pas d'impression générale? Aucune idée de ce que pourrait être ce visiteur?

– Tout était terriblement déroutant. J'ai essayé de savoir si c'était une machine contrôlée par une intelligence ou bien réellement une créature vivante. Parfois je penche d'un côté, parfois de l'autre. Tout reste très confus. Cependant, ça me hante. Peut-être, si je pouvais tout raconter, décrire exactement ce que j'ai vu et ressenti, à un savant, un exobiologiste, peut-être, il verrait quelque chose qui m'a échappé.

– En parler à quelqu'un, c'est exactement ce que tu veux éviter, lui rappela Kathy.

– Ce que je veux éviter, c'est la curiosité du public, les interrogatoires des services du gouvernement, les ricanements, être traité comme un enfant trop imaginatif, harassé par des gens sans imagination, n'ayant pas la moindre idée de ce qui pourrait être en jeu.

– Dans un jour ou deux, notre visiteur s'envolera peut-être et partira tout simplement, dit Kathy pour le rassurer. Nous ne verrons peut-être plus rien de semblable. Il a pu passer simplement pour une visite, un bref repos avant d'aller là où il voulait se rendre, je ne sais où.

– Je ne crois pas, dit Jerry. Je ne sais pas pourquoi, mais je ne le crois pas.

– Il y a un type à l'université. Le Dr Albert Barr. Un exobiologiste. Pas très connu mais il a publié quelques communications. Tu devrais peut-être lui parler. Jay a fait un papier sur lui, il y a un an ou deux. Il avait l'air d'un type sympa.

– J'irai peut-être le voir.

12. L'ESPACE

– Tu vois quelque chose? demanda le pilote de la navette à son copilote. Notre radar dit que nous sommes près mais je ne vois rien. Nous devrions apercevoir quelque chose. Une lueur, un reflet. Le soleil est juste derrière nous.

– Je ne vois rien. Il y a une minute ou deux, je l'ai cru, mais il n'y a plus rien maintenant.

– Je n'aimerais pas rentrer dans ce foutu machin, grogna le pilote. Tu devrais prendre contact avec la station.

Le copilote décrocha le micro.

– Station, dit-il. Navette à Station. Pouvez-vous nous dire où nous sommes?

– Navette, répondit une voix, nos instruments vous placent juste au-dessus de l'objet. Vous ne voyez rien? Vous ne l'avez pas repéré?

– Négatif. Nous ne le voyons pas.

– Virez de bord, conseilla la station. Sur la gauche. Vous êtes trop près. Essayez une approche par un autre angle.

– Nous virons, annonça le pilote. Nous dégageons et tentons une nouvelle approche.

Le copilote lui saisit le bras.

– Nom de Dieu, souffla-t-il, tu vois ce que je vois? Non, mais regarde-moi ça!

13. LONE PINE

Kathy se réveilla au milieu de la nuit, pelotonnée dans le lit, craintive dans l'obscurité et le froid de la chambre de motel qui pesaient sur elle.

Le froid, pensa-t-elle, le froid et les ténèbres. Elle savait qu'elle pensait moins au froid et à l'obscurité actuels, là dans la petite chambre, qu'aux ténèbres glacées que le visiteur avait traversées pour arriver sur Terre.

En avait-elle rêvé? se demanda-t-elle. Le rêve, maintenant oublié, influençant ce premier instant de réveil? Elle n'en gardait aucun souvenir.

Mais la pensée du visiteur et du vide glacial des espaces interstellaires s'imposait. De quelle distance lointaine était-il venu? Des années-lumière, peut-être, avec la lueur de soleils inconnus comme de vagues points phosphorescents dans les ténèbres envahissantes. Propulsé à travers le cosmos, poussé par un dessein bien à lui, par un vide de l'âme aussi vaste et profond que le vide de l'espace galactique, poussé par une faim qu'aucun habitant de la planète Terre ne pourrait ressentir, à la recherche, peut-être, de la Terre ou d'une planète comme la Terre. Mais pourquoi la Terre ou une planète semblable? Parce qu'elle aurait des arbres? Farouchement, Kathy secoua la tête car ce ne pouvait être que cela. Il devait y avoir plus que les arbres.

Peut-être, se dit-elle, se contentait-il d'explorer, de dresser une carte de la galaxie ou de suivre sur un vieux grimoire un chemin tracé par quelque précédent voyageur, le suivre pour accomplir une mission qu'aucun esprit humain ne pourrait concevoir.

Le froid et l'obscurité, pensa-t-elle encore, en se

demandant pourquoi elle y revenait constamment. Mais il n'y avait pas que le froid et l'obscurité. Il y avait sûrement aussi la solitude, la sensation de petitesse dans l'abîme infini où ne pouvait exister la moindre lueur de compassion ni même de conscience, rien qu'une vaste indifférence qui ne remarquait rien de ce qui se déplaçait ou la traversait. Quelle espèce de créature, se demanda-t-elle, était capable d'affronter une telle indifférence? Quelle espèce de créature se confierait au gouffre du néant? Quel mobile aurait-elle pour se lancer dans le vide sans fin? Peut-être avait-elle un but, car pour faire ce qu'elle avait fait, il devait y avoir un dessein. Mais si son but était la Terre, elle ne pouvait savoir en partant qu'elle l'atteindrait. Certainement personne, même dans les espaces les moins profonds du cosmos, ne pouvait connaître la Terre, avoir une idée de la Terre.

Pauvre chose solitaire, pensa-t-elle. Pauvre mangeuse d'arbres effrayée. Pauvre créature venue de si loin, tombant sur la Terre de l'immense indifférence.

14. WASHINGTON, D.C.

Porter était en pyjama et rabattait les couvertures de son lit quand le téléphone sonna. Il jeta un coup d'œil à la pendulette sur sa table de chevet : près de 2 heures du matin.

– Jack, dit son correspondant au bout du fil. Jack Clark. Vous dormiez?

– Une minute de plus, certainement.

– Dave, je crois que c'est important. Pouvez-vous venir à la Maison Blanche? Retrouvez-nous dans votre bureau.

– Qui ça, nous?
– Moi, la NASA, le conseiller scientifique, Whiteside.
– Pas le Président?
– Il dort. Nous ne voulons pas le réveiller. Il y a diverses choses dont nous devons parler.
– Quoi, par exemple?
– Votre ligne n'est pas sûre. Je ne peux pas vous le dire. Mais je vous répète que c'est important.
– Je serai là dans dix minutes, un quart d'heure.
– Toute réflexion faite, je devrais peut-être convoquer aussi le chef de cabinet de la Maison Blanche. Vous n'avez pas d'objections?
– Hammond? Non, aucune. Certainement, appelez-le, pourquoi pas?
– Bon. Alors nous vous attendons.

Porter raccrocha. Quoi encore? se demanda-t-il. Clark était surexcité et soucieux, il l'avait entendu à sa voix. Personne d'autre ne l'aurait remarqué, peut-être, mais Porter connaissait Clark depuis longtemps.

Il contempla le lit. Pourquoi ne pas se coucher et envoyer au diable Clark et les autres? Dieu savait qu'il avait grand besoin de repos. Depuis vingt-quatre heures, il avait à peine dormi. Mais il savait que ce n'était qu'une pensée fugace. Dans un quart d'heure, il suivrait le couloir vers le bureau de presse. Il ôta son pyjama et alla prendre dans sa commode du linge et des chaussettes.

Dans l'allée, avant de monter en voiture, il contempla un moment le ciel. Quelque part au nord, il entendait le bourdonnement d'un avion s'apprêtant à atterrir. Il chercha les feux clignotants de l'appareil mais ne vit rien. Dans la rue, des feuilles mortes bruissaient, poussées sur le trottoir par le vent.

Tout le monde sauf Hammond était présent et attendait quand il poussa la porte de la salle de presse.

Contre le mur, les téléscripteurs marmonnaient tout bas. La cuisine avait fait monter du café; un percolateur scintillant était posé sur un des bureaux, avec une série de tasses blanches.

Whiteside, installé dans le fauteuil derrière le bureau de Porter, se balançait d'avant en arrière. Crowell, de la NASA, et le Dr Allen étaient assis côte à côte sur le petit canapé. Clark remplissait les tasses. Hammond entra d'un pas vif.

– Que se passe-t-il? demanda-t-il. A vous entendre, c'était urgent, Jack.

– Je ne sais pas si ça l'est. C'est quelque chose dont nous devons parler. La navette a été envoyée et la station nous a fait un rapport.

– Quel genre de rapport?

Clark indiqua Crowell. Tous les regards se tournèrent vers l'homme de la NASA.

– Le nouvel objet dans l'espace, déclara-t-il, comme beaucoup d'entre nous l'ont soupçonné sans vouloir l'exprimer tout haut, a très nettement un rapport avec le visiteur du Minnesota.

– Comment cela? demanda Hammond.

– Ce n'est pas du tout un objet, dans l'acception normale du mot. C'est un rassemblement de visiteurs, des centaines, peut-être des milliers. Personne n'a encore eu le temps d'en calculer le nombre.

– Vous voulez dire un essaim réuni en forme de roue?

– Oui. Nous aurions dû le savoir sans avoir besoin d'aller regarder. L'observation télescopique de la station aurait dû nous mettre la puce à l'oreille. Les observateurs n'ont pas vu un objet massif, mais un rassemblement de particules distinctes.

– Pas exactement des particules, dit Clark.

– D'une distance de quinze cents kilomètres, c'est de cela qu'elles avaient l'air.

– Mais elles restent groupées? demanda Hammond. Elles ne commencent pas à se séparer?

– Nous ne pouvons pas en être certains, répondit Crowell. Les deux hommes de la navette disent que le bord semblait se défaire, plus ou moins. Tous les visiteurs – visiteurs est un mot impropre mais je n'en trouve pas d'autre – tous les visiteurs sur le bord du disque paraissaient moins imbriqués qu'ils ne l'auraient dû. Nous ne savons pas si cela signifie que l'essaim commence à se désagréger. Si nous transposons l'analogie à des abeilles, cette situation pourrait être tout à fait normale. Dans un essaim d'abeilles, alors qu'il demeure intact, il y a toujours un certain nombre d'insectes en mouvement tout autour, qui manœuvrent pour trouver une place plus sûre où se nicher. C'est peut-être le cas avec le nôtre. Les pilotes de la navette ne pouvaient s'en assurer. Ils voyaient mal.

– Ils voyaient mal? demanda Whiteside. Pourquoi?

– Dans l'espace, les objets sont souvent difficiles à détecter, expliqua Crowell. Il n'y a pas de fond sur lequel ils se détachent. On les voit surtout par réflexion de la lumière.

– Mais il y a le soleil! L'essaim devait être en plein soleil. Il devait bien y avoir une réflexion suffisante.

– Il n'y en avait pas, mon général. Ce qui me porte à croire que nous avons affaire à des corps noirs.

– Des corps noirs? J'ai entendu ces mots, mais...

– Des corps qui absorbent toute l'énergie, dans ce cas, la radiation du soleil. Un corps noir parfait absorbe toute l'énergie, n'en reflète pas une parcelle.

– Mais oui, bien sûr! s'exclama Allen. J'aurais dû y penser. J'aurais dû même le savoir. Pour naviguer dans l'espace, une assez bonne quantité d'énergie est nécessaire. C'est ainsi que ces objets obtiennent leur énergie.

Il n'y en a pas beaucoup, mais ils absorbent tout. Pas seulement des soleils dans l'espace, quelle que soit la faiblesse de leurs radiations, mais de toute autre chose dont ils peuvent extraire de l'énergie. L'impact des micrométéorites doit leur en apporter un peu. De l'énergie kinétique, bien entendu, mais ils peuvent probablement la transformer en énergie potentielle. Les rayons cosmiques aussi, et ceux-là contiennent beaucoup d'énergie. Toutes les autres sortes de radiations. Ils avalent tout. Ce sont des éponges!

– Vous êtes bien certain de tout ça, docteur? demanda ironiquement Hammond.

– Eh bien, pas précisément. Non, je n'ai aucune certitude. Mais l'hypothèse est valable. C'est peut-être ainsi que ça fonctionne. Il faut qu'il existe un moyen, permettant à un engin spatial d'extraire suffisamment d'énergie pour continuer d'avancer, répondit Allen. (Il se tourna vers Crowell :) Avant même que vous nous révéliez ce qu'est cet objet, je pressentais que nous découvririons ce que vous décrivez. Mes hommes à Lone Pine rapportent que le visiteur envoie des signaux, des signaux modulés indiquant qu'il est en communication avec quelque chose. Et je me suis demandé avec quoi il pourrait communiquer. La réponse ne peut être qu'avec d'autres objets de son espèce. Personne d'autre ne pourrait décrypter le charabia qu'il transmet.

– Ce qui signifie, déclara Whiteside, qu'il dit à tous les siens là-haut qu'il a trouvé de magnifiques forêts. Qu'il les invite à venir se gaver. Dans un petit moment, d'autres vont sans doute dégringoler, se poser dans nos forêts et se mettre la serviette autour du cou.

– Henry, dit Hammond, voilà que vous concluez encore à la légère. Vous ne pouvez pas en être sûr.

– La possibilité existe, répliqua le général avec

obstination. Nous ne pouvons pas fermer les yeux. Dieu, quelle abominable situation!

– Qu'est-ce que vos hommes ont découvert d'autre? demanda Porter à Allen.

– Pas grand-chose. Le visiteur n'est pas en métal. Nous en sommes certains. Nous ne savons pas ce que c'est. Nous avons essayé d'obtenir des échantillons...

– Vous voulez dire que vos hommes s'en sont approché, qu'ils l'ont gratté et râclé?

– Mais bon Dieu, ils sont montés dessus, partout! Ils l'ont examiné sous toutes ses coutures. Le visiteur n'a pas fait attention à eux. Sa surface n'a pas frémi. Il a continué à abattre du bois.

– Dieu tout-puissant! s'écria Clark. A quoi avons-nous affaire?

Personne ne lui répondit.

– Autre chose me déconcerte, dit Crowell. Comment cet essaim là-haut s'est placé sur orbite. Il faut un moment pour lancer un objet sur orbite. Plusieurs tours de la Terre, avant qu'il soit dans la position voulue, à la vitesse voulue. Si ce nouvel objet, si cet essaim s'est livré à des manœuvres avant de se placer sur orbite, nos observateurs auraient dû le voir. Mais ils n'ont rien vu. Quand ils l'ont découvert, il était déjà bien installé. Et autre chose. Il devait en savoir long sur la planète par rapport à laquelle il avait l'intention de se mettre sur orbite, sa vitesse, sa rotation, sa gravité. Cela s'appliquerait à n'importe quelle orbite mais pour parvenir à une orbite synchrone, il devait avoir calculé tous les éléments à une fraction près. Apparemment, il a tout simplement bondi pour se placer à l'altitude correcte, à la vitesse correcte et comment cela a été fait, je n'en sais rien. Je dirais volontiers que c'est impossible.

– Bon. Maintenant que nous avons appris toutes les mauvaises nouvelles, dit Hammond, qu'allons-nous faire? C'est le but de cette réunion, n'est-ce pas? Préparer un plan d'action? J'aimerais bien pouvoir, dans la matinée, dire au patron que nous avons des réponses pour lui.

– D'abord, nous devrions demander à tous les gouverneurs de placer la Garde Nationale en état d'alerte, proposa Whiteside.

– C'est le plus sûr moyen de flanquer une peur bleue au pays, protesta Hammond.

– Et de rendre plutôt nerveux certains de nos voisins internationaux, ajouta Clark.

– Si on passait la consigne discrètement? demanda le général. Nous dirions aux gouverneurs d'être prêts à alerter la Garde d'un instant à l'autre.

– Il y aurait des fuites, déclara Porter. Il ne peut exister de secret avec quarante-huit gouverneurs, cinquante si nous comptons Hawaii et l'Alaska et je pense que Hawaii et l'Alaska seraient furieux d'être oubliés. Les gouverneurs sont des animaux politiques et certains sont bavards. De plus, ils ont un personnel et...

– Dave a raison, dit Hammond à Whiteside. Vous chercheriez le pépin.

– Si les choses en viennent là, dit Porter, la nation doit être mise au courant, non seulement de ce que nous faisons mais pourquoi. Les gens l'apprendront dans quelques jours, n'importe comment, et ça passerait mieux si nous avertissions immédiatement la population. Mieux vaut que la nouvelle vienne de nous que de quelqu'un d'autre.

– A part la Garde Nationale, que pouvons-nous faire? demanda Whiteside.

– Vous vous entêtez à considérer ces objets comme des ennemis, bougonna Allen.

– Ce sont au moins des ennemis en puissance, insista le général. Tant que nous n'en saurons pas plus long sur eux, nous devons être prêts à parer à toute menace. S'ils nous envahissaient, alors, automatiquement, ils seraient des ennemis.

– Il serait peut-être temps d'exposer la situation à certains de nos partenaires internationaux, dit Hammond. Nous l'avons évité mais si cet essaim commence à descendre, nous n'allons pas être les seuls en cause. Nous avons peut-être le devoir d'avertir les autres.

– Le Président devrait être avec nous, grogna Whiteside.

– Non, laissez-le dormir. Il a besoin de repos. Une longue et dure journée s'annonce.

– Pourquoi supposons-nous que nous sommes les seuls à avoir envoyé une navette pour examiner l'essaim? demanda Porter. Les Soviétiques ont aussi une station spatiale. Ils auraient pu envoyer une navette. Il y a plus de vingt-quatre heures que nous avons annoncé la présence d'un nouvel objet dans l'espace. Ils ont eu le temps.

– Je ne sais pas pourquoi mais je pense que c'est improbable, répondit Hammond. Leur station est à une distance considérable de la nôtre, le voyage de la navette serait plus long. Cette distance ne fait pas une très grande différence, certes, mais je ne le pense pas. D'abord, ils ont moins de raisons de réagir. Le visiteur est chez nous, pas chez eux.

– Et d'ailleurs, qu'est-ce que ça changerait? demanda Clark.

– Nous ne voudrions pas aller les trouver et leur dire, « Ecoutez, mon vieux, nous avons ces trucs là-haut », si nous avions une raison de croire qu'ils en savent autant que nous, peut-être plus, dit Porter.

– Je trouve votre objection abstraite, dit Hammond.

– C'est possible, mais nous ne voulons pas avoir l'air plus bête qu'il n'est besoin.

– Revenons-en à la question de la défense, reprit le général. Vous opposez un veto à la Garde Nationale. Si nous ne pouvons pas faire ça, les installations régulières de l'armée devraient être alertées.

– Si ça peut être fait sans publicité, répliqua Hammond. Si vous garantissez qu'il n'y aura pas de fuites.

– Cela peut s'arranger.

– Ce qui m'inquiète, c'est la panique de la population. Tout va bien pour le moment, mais si vous appuyez sur le mauvais bouton, ce pays peut exploser. Il y a eu tant de discussions, tant de controverses, toutes ces années, à propos des OVNI, que le pays est mûr.

– Il me semble que les histoires d'OVNI sont à notre avantage, estima Porter. L'idée d'extra-terrestres visitant la Terre est un peu vieillotte. Beaucoup de gens se sont faits à la pensée qu'ils viendront un jour. Ils y sont préparés. Ainsi, le choc sera moins grand. Certains pensent que ça nous ferait du bien, s'ils venaient. Nous n'avons plus la psychologie de la Guerre des Mondes de H.G. Wells. Du moins pas complètement. Nous avons eu une préparation psychologique.

– C'est possible, dit Clark, mais un seul crétin disant une sottise pourrait déclencher une panique.

– Je suis d'accord, dit Hammond. Votre proposition est peut-être la bonne, Dave. Dire au peuple ce que nous savons. Lui donner un peu de temps de réflexion, comme ça si d'autres visiteurs arrivent, les gens seront plus ou moins habitués à cette idée. Un mot apaisant ici et là, en prenant soin de ne pas avoir la main lourde sur le sirop calmant. Gagner du temps pour la réflexion pondérée. Le temps de réfléchir et de discuter.

– Tout se résume donc à ceci, déclara Clark. Les installations militaires seront informées de la situation.

Rien ne sera fait pour le moment avec la Garde, mais nous nous tiendrons prêts à la mettre en alerte, dans tout le pays, d'un instant à l'autre. Nous considérerons sérieusement s'il convient d'informer et de consulter les autres gouvernements. Nous dirons à la population tout ce que nous pourrons. Et l'ONU?

– Ne mêlons pas encore l'ONU à l'affaire, conseilla Hammond. Elle arrivera au galop bien assez tôt. Et il est bien entendu que le Président doit approuver tout ça. Il va se réveiller dans deux heures. Nous n'aurons pas à attendre longtemps. Quand nous agirons, nous devrons agir vite.

– John, j'aimerais donner la consigne à mes gars tout de suite, dit Whiteside. Je ne puis imaginer que vous vous y opposerez. Ça reste dans la famille, pour ainsi dire.

– Pas d'objection, répondit Hammond. C'est votre domaine.

Allen se tourna vers Crowell.

– La station reste en observation, je suppose. Elle nous préviendra s'il y a du nouveau? Ou si quelque chose a l'air de se passer?

– Bien sûr. Dès qu'il se passera quelque chose, nous le saurons.

– Et si un de nos amis internationaux prend le mors aux dents et propose de lancer une fusée nucléaire pour faire sauter tout l'essaim? Ou, pis encore, agit unilatéralement? demanda Whiteside.

– Vous avez de ces idées, Henry! protesta Hammond.

– Ça pourrait arriver, insista le général, pour peu que quelqu'un ait assez peur.

– Espérons simplement que ça n'arrivera pas, dit Porter.

– Je crois que c'est tout à fait improbable, jugea Hammond. Je devrais tirer du lit le Secrétaire d'Etat. Il doit être mis au courant. Il pourrait peut-être prendre le petit déjeuner avec le Président. Lui et quelques autres. Le ministre de la Justice, par exemple. Je m'occupe de les appeler.

– Et c'est tout? demanda Crowell.

– On dirait.

– Ça ne vaut guère la peine de retourner se coucher, dit Clark. Dans une heure ou deux, il fera jour.

– Moi je n'y retourne pas, dit Porter. Il y a un canapé confortable dans le salon de la presse. Je vais m'y étendre un peu. Au fait, il y en a même deux. Quelqu'un veut se joindre à moi?

– Je vous accompagne, répondit Clark.

15. LONE PINE

Stiffy Grant entra en traînant les pieds dans le *Pine Cafe* et se hissa sur un tabouret au comptoir. Au bruit de la porte qui claquait, Sally sortit de la cuisine.

– Tu travailles le matin? dit Stiffy. Je croyais que c'était Judy, le matin.

– Elle est enrhumée, alors je la remplace.

Il n'y avait qu'eux deux dans la salle.

– Où est tout le monde? demanda Stiffy. Avec tous ces gens en ville...

– Ils dorment tard. Ceux qui sont ici. La plupart sont descendus à Bemidji, ils font la navette. Il n'y a pas de chambres pour eux ici.

– Les deux du *Tribune* sont ici. Le photographe et la fille journaliste.

– Ils sont arrivés les premiers, alors qu'il y avait encore de la place au motel.

– Ils sont chouettes, dit Stiffy. Des chics types. La fille m'a donné cinq dollars rien que pour répondre au téléphone et pour rester là à le garder, pour que personne ne prenne la ligne. Hier le photographe m'a refilé une bouteille pour surveiller ce qui se passe de l'autre côté de la rivière, pour qu'il puisse dormir un peu. J'étais censé courir le réveiller s'il y avait du nouveau. Mais il s'est rien passé. Du bon alcool. Pas de tes trucs bon marché.

– La plupart des gens sont chouettes, reconnut Sally. Ils laissent de bons pourboires. Les gens d'ici, la plupart n'en donnent jamais.

– Ils apprennent pas grand-chose, pourtant, de ce truc là-bas. Les types de Washington travaillent vraiment dur et ils n'ont pas trouvé grand-chose. L'autre jour j'ai causé avec l'un d'eux. Il avait fouillé dans ces ordures que la chose rejette, ce qui reste une fois qu'elle a fait ces bales blanches. Le type était tout excité de ce qu'il découvrait, mais pour moi, ça n'avait pas beaucoup d'intérêt. Il disait qu'il ne trouvait pas de pignons de sapin, presque pas. Les cônes étaient cassés et les graines avaient disparu. Il disait que c'était anormal. Il avait l'air de penser que la chose collectionnait les graines et les gardait. Je lui ai dit qu'elle les mangeait peut-être; les écureuils les mangent. Mais il n'avait pas l'air de le croire.

– Qu'est-ce que je vous sers, Stiffy?

– Des crêpes, probable.

– Saucisses ou bacon?

– Non, c'est trop cher. J'ai pas les moyens. Rien que les crêpes. Et plein de sirop d'érable. J'aime bien le sirop.

– Il est là dans le pichet. Vous en prenez tant que vous voulez.

– D'accord. Alors plein de beurre. Un peu de beurre en plus. Mais ne me le fais pas payer.

Sally retourna dans la cuisine pour passer la commande au cuisinier et revint.

– Il est allé jusqu'où dans la forêt, le visiteur? demanda-t-elle. Il y a un moment que je ne l'ai pas vu.

– Oh, il a fait près de deux kilomètres. Il avance, jour et nuit. Toutes les quelques minutes, il crache ces bales de machin blanc. Il en laisse toute une traînée derrière lui. Je me demande pourquoi il fait ça. Ça n'a pas de sens, pour moi. Rien n'a de sens.

– Il doit avoir ses raisons.

– Ça se peut, mais je ne les vois pas. Je me demande aussi pourquoi il nous a choisis.

– Il fallait bien qu'il se pose quelque part. Ç'a été chez nous. Si c'était des arbres qu'il cherchait, il est bien tombé.

– Les forestiers, ils ne doivent pas être trop contents. Ils y tiennent, à ces arbres. Je ne vois pas pourquoi. C'est rien que des arbres, comme tous les autres.

– C'est une forêt ancienne, protégée, dit Sally.

– Ouais, je sais. Des tas de conneries, si tu veux mon avis.

16. LONE PINE

Le visiteur était tout bosselé. Il s'était couvert de protubérances mais il continuait d'abattre des arbres et de les mastiquer, ou au moins de les ingérer; à intervalles réguliers, la partie arrière se relevait, éjectait des bales de cellulose et de grands paquets de déchets des arbres dévorés.

– Nous ne savons pas ce qui se passe, dit un des deux agents de la police routière à Kathy. Les gens de Washington le savent peut-être mais j'ai tendance à en douter. N'importe comment, ils ne disent rien alors nous ne savons pas. Les bosses du visiteur étaient là ce matin, quand il a fait assez jour pour y voir. Elles ont dû apparaître pendant la nuit et elles ne cessent de grossir depuis. Elles sont bien plus grosses que lorsque je les ai vues en arrivant.

– Je ne peux pas me rapprocher? demanda-t-elle. Il y a d'autres journalistes là-bas.

– Oui, mais faites attention. N'approchez pas trop. Nous ne voulons pas de blessés.

– Le visiteur n'a fait mine de blesser personne. Nous vivons pratiquement avec lui depuis qu'il a atterri, et il ne nous remarque même pas.

– On ne sait jamais. A votre place, mademoiselle, je ne prendrais pas de risques. Il a tué un homme, n'oubliez pas.

– Mais l'homme lui avait tiré dessus.

– Quand même, j'ai pas confiance. Pas entièrement, quoi. C'est pas quelque chose de chez nous.

Kathy et les policiers se tenaient à mi-chemin entre le visiteur et la rivière, enjambée maintenant par le pont provisoire du Génie. Derrière et devant eux s'étendait la large piste taillée dans la forêt par le visiteur, jonchée de bales blanches et de paquets de déchets. Les bales et les débris étaient régulièrement espacés, très proprement disposés.

– D'autres camarades, dit l'agent, refoulent les curieux sur l'autre rive. Nous ne laissons passer que les officiels et la presse. Vous savez que vous êtes tous là à vos risques et périls. On vous l'a expliqué.

– Oui, bien sûr.

– Je ne comprends pas comment tous ces badauds sont arrivés ici. Ils doivent être au moins deux cents. Nous avons établi des barrages sur toutes les routes. Mais ils passent au travers, je ne sais pas comment.

– Ils garent leur voiture en-deçà des barrages, dit Kathy et ils font le détour à pied par les bois. Il faudrait un cordon de troupe pour les empêcher de passer.

– Probable. Ils sont bien embêtants.

– Voilà Frank Norton et Chet, mon photographe, dit Kathy. Dès qu'ils seront là, nous avancerons.

L'agent haussa les épaules.

– Mais faites attention. Il va se passer quelque chose et ça ne me plaît pas. Je le sens dans l'air.

Kathy attendit Norton et Chet et tous trois suivirent la piste. Kathy demanda au photographe si Jerry avait bien pris son avion.

– Oui, tout juste. Il s'en est fallu de quelques minutes. Je lui ai donné la pellicule et il a dit qu'il la porterait au journal. Je voulais te demander. Comment ça se fait qu'il s'est trouvé ici? Il me semble me souvenir qu'il avait disparu et que tu le cherchais.

– Sa voiture est tombée en panne et il est allé à pied jusqu'à Lone Pine, pour chercher un téléphone. Nous nous sommes rencontrés par hasard. C'était une surprise, pour tous les deux. Ni l'un ni l'autre, nous ne savions que l'autre était là.

– Il a l'air chouette.

– Il l'est.

– Pas très bavard, quand même. Il n'avait pas grand-chose à dire.

– Non. Jamais.

Ils rejoignirent un groupe de journalistes, réunis d'un côté du visiteur.

– Tu as parlé à Johnny ce matin? demanda Kathy.

– Oui. Pour me renseigner sur ma pellicule. Il m'a dit qu'on l'avait apportée au labo assez à temps pour la première édition.

– Il n'a pas parlé d'envoyer quelqu'un pour me remplacer?

– Pas un mot. Tu t'y attendais?

– Ma foi, je ne sais pas. Il y en a d'autres qu'il pourrait trouver meilleurs. Jay, par exemple. Il m'a désignée uniquement parce qu'il n'y avait personne d'autre à la rédaction.

– Je crois que tu n'as pas de souci à te faire. Johnny est un gars juste. Tant que tu fais le boulot, il te laissera ici.

– S'il essayait d'envoyer quelqu'un d'autre, je pousserais une grande gueulante, déclara Kathy. C'est mon reportage, Chet. Et je veux que ça le reste.

– Tu te battrais?

– Et comment!

– Regardez, dit Norton, on a peint un numéro sur le visiteur. Voyez! 101. Sur le côté, là-haut près de l'avant.

Kathy leva les yeux et vit le numéro, à la peinture verte, en chiffres d'une trentaine de centimètres.

– Je me demande qui a fait ça.

– Bof, fit Chet avec mépris, un de ces cons de Washington. Un de ces observateurs, sans doute. Les scientifiques. Il faut qu'ils numérotent tout pour leurs fichiers.

– Ça paraît bizarre.

– Nous ne pouvons pas nous permettre de juger leur façon de travailler, dit Norton. Il y a probablement une raison valable à l'attribution de ce numéro.

– Sans doute, murmura Kathy.

– Avez-vous une idée de ce que peuvent être ces bosses?

– Pas la moindre. C'est dommage. C'était une chose si nette, si bien, tellement symétrique, et maintenant elle est toute déformée.

– On croirait que vous la trouviez jolie.

– Pas jolie, peut-être, mais appropriée. Le genre de chose qu'on attendrait de l'espace. Lisse, nette, pas spectaculaire.

– Dieu de Dieu! s'écria Norton. Regardez-moi ça!

Une des plus grosses bosses commençait à s'ouvrir et il en émergeait une petite réplique du visiteur. La chose était longue d'un mètre environ mais à part sa taille et l'absence de protubérances, c'était la copie conforme de la grande caisse noire. Sous leurs yeux, la bosse s'allongea et s'élargit; la chose qui en sortait se tortilla, s'en libéra et tomba sur le sol. Elle atterrit, roula sur le côté et se redressa. Elle était d'un noir brillant, pas du noir profond et mat du visiteur, mais comme mouillée. Pendant un moment elle resta par terre, immobile puis elle pivota rapidement et se mit en mouvement pour se précipiter vers l'arrière du visiteur, souplement et sans bruit.

Les journalistes reculèrent pour lui faire place. Un cadreur de la télévision hurlait désespérément :

– Baissez-vous devant. Baissez-vous, nom de Dieu. Sortez du champ. Donnez-moi une chance, quoi!

Kathy, reculant avec les autres, réfléchissait fébrilement. Pour elle, la question était réglée. C'était biologique. Pas une machine mais un être biologique. Une créature vivante car elle accouchait. Elle avait des bébés!

Une autre bosse s'ouvrit et une autre réplique du visiteur se débattait pour en sortir. Quant au visiteur, il ne faisait pas attention à ce qui se passait. Il continuait à mastiquer des arbres.

Le premier bébé contourna l'arrière et se dirigea vers une des bales de cellulose. Il se dressa et l'attaqua, la déchira, dévora la cellulose à peu près comme sa « mère » dévorait les arbres.

Chet courait, son appareil levé. Il s'arrêta dans une glissade, se planta sur ses jambes, colla le viseur à son œil et commença à prendre des photos, en se déplaçant de temps en temps pour obtenir des clichés sous des angles différents. D'autres photographes, des cadreurs, accouraient aussi, se bousculaient pour se mettre en position, formaient un cercle désordonné autour de la petite créature.

– J'aurais dû deviner, dit un homme à côté de Kathy. Quand j'ai vu ces bosses, j'aurais dû deviner. Ce truc bourgeonne. Et ça répond à la question que nous nous posions tous...

– Oui, dit-elle, c'est biologique.

Il la regarda, apparemment pour la première fois, leva une main et porta un doigt à son front pour la saluer.

– Quinn, dit-il. *New York Times.*

– Foster, *Minneapolis Tribune.*

– Vous êtes arrivée de bonne heure, alors. Dès le début, je suppose?

– Dans la soirée, le jour où il a atterri.

– Vous vous rendez compte que nous couvrons peut-être l'événement du siècle? Sinon de tous les temps.

– Je n'y avais pas pensé, dit Kathy. (Puis, honteuse, elle ajouta :) Excusez-moi, Mr Quinn. Je plaisantais. Si bien sûr, j'y ai pensé.

Il y avait d'autres bébés, maintenant, qui couraient follement vers des bales, pour les manger. Journalistes et photographes se dispersaient.

Un des bébés était tombé. Il s'agitait et frémissait, comme un animal qui s'efforce de se relever. Il était tout contre le visiteur mais celui-ci ne faisait aucune attention à sa situation fâcheuse.

Il est tombé sur le côté, pensa Kathy. La pauvre créature est tombée sur le côté et ne peut pas se remettre sur ses pieds. Comment elle le savait, elle n'aurait pu le dire car il n'y avait aucun moyen de distinguer le haut du bas. Personne ne pouvait le savoir.

Vivement elle s'avança, se baissa et poussa légèrement le petit. Il se retourna d'un bond et partit rapidement vers les bales.

En se redressant, Kathy tendit la main et flatta le flanc immense du visiteur.

– Petite mère, murmura-t-elle tout bas, pour elle-même et sans vraiment s'adresser au visiteur car comment pourrait-il l'entendre? Petite mère, j'ai aidé votre bébé à se remettre debout.

Sous les doigts de Kathy, la surface du visiteur frémit et puis se replia pour recouvrir la main toujours appliquée, se replia doucement pour la tenir un moment. Puis la paroi redevint lisse et dure.

Kathy resta figée, très frappée, ne pouvant croire à ce qui lui était arrivé.

Ça m'a remarquée, pensa-t-elle, bouleversée. Ça savait que j'étais là. Ce que j'avais fait. Ça a tenté de me serrer la main. Ça me remerciait.

17. WASHINGTON, D.C.

– Qu'avez-vous sur cette histoire d'accouchement? demanda le Président à Porter.

– D'accouchement, monsieur le Président?

– Oui, le visiteur du Minnesota, qui a des chiots.

– Tout ce que nous avons est dans les dépêches. Il y en a quatorze, jusqu'à présent, et quelques autres à venir.

– Une belle portée.

– Vous en savez probablement plus que moi. Le Dr Allen a ses hommes là-bas. Il vous a fait sans doute un rapport.

– Oui, naturellement. Mais Allen est une vieille fille et ses observateurs des scientifiques constipés. Ils ne vous diront rien tant que tout ne sera pas sûr et certain. Ils ne diront pas ce qu'ils pensent parce que s'ils se trompent ils seront la risée de leurs collègues bien-aimés. Ce qu'ils vous disent est tellement farci de jargon scientifique, de si et de peut-être et de charabia qu'on n'y comprend rien.

– Vous ne pouvez pas dire que le Dr Allen est incompétent, protesta Hammond. C'est un homme remarquable. Il est respecté par tous...

Le Président agita une main.

– Bien sûr, il est compétent, et ses savants collègues sont pénétrés de respect pour lui mais ce n'est pas le genre d'homme avec qui je m'entends. J'aime les hommes qui parlent franc et vous disent ce qu'ils pensent. Bien souvent, avec Allen, je me demande de quoi il parle. Nous ne parlons pas la même langue, tous les deux.

– A part ça, dit Hammond, exclusion faite de tout le jargon, qu'en pense-t-il?

– Il est perplexe, répondit le Président. C'est un savant très perplexe. Je crois qu'il était convaincu, au début, que le visiteur était une machine et maintenant il doit reconnaître au moins la probabilité que ça n'en est pas une. Cette affaire d'accouchement fait violence à son petit esprit scientifique. Mais je ne me soucie pas trop de ce qu'il pense parce qu'il va changer encore deux ou trois fois d'idée avant la fin de la semaine. Ce qui m'intéresse, c'est comment le pays prend la chose.

– Il est trop tôt pour savoir, répondit Porter. Il n'y a pas encore d'indications, aucun moyen de juger des réactions. Il n'y a eu aucune manifestation, d'aucune sorte. Tout se passe dans la tête des gens. Ils sont encore occupés à trier tout ça, à refouler leurs sentiments tant qu'ils n'auront pas bien réfléchi. Mais j'ai dans l'idée...

Il s'interrompit et regarda Hammond et le Secrétaire d'Etat.

– Eh bien quoi? demanda le Président. Qu'est-ce que vous avez dans l'idée?

– C'est probablement idiot. Ou ça va paraître idiot.

– Allez-y et soyez idiot. J'entends beaucoup d'idioties. J'en ai écouté beaucoup et en ai tiré profit. D'ailleurs, ça restera entre nous. John et Marcus ne vous en voudront pas. Ils ont débité leur part d'idioties.

– Mon idée est celle-ci, et je ne la garantis pas, mais j'ai l'impression que cet accouchement, comme vous dites, peut servir à rendre le visiteur sympathique à la population. Ce pays devient très sentimental devant la maternité.

– Ça, je ne sais pas, dit Marcus White, le Secrétaire d'Etat. Ça me fait une peur bleue. Non seulement nous avons des centaines, peut-être des milliers de ces créatures dans l'espace mais celle qui est ici fait des petits. Qu'arrivera-t-il si elles se posent toutes et font aussi des petits?

– Le peuple ne pensera pas à ça, répliqua Porter. Pas maintenant. Pas tout de suite. Cette histoire peut nous faire gagner un peu de temps.

– Marcus, je sais que vous avez causé avec le Russe. Qu'avait-il à dire?

– Pas grand-chose, monsieur le Président. Il a l'air d'attendre des instructions de Moscou. Moscou ne sait peut-être pas encore quelle attitude adopter. Il a beaucoup parlé pour ne rien dire. Il a laissé entendre que son gouvernement pourrait exiger de participer à l'étude de notre visiteur. Je ne lui ai donné aucune indication sur notre politique éventuelle. Pour commencer, je lui ai dit que nous considérions toujours cela comme une affaire intérieure. Personnellement, je persiste à penser que nous devons envisager d'inviter des savants étrangers. Cela améliorerait les relations internationales et nous n'aurions sans doute pas à en souffrir.

– C'est ce que vous disiez l'autre jour. Depuis, j'ai mûrement réfléchi à votre suggestion. J'ai tendance à m'y opposer.

– Ce qui fait peur à Ivan, c'est que nous apprenions du visiteur quelque chose qui nous donnera une suprématie militaire, intervint Hammond. C'est pour ça que l'ambassadeur suggère que son pays devrait être invité. Mon sentiment, c'est que nous devons attendre d'avoir au moins une petite idée de ce que nous pourrions en tirer.

– Je me suis entretenu avec Mike, de l'ONU, juste avant que vous arriviez tous, dit le Président. Il me dit qu'il nous faudra lutter pour empêcher l'ONU de déclarer que c'est une affaire internationale. Tous nos petits frères d'Afrique et d'Asie et certains de nos bons amis d'Amérique du Sud pensent, ou du moins disent, que c'est une affaire qui dépasse l'intérêt national. L'arrivée d'un visiteur de l'espace, prétendent-ils, concerne le monde entier.

– Ma foi, dit Hammond, nous pouvons les tenir en respect un moment. Ils ne peuvent pas faire grand-chose, si ce n'est soulever l'opinion mondiale. Ils peuvent voter des résolutions de principe à s'en rendre malades, mais ils n'ont guère de moyens de les imposer.

– Pour le moment, attendons, décida le Président. Si de nouveaux visiteurs nous tombent dessus, ce sera une autre affaire.

– Monsieur le Président, si je comprends bien, vous ne voulez même pas considérer ma suggestion d'une étude internationale menée en coopération? demanda le Secrétaire d'Etat.

– Pour le moment, répéta le Président. Seulement pour le moment. Nous devons y réfléchir et attendre la suite des événements. L'affaire n'est pas terminée.

– Il est vital que nous apprenions l'intention de ces objets, déclara Hammond. Quel est leur but? Pourquoi sont-ils ici? Qu'espèrent-ils? S'agit-il d'une bande de nomades cherchant à ramasser tout ce qui traîne ou d'une expédition régulière en mission d'exploration? Représentent-ils un contact avec quelque autre civilisation de l'espace ou ne sont-ils que des pillards? Notre attitude, nos actes, dépendent dans une large mesure de ce qu'ils sont.

– Ça risque d'être difficile à découvrir, dit Porter.

– Il nous faut essayer. Je ne sais pas comment, mais nous devons essayer. D'ici quelques jours, les gars d'Allen vont peut-être dénicher quelques faits révélateurs. Nous avons besoin d'un peu de temps, c'est tout.

L'interphone ronronna et le Président décrocha son téléphone.

– Passez-le moi, dit-il au bout d'un instant. (Il écouta longuement, la figure de plus en plus sombre.) Merci, dit-il enfin. Restez en rapport avec moi, s'il vous plaît.

Il raccrocha et regarda les autres à tour de rôle.

– Nous n'avons probablement plus de temps devant nous, annonça-t-il. C'était Crowell, de la NASA. Il a reçu des nouvelles de la station. Il paraît qu'il y a des signes indiquant que l'essaim commence à se désagréger.

18. LONE PINE

– Ils sont mignons, dit Kathy.

– Je ne leur trouve rien de mignon, répliqua Chet. Ce n'est rien qu'un tas de petites boîtes noires qui cavalent partout.

Pour cavaler ils cavalaient, se hâtaient de bale en bale, les dévoraient à tour de rôle, bien proprement et avec précision, jusqu'à la dernière miette de cellulose. Ils ne se bousculaient pas, ils ne se disputaient pas la possession d'une bale, ils étaient bien élevés. Si l'un d'eux en avait attaqué une, aucun autre ne cherchait à s'en nourrir aussi mais s'en trouvait une autre. Ils en avaient mangé un certain nombre mais il en restait encore beaucoup. Les petits voraces les avaient à peine entamées. Des bales s'étendaient sur près de deux kilomètres, tout le long de la piste taillée dans la forêt et le visiteur adulte, tout au bout du large sentier, continuait de progresser parmi les arbres, en éjectant des bales avec régularité.

– J'ai l'impression qu'ils grandissent, dit kathy. Est-ce possible? Ils ont l'air plus gros qu'il y a une heure.

– Non, je ne crois pas. Il n'y a pas si longtemps qu'ils mangent.

– Moi aussi, j'ai l'impression qu'ils grandissent, intervint Quinn du *New York Times*. Je suppose que c'est possible. Ils peuvent avoir un système métabolique extrêmement efficace. Beaucoup plus qu'aucune forme de vie terrestre.

– S'ils commencent déjà à grandir, dit Kathy, dans quelques jours ils pourront abattre leurs propres arbres et en extraire la cellulose.

– Dans ce cas, dit Norton, nous pouvons dire adieu à notre forêt protégée.

– Les gens des Eaux et Forêts vont devoir se décider, dit Quinn, sur ce qu'il convient de faire. Ce visiteur est notre hôte, pour le moment, mais combien de temps pouvons-nous accueillir un hôte qui mange tout ce qu'il voit?

– Ou un hôte qui jonche le tapis du salon avec une portée de petits, ajouta Norton.

– Mais qu'y pouvons-nous? demanda Chet. Voilà le problème. On ne peut pas chasser ce truc de la forêt comme on chasse un cochon d'un carré de pommes de terre.

– Vous pouvez dire tout ce que vous voudrez, déclara Kathy, je trouve ces petits très mignons. Ils sont si affairés et ils ont un si bel appétit!

Elle essaya encore une fois, toujours en vain, de distinguer celui qu'elle avait aidé à se remettre debout. Mais c'était impossible, ils étaient tous identiques.

Elle se rappela aussi cet instant, tout de suite après, quand elle avait caressé le flanc de la mère. Elle sentait encore, dans son imagination et son souvenir, le léger frémissement de la surface et le repli de la « peau » pour recouvrir affectueusement sa main. Je ne puis croire, se dit-elle farouchement, qu'il puisse y avoir du mal en une créature quelle qu'elle soit, capable de réagir ainsi... Par un geste de reconnaissance? de gratitude pour un service rendu? par amitié d'une forme de vie pour une autre? ou pour s'excuser de soumettre une autre intelligence à tous ces ennuis?

De tout son cœur, elle regrettait de ne pouvoir faire figurer l'incident dans l'article qu'elle téléphonerait au *Tribune* dans une heure ou deux. Mais il n'y avait aucun moyen. Si Johnny ne le biffait pas d'autorité, les ogres de la composition ne le laisseraient pas passer. Ce serait une intrusion du reporter dans le récit. C'était une chose sans preuve, sans documentation. Comment pouvait-on « documenter » une poignée de main avec un extra-terrestre? se demanda Kathy.

– Est-ce que vous avez tiré quelque chose des observateurs officiels? demanda Norton à Quinn.

– Guère. Ils ont pris la température du visiteur, tout au moins celle de la peau. Ils ont cherché un battement de cœur, peut-être, bien qu'ils ne l'avouent pas. Ils savent que ce n'est pas du métal mais ignorent ce que c'est. Ça n'a ni chenilles ni roues pour se déplacer. Ça flotte simplement à quelques centimètres du sol. Comme si ça négligeait l'attraction terrestre. Un observateur suppose que ça peut savoir contrôler et utiliser la force gravifique et ses camarades vont peut-être lui tirer les oreilles pour cette hypothèse inconsidérée. Et ils savent que ça envoie des signaux. C'est à peu près tout.

– Je ne crois pas qu'ils en sachent jamais beaucoup plus, dit Chet. Moi je ne verrais pas par où commencer pour découvrir autre chose.

– Ils ont des méthodes. Ils apprendront d'autres choses mais probablement pas tout ce que nous avons besoin de savoir. Nous avons affaire à un cas qui dépasse notre entendement, sans doute. Il nous faudra peut-être changer notre façon de penser, pour arriver à comprendre.

Un silence tomba, un silence relatif. Le grondement, le bruit de mastication du visiteur s'était tu. Les sons qu'avait couverts l'abattage des arbres se firent de nouveau entendre, le pépiement et les appels d'oiseaux lointains, les soupirs du vent dans les sapins, le murmure gazouillant de la rivière.

Dans la large allée dégagée, les journalistes et les photographes se retournèrent. Pendant un moment, il ne se passa rien. Il doit se reposer, pensa Kathy. Mais pourquoi maintenant? Depuis qu'il avait commencé sa singulière moisson d'arbres, le visiteur ne s'était pas arrêté un instant, il avait continué de taillader la forêt, d'allonger la piste laissée dans son sillage.

Le visiteur s'éleva; d'abord si lentement que son mouvement était à peine perceptible, puis plus vite. Il s'éleva au-dessus des sapins et plana là un moment; il n'y avait pas eu le moindre bruit, pas de vrombissement de moteurs, aucun son émis par des mécanismes de propulsion. Pas de flamme, pas de fumée, aucun signe d'un système moteur. Il s'était simplement soulevé au-dessus des arbres et y restait en suspens, tout aussi silencieux. A la lumière du soleil couchant, le 101 vert peint sur son flanc ressortait, presque en relief, sur sa noirceur.

Si lentement qu'il semblait à peine poussé par le vent, le visiteur se déplaça vers l'est en prenant de la hauteur. Son allure s'accéléra, il vira de l'est au sud et sa taille apparente diminua.

Ainsi, pensa Kathy, il s'en va, il nous quitte. Il est arrivé, il est resté un moment, il a fabriqué des aliments pour ses bébés et maintenant il repart, sa mission accomplie, sa fonction remplie.

Elle le suivit des yeux jusqu'à ce qu'il ne soit plus qu'un tout petit point dans le ciel et finalement le point lui-même disparut. Elle se força à rabaisser les yeux sur la large piste. Et les lieux lui parurent plus solitaires, tristes comme si un très cher ami était parti.

Les petits qu'il avait abandonnés continuaient de grouiller partout, de se nourrir goulûment des bales de cellulose. Un des observateurs s'affairait et leur peignait des numéros sur le flanc. Mais pour eux la peinture était rouge, pas verte.

19. MINNEAPOLIS

Il était plus de minuit quand Johnny Garrison put enfin quitter son bureau. En roulant vers l'ouest sur la Route 12, il essaya de se détendre. C'était difficile. Il se répéta qu'il n'avait plus de soucis pour le moment. La dernière édition était bouclée, Gold resterait jusqu'à ce que les rotatives commencent à tourner pour jeter un dernier coup d'œil aux premiers numéros. On pouvait compter sur lui pour savoir que faire en cas d'événement imprévu. Mais selon toute probabilité, il ne se passerait rien. Au dernier instant, juste avant de mettre sous presse, on avait pu resserrer une colonne à la *une* pour glisser un communiqué de la NASA annonçant que le nouvel objet sur orbite semblait se désintégrer. C'était sec et bref; il n'y avait pas de commentaire officiel. Quand Garrison avait téléphoné au bureau de Washington du *Tribune* où Mattews montait la garde (ce qui n'arrivait que dans les cas où une nouvelle sensationnelle pouvait survenir), il l'avait trouvé irrité et quelque peu amer.

– Il y a des heures que ces salauds-là le savaient, fulminait-il. J'en suis sûr. Mais ils ont attendu pour l'annoncer. Attendu que cet ouvroir de la Maison Blanche sache comment le présenter. Finalement, ils ont laissé la responsabilité du communiqué à la NASA, en pensant probablement que ça ferait moins d'effet que si ça venait de la Maison Blanche. Si vous voulez mon avis, à la Maison Blanche ils ne savent pas quoi faire. Ils ont une trouille de tous les diables. J'ai essayé de joindre Dave Porter, mais il est introuvable; même son personnel ne peut pas le joindre. Dave doit être sur des charbons ardents. Il vient de passer deux jours à répéter que ce coup-ci la Maison Blanche allait parler franchement.

– Mais qu'est-ce qu'ils ont donc, là-bas? demanda Garrison.

– C'est trop gros pour eux, Johnny. Trop gros et trop différent. Ils ont peur de commettre des erreurs. J'ai l'impression qu'il y a une sacrée bagarre entre les hommes du Président, qu'ils sont incapables de se mettre d'accord sur ce qui doit être fait. C'est quelque chose d'entièrement nouveau, une situation qui ne s'est jamais présentée, sans précédent. Ce n'est pas simple; rien à voir avec la situation de l'énergie.

– La situation de l'énergie n'est pas simple non plus.

– Merde, Johnny, vous savez ce que je veux dire.

– Oui... Oui, je crois.

La route était relativement déserte. Quelques restaurants de routiers restaient éclairés mais tous les autres commerces étaient obscurs, dans les stations-service une seule lumière dans le bureau. Au nord, un scintillement de lampadaires clignotant dans le vent marquait l'emplacement d'un nouveau lotissement.

Nous nous sommes bien débrouillés, pensait Garrison en passant en revue les événements des deux derniers jours. Ça a payé d'envoyer Kathy et Chet à Lone Pine tout de suite après l'atterrissage. Kathy était très bien. A un moment donné, il avait envisagé d'envoyer Jay pour la remplacer mais il était heureux maintenant de s'être abstenu. Par certains côtés, Jay aurait pu faire un meilleur travail, pensait-il, mais pas assez pour justifier une perte de confiance de Kathy. Un rédacteur en chef ne devait pas seulement obtenir de bons reportages pour son journal, il devait aussi former une équipe.

– Et nous sommes restés objectifs, se dit-il. Nous avons exposé les faits, simplement, sans rechercher le sensationnel, nous avons été directs, responsables. Et il y avait eu des moments où il était difficile de tracer cette ligne subtile entre le sensationnalisme et la responsabilité.

Le ciel était clair. La pleine lune brillait à l'ouest. En rase campagne, au delà des lumières de la ville, on voyait scintiller les étoiles. Un air frais et vif soufflait par la vitre baissée, à sa gauche. Il se demanda s'il avait le temps de boire un bon verre avant d'aller se coucher, puis il pensa que Jane l'attendait, peut-être au lit mais encore éveillée, guettant le bruit de la voiture dans l'allée du jardin. Elle serait levée quand il arriverait à la porte. Il s'attendrit un peu en songeant à toutes ces années où Jane avait veillé en l'attendant, quelle que soit l'heure. Les enfants seraient couchés et endormis quand il arriverait, la maison silencieuse et curieusement vide et ce serait bon de s'attarder un moment au salon pour boire un dernier verre avec Jane.

Devant lui, la lune fut cachée. Un nuage, pensa-t-il, en regardant avec étonnement par le pare-brise. Un frisson lui courut dans le dos, car ce ne pouvait être un nuage. Un nuage ne serait pas tombé du ciel, pas si rapidement, il serait flou sur les bords, il n'aurait pas ce contour si noir, si net, si régulier. Il leva le pied de l'accélérateur et commença à freiner. L'obscurité qui avait englouti la lune cachait maintenant les étoiles qui brillaient à l'horizon droit devant lui. La voiture ralentit et s'arrêta dans la voie de droite. A moins de huit cents mètres sur l'avant, la noirceur qui ne pouvait être un nuage se posa sur la route.

Garrison ouvrit sa portière et descendit. Une autre voiture vint s'arrêter à sa hauteur. Une femme passa la tête à la portière de droite et cria d'une voix aiguë :

– Qu'est-ce qui se passe? Qu'est-ce qu'il y a là devant?

– Je crois que c'est un autre visiteur, répondit Garrison. Comme celui du nord, là-haut.

– Oh, mon Dieu, mon Dieu! glapit-elle. Allons-nous en d'ici!

L'homme au volant à côté d'elle grogna :

– Du calme, Gladys. Ce n'est peut-être pas un visiteur.

Il descendit et vint rejoindre Garrison, qui avait fait quelques pas dans la lumière crue des phares. Ils regardèrent tous deux, fixement, la chose qui se dressait au milieu de la route.

– Vous en êtes sûr?

– Pas complètement, répondit Garrison. On le dirait bien. C'est la première idée qui m'est venue.

– C'est gros, dit l'automobiliste. J'ai lu les articles sur celui du nord, j'ai vu les photos. Je ne me rendais pas compte que c'était si gros.

C'était énorme. Ça bloquait toute la chaussée et le tertre gazonné séparant les voies montante et descendante. C'était noir, rectangulaire et bouchait une partie du ciel. Ça ne bougeait pas, c'était simplement posé là, gigantesque et noir.

La femme était sortie de la voiture et venait vers eux.

– Faisons demi-tour, ne restons pas là, supplia-t-elle. Je n'aime pas ça.

– Ça va, Gladys, cesse de gémir, répliqua l'homme. Il n'y a pas de quoi avoir peur. Celui du nord n'a jamais fait de mal à personne.

– Il a tué un homme, je le sais bien.

– Il lui avait tiré dessus. Nous ne tirons pas sur celui-là. Nous n'allons pas l'embêter.

Ce doit être un visiteur, se dit Garrison. C'était la même masse carrée que sur les photos, exactement ce qu'avait décrit Kathy. A part la taille; il n'avait pas imaginé une taille pareille, écrasante.

Deux autres voitures s'étaient arrêtées, leurs passagers descendaient pour remonter la route et rejoindre le petit groupe. Une troisième arriva mais ne s'arrêta pas. Elle quitta la chaussée, traversa le gazon de séparation et repartit en trombe dans la direction opposée.

Le communiqué de la NASA avait annoncé que l'objet sur orbite semblait se désagréger. Il ne faisait pas seulement ça, pensa Garrison; les visiteurs rassemblés descendaient sur la Terre. Il y en avait un là devant eux, en travers de l'autoroute, et ce n'était sûrement pas le seul. Il devait y en avoir d'autres, dispersés dans le monde entier. Ce premier atterrissage à Lone Pine n'avait sans doute été qu'un essai, une exploration préliminaire pour examiner la situation. Le visiteur de Lone Pine, avant d'avoir ses petits et de repartir, avait envoyé des messages à ses copains sur orbite et maintenant l'invasion commençait. Si l'on pouvait parler d'invasion. Garrison se dit que ce devait plutôt être une reconnaissance en force, ou alors une simple visite, des intelligences d'un autre monde descendant dire bonjour...

Il se mit à marcher vers le visiteur. En se retournant, il vit qu'un seul homme le suivait. Il ne savait pas lequel. Il hésita en se demandant s'il devait ralentir et se laisser rattraper, mais se ravisa. Il n'avait pas envie d'être entraîné dans une conversation oiseuse pleine de questions idiotes. Pourquoi pensez-vous qu'il s'est posé ici? Qu'est-ce que ça veut? Qu'est-ce que c'est au juste? D'où pensez-vous que ça vienne?

Il pressa le pas, en courant presque sur la chaussée. Arrivé à quelques mètres de la gigantesque noirceur, il tourna à droite, sur le bas-côté, pour contourner la chose. Il ne doutait plus du tout que ce fût un visiteur, une immense caisse noire, sans gadgets, sans appendices ni rien. C'était posé là. Ça ne bougeait pas. Ça ne faisait aucun bruit. Il alla plaquer une main, les doigts écartés, sur la surface. C'était dur, mais pas d'une dureté métallique, tiède, d'une chaleur qui évoquait la vie. Comme si je touchais un homme, pensa-t-il. Comme si je caressais un chien ou un chat. Une douce tiédeur, malgré la dureté de la peau, qui évoquait la vie.

Une main contre le flanc chaud, Garrison se sentit soudain envahi d'un froid bizarre, un froid qui lui agaça les dents et lui donna l'impression que sa figure se figeait, comme si elle se changeait en pierre. Son cerveau se mit à fonctionner fébrilement pour tenter d'analyser ce froid. Pas de la peur, révéla l'analyse, pas de terreur ni de panique, pas d'envie de hurler, de fuir, pas de défaillance des genoux, rien que ce froid terrible, pas seulement du corps mais de l'esprit, un froid que l'esprit ne pouvait comprendre.

Lentement, il retira sa main, sans avoir besoin de l'arracher car rien ne la retenait.

Il laissa retomber son bras mais ne fit aucun autre mouvement et il sentit la sensation glacée se dissiper, lentement, comme si le froid était drainé, jusqu'à ce qu'elle disparaisse complètement, en laissant quand même son souvenir.

Un soupçon de l'étrange, pensa-t-il, mais plus encore. Plutôt un contact avec une chose qu'il ne pouvait comprendre, qu'aucun être humain sans doute ne pourrait comprendre. Un contact apportant le froid et l'immensité de l'espace profond, l'éclat de lointains soleils, le tournoiement de sombres planètes différentes de la Terre et l'incompréhensibilité de la vie engendrée dans l'obscurité de ces planètes. Comme s'il avait été projeté dans un lieu inconnu qu'il ne connaîtrait peut-être jamais, qu'il ne pouvait même pas connaître quel que soit le temps qu'il y passe. L'incompréhension totale, c'était ça, se dit-il.

Et pourtant le sacré machin paraissait si ordinaire, si peu spectaculaire, aussi banal qu'un carton à chaussures.

Garrison recula, la tête levée vers la paroi noire qui le dominait de si haut. Le plus curieux, c'était qu'il avait envie de s'en rapprocher, de remettre la main dessus pour en sentir la tiédeur et peut-être éprouver de nouveau le froid glacial.

Mais il continua de reculer, puis il fit demi-tour et revint précipitamment sur ses pas. Sans courir, car il n'y avait pas de raison, mais à grandes enjambées pour s'éloigner le plus vite possible.

Il vit que plusieurs autres voitures s'étaient arrêtées et que le groupe de curieux avait grossi. Il n'aperçut pas l'homme qui l'avait suivi. D'ailleurs il ne l'aurait pas reconnu car il l'avait à peine entrevu en se retournant.

Un homme se détacha du groupe pour venir à sa rencontre.

– Qu'est-ce que vous avez vu? Qu'est-ce qui se passe?

– Allez donc voir vous-même, répliqua Garrison avec brusquerie, en l'écartant pour passer.

C'était curieux, pensa-t-il, qu'il y eût si peu de panique. S'ils avaient peur, ils le cachaient bien. Qu'y avait-il donc chez ces visiteurs pour qu'ils inspirent si peu de crainte? Peut-être parce que l'énorme caisse noire n'avait rien de particulièrement étrange. Peut-être parce qu'elle ne ressemblait absolument pas à l'idée commune d'un objet extra-terrestre. Pour un peuple élevé dans les stupidités de la télévision et du cinéma, la réalité devait paraître très banale.

Sa voiture l'attendait, les phares allumés, le moteur tournant au ralenti. Il y monta, démarra, traversa la bande médiane et repartit dans l'autre sens. A un kilomètre environ, il s'arrêta sur une aire de stationnement où il y avait une cabine téléphonique.

Gold répondit, la voix un peu agitée, à la deuxième sonnerie.

– Je suis heureux que tu appelles, dit-il. J'étais tenté de te téléphoner mais j'ai hésité, je pensais que tu dormais déjà.

– Pourquoi voulais-tu m'appeler?

– Un autre visiteur a atterri. Carrément sur nos genoux, cette fois. Il s'est posé sur une des pistes de l'aéroport.

– Si ce n'était que ça, répondit Garrison. Il y en a un autre encore. Il est descendu sur la Route 12, à deux kilomètres environ à l'est du centre commercial de Ridgedale. Il bloque l'autoroute.

– C'est là que tu es?

– Oui. Il a atterri à huit cents mètres devant moi. J'arrive, ça vaut mieux. Ce ne sont peut-être pas les seuls dans la région. Tu as quelqu'un que tu peux envoyer pour surveiller celui-ci?

– Je ne sais pas. Je vais voir. Jay était encore là, alors je l'ai envoyé à l'aéroport. Avec un photographe.

– Qu'est-ce qui se passe, à l'aéroport?

– Pas grand chose, jusqu'à présent. Le visiteur est posé là, il n'embête personne, mais les types de la tour de contrôle s'énervent. Il n'y a pas beaucoup de trafic aérien en ce moment mais ça va changer d'ici quelques heures. Avec le visiteur, ça leur fait une piste de moins.

– Rien sur les téléscripteurs? pas d'autres atterrissages ailleurs?

– Des rapports fragmentaires. Rien de précis. Rien de confirmé. Quelqu'un du Texas a téléphoné à la police pour en signaler un. Un autre dans le New Jersey. De simples rapports de témoins, rien d'officiel.

– J'ai peur que cet essaim sur orbite commence à arriver.

– Ecoute, Johnny, tu ferais mieux de rentrer chez toi, de te reposer. Il doit y avoir un moyen de contourner le visiteur qui bloque l'autoroute. Nous avons vingt heures avant de remettre sous presse.

– Non. Je pourrais toujours descendre à l'infirmerie et m'allonger un moment, dormir deux ou trois heures plus tard si besoin est. Pas de nouvelles de Kathy?

– Non. Tu attendais son coup de fil? Elle doit dormir depuis des heures.

– Je crois que lorsqu'elle appellera, nous devrions

lui dire de rentrer. Le truc de Lone Pine est fini. Pour nous, l'action se passera ici. Et Norton nous tiendra au courant de ce qui se passe chez lui. Nous avons besoin de Kathy. C'est elle qui connaît ces visiteurs.

– D'accord, je le lui dirai si elle téléphone.

– A tout à l'heure.

Garrison raccrocha, fouilla dans ses poches pour trouver une autre pièce, la glissa dans la fente et forma son numéro. Jane répondit tout de suite.

– Johnny! Je suis encore levée, je t'attends. Quand vas-tu rentrer?

– Je suis parti du journal et puis il s'est passé quelque chose.

– Et tu ne rentres pas?

– Pas encore. Un des visiteurs a atterri sur la route juste sous mon nez. Il faut que je retourne au journal. Jim me dit qu'il y en a un autre qui s'est posé à l'aéroport.

– Tu veux dire qu'un de ces trucs a atterri sur la Route 12?

– Oui. Juste à l'est de Ridgedale.

– Mais ce n'est qu'à sept à huit kilomètres d'ici!

– Oui, je sais. Mais il n'y a rien...

– Johnny, dit-elle, c'est trop près. Je commence à avoir peur.

20. LES ÉTATS-UNIS

Ils descendirent dans la nuit, comme des oiseaux migrateurs, mais ils ne venaient pas retrouver leur nid, ils se posaient sur un sol étranger. Ils arrivaient à tâtons dans le noir, seulement ce n'était pas le noir pour eux, et ils choisissaient leurs terrains d'atterrissage avec un certain soin. Ils n'étaient pas gênés car à cette heure de la nuit, il n'y avait rien qui pût intervenir contre eux. Ils gardaient le contact entre eux, ils communiquaient et il n'y avait rien de ce que l'un ressentait que les autres ignoraient.

Ils atterrirent dans les terres marécageuses du delta où le Mississipi se jette dans le golfe du Mexique, sur les vastes plaines du Texas, dans les déserts du Sud-Ouest américain, sur les plages de sable de Floride, les terres à blé de l'Ouest, les champs de maïs des Etats du centre, dans les plantations de coton et les cultures de patates douces du Sud, sur les places des villages de Nouvelle-Angleterre, sur les pistes bétonnées des grands aéroports, en travers des autoroutes traversant le continent, le long des côtes de l'Atlantique, dans les forêts de l'Oregon, du Washington et du Maine, dans les bois de l'Ohio et de l'Indiana.

Ils descendirent et se posèrent silencieusement, sans autre bruit que le murmure de l'air déplacé par leur passage. Ils atterrirent en douceur, puis ils se soulevèrent de deux ou trois centimètres pour planer juste au-dessus du sol. Ils dérangèrent très peu les millions d'habitants endormis qu'ils survolaient et près de chez qui ils s'arrêtaient. Ils ne furent que rarement aperçus, et seulement par hasard, quand ils se posèrent sur des aéroports ou des routes importantes.

Ils tracèrent de légers tourbillons dansants sur les écrans, dans la grande salle du *Strategic Air Command*, mais là les observateurs effectuant une surveillance militaire constante avaient été avertis et les attendaient; leur seul souci réel était que l'arrivée des visiteurs encombrait les écrans et risquait de masquer d'autres espèces d'engins.

Ceux qui atterrirent dans des régions boisées se mirent presque immédiatement au travail pour fabriquer de la cellulose. Dans un lotissement de banlieue en Virginie, pas loin de Washington, un des visiteurs se mit, à la place des arbres, à moissonner des maisons. Un autre, dans l'Oregon, se posa à côté d'une grande scierie et se mit à dévorer les piles de bois. Mais la plupart, atterrissant dans des régions moins productrices, se contentaient d'attendre sans bouger.

21. MINNEAPOLIS

Gold était au téléphone quand Garrison entra dans la salle de rédaction. A part lui, il n'y avait que trois rewriters et deux stagiaires ensommeillés.

Gold raccrocha et annonça au rédacteur en chef :

– C'était un dingue, qui appelait pour dire qu'un groupe qui se fait appeler les Amoureux va aller à l'aéroport pour s'asseoir devant le visiteur et l'aimer de toutes ses forces. Est-ce que ce n'est pas cette bande de crétins sur lesquels Kathy a fait un reportage?

– Si. Il est passé, l'article de Kathy?

– Je ne l'ai pas vu. Je savais simplement que tu l'avais envoyée là-bas.

– Il est probablement encore sur sa machine. Elle y travaillait quand je l'ai interrompue pour l'expédier à Lone Pine. Maintenant que je suis là, tu peux rentrer.

– Jamais de la vie, protesta Gold. Je ne raterais pas tout ça pour un million de dollars.

– Bon, puisque c'est comme ça, réfléchis un peu à ce que nous devrions faire. Il est probable que d'ici quelques heures nous devrons téléphoner à nos gars, pour en faire venir certains plus tôt. Tu as des idées?

– Jay est à l'aéroport. J'ai mis la main sur Sloane

avant qu'il parte et je l'ai envoyé à l'autoroute. Jones vient de revenir du Dakota du Sud et il doit écrire son papier sur les Indiens et les Black Hills pour l'édition de dimanche.

– Laissons tomber les Black Hills, dit Garrison. Nous avons bien autre chose et ça peut attendre. Jones est bon et nous avons besoin de lui. Il a passé une bonne nuit. Appelle-le dans une heure ou deux.

– Freeman pourrait venir de bonne heure aussi, proposa Gold. Il connaît tous les tours et détours de l'administration de l'Etat. Le gouverneur va fort probablement faire appel à la Garde. Nous avons besoin de quelqu'un ici à un bureau pour suivre ce que fait l'Etat. J'ai téléphoné à la police routière et elle est sur place. Elle va probablement déployer un cordon serré autour du visiteur de la Route 12. A l'aéroport aussi, mais là-bas, ils ont leur propre force de sécurité et ils n'ont sans doute pas besoin de renforts.

– Ils auront des vrais problèmes quand le trafic reprendra sérieusement dans la matinée.

– Ils en ont déjà. C'est très difficile de contrôler le trafic aérien avec une piste en moins.

– Pourquoi diable est-ce qu'il est allé se poser sur l'aéroport? demanda Garrison.

– Ma foi, si tu vas par là, pourquoi sur l'autoroute? Pourquoi se posent-ils dans un endroit particulier? demanda Gold en prenant une liasse de papiers arrachés aux téléscripteurs. Dans tout le pays. Surtout des rapports de témoins mais certains ont été confirmés. Un est signalé ici, un autre là. Des rapports de routiers, de gens rentrant tard après leur travail, de veilleurs de nuit, de toutes sortes de noctambules.

– Comme nous.

– Ouais. Comme nous.

– Nous devons couvrir les agences fédérales et celles de l'Etat. Tous les gens, tous les services qui peuvent être concernés. Williams est notre homme pour contacter le FBI local. Personne ne va tirer grand-chose du FBI mais Williams a plus de chance que n'importe qui. Il a l'air de bien s'entendre avec eux.

– Campbell, peut-être, pourrait s'attaquer à des types de l'université, proposa Gold. Des physiciens, des psychologues, des ingénieurs, des gens de l'aéronautique. Ils pourraient donner une idée de ce qui se passe. Quelques-uns des sociologues et des psychologues pourraient faire une sorte d'analyse, donner une évaluation de ce que sera l'impact sur le public. Et n'oublions pas les églises. Est-ce que cette affaire aura une influence sur la pensée religieuse?

– Nous devons choisir nos sources avec soin, dit Garrison. Certains de ces hommes d'église ont tendance à bavarder inlassablement de tout et de rien, sans accorder une pensée à un sujet donné.

– Roberts serait notre homme pour ça.

Le téléphone sonna et Garrison décrocha. C'était Kathy.

– C'est toi, Johnny? Qu'est-ce que tu fais là en pleine nuit?

– Nous avons deux de tes visiteurs par ici. Et toi? Nous parlions de te téléphoner mais nous pensions que tu devais dormir.

– Je dormais mais Stiffy est venu tambouriner à la porte et m'a réveillée.

– Stiffy?

– Le vieux qui a reçu l'appel et qui garde le téléphone pour moi.

– Oui, je me souviens. Pourquoi est-ce qu'il t'a réveillée?

– Il cuvait une cuite et il a été tiré du sommeil et il les a vus.

– Qui ça?

– De nouveaux visiteurs. Une douzaine, tous en

groupe. Ils se sont posés de l'autre côté de la rivière, dans la forêt protégée. Ils sont alignés de front, ils abattent les arbres et les transforment en cellulose.

– Mais Stiffy...

– Je lui ai donné cinq dollars pour garder le téléphone. Chet lui a fait cadeau d'une bouteille de whisky. Nous avons acheté l'homme pour la vie.

– Nous avons besoin de Chet et de toi ici, Kathy. Je crois qu'il y a un avion matinal au départ de Bemidji. Vous pouvez le prendre?

– Il ne part pas avant 6 heures, par là. Nous avons tout le temps. Même le temps d'aller voir de près ces nouveaux visiteurs. Stiffy est en train de réveiller Chet.

– D'accord. Comme vous pourrez. Mais ne ratez pas cet avion. Tout menace de se déchaîner par ici.

– Je devrais donner encore cinq dollars à Stiffy.

– Dix, dit Garrison. Norton peut ouvrir l'œil pour nous et se servir de Stiffy pour aller à la pêche à l'information.

22. LES ÉTATS-UNIS

Les gens se réveillèrent et tournèrent le bouton de leur radio pour savoir le temps qu'il ferait dans la journée. Il n'y avait pas de météo, rien qu'un commentaire ininterrompu, mi-nouvelles, mi-spéculations et hypothèses.

Les gens écoutèrent, sentant les premiers petits frissons de peur. Le visiteur du Minnesota avait été une nouveauté, un événement qui passionnait et provoquait une certaine appréhension que l'on cachait, mais il était seul. Il était resté posé un moment puis il s'était envolé, laissant ses petits, et l'affaire avait fini là. Mais maintenant, soudain, une horde de ces objets descendait sur la Terre. Corrects, bien sûr, ne causant pas d'ennuis mais un certain malaise, et l'on se posait des questions pour savoir ce qu'ils étaient, ce qu'ils attendaient de la Terre.

Les habitants se rendirent à leur travail mais toute la journée ils rencontrèrent d'autres gens enclins à s'arrêter pour parler du phénomène des visiteurs. Toute la journée le malaise s'accrut, à mesure que les rumeurs s'ajoutaient aux rumeurs, les hypothèses aux questions, chacune aggravant le sentiment d'inquiétude et, par moment, de peur. On travailla peu.

Un fermier de l'Iowa, sans prendre la peine d'écouter la radio, sortit dans le petit jour pour les travaux matinaux et s'arrêta net à la vue de la grande caisse noire posée dans son champ de maïs. Il rentra précipitamment dans la ferme et ressortit armé d'un fusil de chasse, la poche de sa veste alourdie par une poignée de cartouches. A bord d'un petit tracteur, il se rendit au champ de maïs et se gara contre la clôture. Il sauta à terre, enjamba la barrière et marcha vers le visiteur, qui ne parut pas remarquer son approche. Prudemment, il le contourna. Ça ne faisait rien, apparemment; c'était simplement posé là. Deux fois, le fermier leva son fusil, l'index sur la détente; à chaque fois il se ravisa. Pas moyen de savoir, se dit-il, ce que ça ferait s'il lui tirait dessus. Finalement, après en avoir fait le tour, il repassa par la clôture, remonta sur son tracteur et retourna à ses tâches matinales.

En se tournant vers la gauche, un pilote de ligne aperçut un visiteur à plusieurs kilomètres. Il allongea le bras et secoua son copilote.

– Regarde par là-bas.

L'autre regarda.

– Il est parallèle à nous, dit-il.

– Je croyais qu'ils étaient tous descendus. Qu'ils s'étaient posés au sol.

Ils l'observèrent un moment. Le visiteur continua son vol parallèle, à la même vitesse qu'eux, sans se rapprocher ni s'éloigner.

Un homme se tenait au coin d'une rue dans un ghetto et levait les bras. Il criait aux passants :

– Nos frères de l'espace sont venus pour nous sauver! Ils descendent affronter ceux qui nous maintiennent en servitude. Réjouissons-nous, frères, car le secours est enfin venu!

On fit cercle autour de lui pour l'écouter délirer, gravement ou en riant selon l'humeur mais sans le croire, car ces gens de la rue ne croyaient personne ; cependant, ils sentaient en lui une surexcitation primitive qui attisa chez eux une colère sauvage. Une heure plus tard, ils pillaient et incendiaient le quartier.

Dans un village de Nouvelle-Angleterre quelqu'un (qui ne fut jamais identifié) entra dans une église et se mit à sonner la cloche. Des curieux se précipitèrent pour savoir pourquoi la cloche sonnait. Et beaucoup trouvèrent juste d'être là, bon d'être là alors que des visiteurs venaient sur la Terre. Ils entrèrent donc dans l'église et le pasteur, sortant en hâte de son presbytère, les y trouva. Lui aussi, il trouva juste qu'ils soient tous là, alors il les fit prier. Dans d'autres villages, d'autres cloches sonnèrent, d'autres gens vinrent prier sous la houlette de leur pasteur. Dans tout le pays, des gens frappés de la crainte de Dieu envahirent les lieux du culte.

La Garde Nationale établit des cordons de troupes autour des visiteurs au sol. La police routière était sur les dents pour régler la circulation alors que des milliers de curieux convergeaient sur les lieux d'atterrissage des objets. Et dans certains endroits isolés, des visiteurs, planant aisément à quelques dizaines de mètres au-dessus du sol, patrouillaient le long des routes. Les automobilistes s'arrêtaient et descendaient pour les regarder; il en résulta de monstreux bouchons. Il y eut de nombreux accidents.

23. WASHINGTON, D.C.

Winston Mallory, ministre de la Défense, dit au Président :

– Whiteside pense que nous devrions faire une expérience pour voir comment ces objets réagissent aux armes à feu. Les circonstances étant ce qu'elles sont, je préconise de lui lâcher la bride. Ça n'avait pas de sens quand il n'y en avait qu'un mais maintenant qu'ils ont envahi...

– Je proteste contre ce mot d'invasion que vous appliquez à ce qui se passe, interrompit le Secrétaire d'Etat. Bon nombre d'entre eux ont atterri mais il n'y a pas eu de violence. Ils ne tuent pas nos citoyens. Ils n'incendient pas nos villes.

– Ils ont dévoré un lotissement de l'autre côté du Potomac, annonça William Sullivan de l'Intérieur. L'un d'eux a avalé tout un chantier de bois sur la côte ouest. Ils mangent nos forêts dans le Michigan, le Maine, le Minnesota, le Washington et l'Oregon.

– Mais ils n'ont tué personne, insista le Secrétaire d'Etat. La seule chose qu'on peut leur reprocher, c'est de voler un peu de cellulose. Ils n'ont pas...

– Un instant, Marcus, intervint le Président. Je veux en entendre davantage sur cette expérience d'armes à feu. Que propose Whiteside? De faire donner l'artillerie et les chars d'assaut?

– Pas du tout, répondit Mallory. Rien qu'un simple essai, c'est tout. Nous devons savoir comment ces choses réagissent. Vous vous souvenez, dans le Minnesota un homme a tiré sur le premier visiteur qui a riposté et l'a tué. Il avait un fusil à cerf, probablement un calibre 30. Mais nous ne savons pas ce qui s'est passé, comment le visiteur a fait. Il n'avait pas d'armement apparent. Rien n'était visible à l'extérieur. Pourtant, quand cet homme a tiré...

– Alors vous voulez tirer avec un autre fusil de 30, probablement télécommandé, pour essayer de voir comment le visiteur a riposté?

– Précisément. Nous aurons des caméras. Des caméras à très haute vitesse. Certaines peuvent prendre jusqu'à des milliers d'images seconde. Ainsi nous pourrons suivre la balle, enregistrer le moment de l'impact, voir ce qui se passe lors de l'impact. Une étude du film...

– Oui, je vois, dit le Président. Si vous pouvez être sûr que le général s'arrêtera au calibre 30.

– Il s'en tiendra là. Tout ce que nous voulons, tout ce qu'il veut, c'est avoir une petite idée, savoir comment le visiteur riposte. Une fois que nous saurons ça, nous pourrons progresser.

– Si ça paraît nécessaire.

– Parfaitement. Si ça paraît nécessaire.

– Mais surtout, dites à Henry d'y aller doucement. Qu'il prenne toutes les précautions possibles. Qu'il s'en tienne au minimum. Un seul coup de feu pour obtenir les renseignements.

– Mais oui. Je lui en ai déjà parlé.

– Ce que dit Marcus m'impressionne, reprit le Président. A part cette histoire de cellulose, il ne s'est rien passé. Ce qui peut le plus se rapprocher d'un désastre, c'est le lotissement de Virginie...

– Des gens auraient pu être tués, dit Sullivan. C'est une chance unique que tout le monde soit sorti à temps des maisons. Il y en avait qui dormaient.

Beaucoup auraient pu être tués. Et il y a des visiteurs sur les aéroports, qui bouchent des pistes. Qu'un avion s'écrase à cause de ça, et nous aurons des morts. Il paraît aussi qu'ils volent à côté des appareils, comme pour les étudier. Jusqu'à présent, rien de grave, mais ça pourrait arriver.

– Que voulez-vous que nous fassions? demanda le Secrétaire d'Etat. Que nous envoyions l'artillerie?

– Non, bien sûr que non. Mais nous devrions faire quelque chose. Nous ne pouvons pas rester les bras croisés.

– Nous avons appelé la Garde Nationale, dit le Président. La troupe isole chaque visiteur, tient le public à l'écart. Ainsi nous éviterons probablement les incidents.

– Et si nos visiteurs s'attaquent à un autre lotissement? demanda Sullivan. Et s'ils avancent dans les quartiers résidentiels de nos villes, pour raser les maisons et en extraire de la cellulose? Que ferons-nous alors? Comment nous occuperons-nous des sans-abri?

– Ils n'ont pas encore fait ça, dit Marcus White. L'exemple de Virginie est isolé. Et le visiteur s'est arrêté après avoir mastiqué quelques maisons, comme s'il s'apercevait qu'il s'était trompé.

– Nous devons parer aux incidents quand ils se présentent, déclara le Président. En attendant, nous devons tout faire pour en savoir davantage sur nos visiteurs.

– Ce qui m'étonne, c'est qu'ils n'ont atterri jusqu'ici qu'aux Etats-Unis, avec un petit débordement au Canada. Il n'y en a pas en Europe. Pas en Afrique. Nulle part ailleurs. Pourquoi nous? Pourquoi rien que nous?

– J'ai peut-être une suggestion, hasarda le Dr Steven Allen, le conseiller scientifique. Mettons-nous à leur place. Disons que nous avons envoyé une expédition vers une autre planète. Une demi-douzaine de vaisseaux, cent, le nombre est sans importance. Nous cherchons une chose particulière, comme ces visiteurs recherchent la cellulose. Nous ne savons pas grand-chose de cette planète que nous avons atteinte. Quelques détails grâce au travail de nos instruments, à grande distance, mais c'est tout. Nous envoyons donc un vaisseau en éclaireur pour juger de la situation. Il y a plusieurs masses territoriales, nous en choisissons une au hasard. Le vaisseau descend et trouve ce que nous cherchons. Il découvre aussi que dans cette région la vie indigène ne paraît pas hostile. A première vue, il n'y a rien sur cette masse territoriale précise qui risque de nous causer trop d'ennuis et, naturellement, nous voulons aussi peu d'ennuis que possible. Nous savons que cette région-là est sûre; nous ne savons rien des autres...

– C'est très juste, ce que vous dites là, reconnut le Président. N'est-ce pas, Marcus?

– Oui, certainement. Je n'y avais pas songé de cette façon. J'avais supposé que les visiteurs voudraient plutôt avoir une vue d'ensemble de toute la planète.

– Vous avez autre chose pour nous?

– Une grosse énigme, monsieur le Président, répondit Allen. Je n'aime pas du tout y penser, mais il semble fort possible que les visiteurs fonctionnent au moyen d'une espèce de contrôle gravifique. Ils flottent à deux ou trois centimètres du sol. Celui qui a quitté le Minnesota hier s'est élevé dans les airs sans la moindre trace d'unité motrice. Ils atterrissent lentement, presque en planant, mais pour atterrir en planant on a besoin de la surface porteuse des ailes et ils n'ont pas d'ailes.

– On dirait que ça vous scandalise, intervint la Défense.

– Mais c'est vrai! N'importe quel savant serait scandalisé. Nous parlons d'ondes gravifiques, ce qui signifie qu'elles doivent être assez semblables aux ondes électromagnétiques. Et nous les avons cherchées. Pendant très longtemps, personne n'a même pu imaginer comment les chercher. Nous ne sommes pas sûrs, même aujourd'hui, d'employer les méthodes correctes pour tenter de les détecter. Rien n'a été détecté jusqu'ici. A un moment donné beaucoup de savants ont dit, et certains disent encore, que les ondes de gravité n'existent pas. Au point où nous en sommes, même si nous pouvions les détecter, ce ne serait que sur le plan théorique. Personne n'a la moindre idée de la manière de les utiliser.

– Vos hommes sont toujours au travail sur les visiteurs, je suppose, dit la Défense. Nous pouvons encore espérer que vous découvrirez quelque chose. Après tout, ça ne fait que deux jours.

– Non seulement nos propres hommes, révéla Allen, mais tous les chercheurs qualifiés que je puis attirer dans cette étude. J'ai contacté bon nombre d'universités et d'instituts. Dans quelques jours, nous aurons des forces importantes sur le terrain. L'ennui, c'est que nous n'avons pas de point de départ, nous ne pouvons guère qu'observer. Si nous arrivions à en prendre un au piège et travailler réellement dessus, nous pourrions faire d'importantes découvertes. Mais pour le moment, c'est inconcevable. Ça risquerait d'être très dangereux. On nous a suggéré d'essayer de travailler sur les petits que le visiteur du Minnesota a mis bas. Mais ça ne me dit rien. Si le bébé se met à brailler qu'on lui fait mal, des visiteurs adultes accourraient probablement en force pour le sauver. Je ne peux pas en être sûr mais je ne veux pas courir le risque.

– Vous avez parlé d'universités et d'instituts, dit

White. Dans notre pays seulement, j'imagine? Ne pourrait-il y avoir des savants d'autres pays...

– Marcus! interrompit sèchement le Président. Ne revenons pas là-dessus. Pour le moment, c'est notre affaire. Les visiteurs ont contribué à en faire notre affaire en se posant exclusivement chez nous.

– Il y en a quelques-uns au Canada.

– Nous pouvons travailler avec le Canada. Nous l'avons toujours pu. Je sais que les Russes veulent entrer dans le jeu mais je m'oppose...

– Une petite représentation russe, pour la forme, ne serait peut-être pas mauvaise, hasarda la Défense. Si nous les énervons trop, si nous leur claquons la porte au nez...

– J'espère, Winston, dit le Président, que vous ne pensez pas ce que je crains que vous pensiez.

– L'idée m'était venue à l'esprit. Si nous avons l'air de découvrir quelque chose qui puisse faire pencher la balance...

– Et si nous trouvions quelque chose pour faire pencher la balance, comme vous dites, et partagions avec eux, ça ne ferait que précipiter l'escalade. Combien de vous sont de cet avis?

– Je n'ai pas dit partager. J'ai parlé de représentation pour la forme. C'est tout. Un petit quelque chose pour leur permettre de sauver la face.

– Je pense comme Winston, dit White. Nous pouvons nous permettre un geste pour que nos amis fassent un peu meilleure figure.

Hammond, qui n'avait pas encore dit un mot, prit la parole :

– Ce que vous proposez équivaut à les traiter avec condescendance. Ils le sentiraient et s'en vexeraient. Ce serait pire que de ne rien faire. Ils ne peuvent rien comprendre parce que c'est ainsi qu'ils nous traiteraient si la situation était inversée. Ou nous jouons entièrement franc jeu avec eux ou nous gardons ça pour nous. Nous devons bien nous rendre compte qu'il peut ne rien y avoir à partager. Avec tout le respect que je dois au Dr Allen, nous risquons de ne rien trouver d'utile pour nous.

– Auquel cas, dit White, il n'y aurait aucun risque à les inviter. Cela améliorerait grandement les relations et si nous ne découvrions rien, ça ne nous coûterait rien.

– C'est un coup de dés que vous proposez, Marcus, protesta le Président, qui pourrait être dangereux.

– N'y pensons plus, grogna Mallory. Je regrette d'en avoir parlé. J'ai dit ça sans réfléchir.

– Le plus gênant, reprit White, c'est que nous recevons des offres d'assistance de bons alliés et amis qui veulent nous aider de leur mieux. Ils paraissent sincères...

– Je parie, tiens, marmonna Hammond.

– La seule chose que je puis leur dire, poursuivit White sans relever ce propos, c'est que plus tard nous ferons peut-être appel à eux mais que, pour le moment, nous ne savons pas ce que nous affrontons.

– Je pense qu'il vaut mieux que nous en restions là pour l'instant, déclara le Président. Oublions les autres pays et occupons-nous du nôtre. Il y a eu quelques incidents. De petites émeutes, du pillage et des incendies criminels dans des villes comme Chicago, New York, Saint Louis. Avons-nous du nouveau sur cette situation, Dave?

– Rien d'important, répondit Porter. Et là, nous avons de la chance. Nous aurions dû préparer le pays. Nous aurions dû avertir la presse dès que nous avons constaté que l'essaim commençait à se séparer. Nous aurions pu avertir la population.

– Ça vous irrite toujours?

– Certainement, monsieur le Président. Nous avons

commis une bavure. Laisser la NASA publier ce petit communiqué minable, c'était sournois.

– Nous en avons discuté, Dave.

– Je sais. Et vous avez eu tort.

– Vous étiez d'accord.

– Non, pas du tout. J'ai protesté et je n'étais pas le seul. Il y en a eu d'autres.

– Mais pas beaucoup.

– Monsieur le Président, on ne peut pas diriger une opération de presse d'après un vote majoritaire. Vous connaissez chacun votre affaire et moi je connais la mienne. Pour le moment, nous avons de la chance. J'espère que nous pourrons en dire autant demain. Ce qui me fait peur, c'est l'agitation des sectes. Tous les cinglés du pays battent l'estrade et crient. Toutes les petites églises de campagne sont pleines de gens qui chantent des cantiques en tapant dans leurs mains. A Minneapolis, un groupe d'attardés du mouvement hippy a essayé de forcer les cordons de police. Ils veulent aller s'asseoir sur la piste de l'aéroport et faire au visiteur une démonstration de leur amour.

– Je ne crois pas que nous ayons à nous inquiéter beaucoup de ce genre de choses, estima Hammond.

– Il y a énormément d'agitation, insista Porter, une grande partie encore refoulée. J'espère qu'elle ne débordera pas. Des émotions mitigées, de toute espèce. Des peurs latentes qui peuvent facilement faire surface. Nous sommes à la limite d'une situation qui risque de provoquer des affrontements violents dans les rues. Il suffirait qu'une bande d'ouvriers gavés de bière en aient ras le bol des singeries des danseurs du Jugement Dernier...

– Vous exagérez! protesta Hammond.

– Je l'espère.

– Je n'aime pas cette veillée d'armes, déclara Sullivan. Je trouve que nous devrions agir de façon positive. Faire quelque chose pour que la population sache que nous sommes concernés, que nous entreprenons au moins une action.

– Nous avons fait appel à la Garde Nationale, dit le Président. Nous avons des enquêteurs sur le terrain.

– C'est une action passive.

– L'ennui, bougonna le Président, c'est que tout ce que nous ferions risque d'être néfaste.

24. L'UNIVERSITÉ DU MINNESOTA

– Miss Foster a téléphoné pour me dire que vous vouliez me parler, mais sans plus de précision. Elle a laissé entendre que c'était en rapport avec les visiteurs, dit le Dr Albert Barr à Jerry Conklin. (Puis s'adressant à Kathy :) Vous m'avez assuré que ce ne serait pas une interview pour votre journal.

– Ce n'en est pas une et je n'ai pas donné de précisions parce que je pense que Jerry devrait vous raconter ce qui s'est passé.

– Je me suis beaucoup inquiété à ce sujet, dit Jerry, depuis que c'est arrivé...

– Je vous en prie, dites-moi ce qui est arrivé, lui dit Barr. Commencez par le commencement.

Il se carra dans son fauteuil, en regardant ses deux visiteurs d'un air un peu ironique. Il avait des cheveux blonds et il était beaucoup plus jeune que Kathy ne s'y attendait, bâti comme un pilier de rugby. Par la fenêtre ouverte de son bureau montaient les sons d'une fin d'après-midi sur le campus, le rire aigu d'une fille, des étudiants qui s'interpellaient, le bourdonnement grave d'un démarreur et le hurlement de pneus sur l'asphalte quand la voiture partit en trombe. Des taches dorées mouchetaient les vitres, projetées par le soleil couchant à travers les branches d'un bouleau paré aux couleurs de l'automne.

– Vous avez peut-être lu dans les journaux qu'une voiture a été écrasée par le premier visiteur descendu à Lone Pine, dit Jerry.

– C'était la vôtre?

– Oui. Je l'avais garée au bout du pont pour aller à la pêche. On m'avait dit qu'il y avait de grosses truites arc-en-ciel sous le pont.

Barr laissa parler Jerry sans l'interrompre. Deux ou trois fois, il parut sur le point de poser une question mais se retint.

Quand Jerry se tut, l'exobiologiste demanda :

– Il y a un certain nombre de points que j'aimerais éclaircir et discuter avec vous mais d'abord, dites-moi pourquoi vous vous adressez à moi. Qu'attendez-vous de moi?

– Il y a deux choses, répondit Jerry. Cette histoire de foyer. Le visiteur a pensé au foyer, ou m'a fait penser au foyer. J'y ai beaucoup réfléchi et ça n'a aucun sens. Je suis convaincu qu'il m'a communiqué la pensée que j'ai eue d'un foyer. Dans une situation pareille, je n'avais aucune raison de penser à un foyer. Et la pensée était assez réelle, pas simplement une brève impression mais quelque chose de suivi. Comme si le visiteur ou ce qu'il pouvait y avoir dedans, voulait que je pense au foyer, insistait pour m'y faire penser.

– Vous voulez parler de télépathie?

– Je ne sais pas. Si par télépathie, vous entendez qu'il me parlait ou essayait de me parler, ce n'était pas le cas. J'ai tenté de lui parler, ce qui était peut-être idiot, mais dans ces circonstances, je suppose que c'était assez naturel. J'étais emprisonné dans un endroit que je ne comprenais pas, je cherchais toute information qui m'expliquerait un peu ce qui se passait. Alors j'ai essayé de lui parler, d'établir un contact, d'obtenir des réponses. J'avais probablement conscience qu'un contact serait impossible, mais...

– Vous estimez-vous, dans quelque mesure que ce soit, doué de télépathie?

– Non, pas du tout. Je ne me connais aucun don télépathique. A vrai dire, je n'y ai jamais pensé. Non, je dirais que je ne suis pas télépathe.

– Et pourtant, ça vous a parlé. Ou, du moins, vous pensez que ça vous a parlé.

– Ce n'est pas ce que j'ai dit, docteur Barr. A aucun moment je n'ai pensé que le visiteur me parlait. Il n'y a pas eu de communication consciente, pas de mots se formant dans ma tête, pas d'images, rien de tout ça. Simplement cette impression de foyer, cette très forte sensation de foyer.

– Vous êtes convaincu que ce sentiment venait de la créature?

– D'où aurait-il pu venir? Je suis persuadé que cette idée de foyer n'aurait pas pu me venir indépendamment. Il n'y avait pas de raison. J'avais bien d'autres choses plus importantes en tête.

– Vous avez dit deux choses, tout à l'heure. Quelle est l'autre?

– Il m'a semblé que le visiteur était un arbre, ou très proche d'un arbre.

– Après avoir été au courant de la cellulose, vous voulez dire?

– Non. La cellulose n'a rien à voir. Je ne le crois pas. Je me demandais ce que c'était, et il semblait y avoir une familiarité et...

– Vous travaillez pour le diplôme de l'école forestière. Vous devez bien connaître les arbres.

– Il en est amoureux, intervint Kathy. Parfois, j'ai l'impression qu'il leur parle.

– Elle exagère, dit Jerry à Barr. Mais c'est vrai, je les connais bien et je pourrais dire que j'ai une espèce d'affinité avec eux. Il y a des gens qui adorent les animaux, d'autres que les fleurs passionnent, ou qui observent les oiseaux. Moi j'observe les arbres, pour ainsi dire.

– Vous avez employé le mot de familiarité. Pourquoi l'avez-vous choisi ?

– Peut-être parce que je crois que j'aurais pu éprouver un sentiment de familiarité avec le visiteur, sans en avoir bien conscience sur le moment. Pour commencer, quand je me suis trouvé à l'intérieur, j'ai eu peur, j'étais absolument terrifié, à hurler, bien que je n'aie pas crié. Mais au bout d'un moment, un très court moment même, je n'ai plus eu peur, du moins pas de cette façon. J'étais tendu, j'avais froid, mais ce n'était plus de la peur toute simple. Je commençais même à m'intéresser à la situation avant d'être jeté dehors.

– Vous devez comprendre qu'un exobiologiste est un drôle d'animal, dit Barr. Au fond, ça n'existe pas. Ou plutôt ce sont des savants d'autres disciplines, en particulier dans le domaine biologique (encore que la physique et la chimie puissent être en cause) qui, par intérêt personnel, se lancent dans l'étude de ce que l'on pourrait attendre dans des conditions extra-terrestres. Mais, bien sûr, il n'existe pas de véritable science de l'exobiologie.

– Oui, naturellement. Mais au moins l'exobiologiste peut penser à ce que l'on trouverait dans l'espace et sur d'autres planètes.

– Bien. Cette mise au point faite, je dois dire que votre idée d'un organisme intelligent affilié à un arbre n'est pas forcément éloignée de la vérité. Depuis une vingtaine d'années, des biologistes prétendent que certains végétaux présentent des facultés sensorielles, possèdent une perception sensorielle, éprouvent des sensations et des sentiments. Nous savons depuis longtemps que certaines personnes ont ce qu'on appelle la main verte, que chez elles, les plantes s'épanouissent et prospèrent alors que, soignées par des gens qui n'ont pas ce don, elles se fanent et meurent. Certains conseillent de parler affectueusement aux plantes. Si elles possèdent effectivement une telle sensibilité, il ne faut qu'un pas ou deux pour arriver à une véritable intelligence et à de pleines facultés sensorielles. Pourriez-vous expliquer un peu plus clairement comment vous en êtes venu à sentir que le visiteur pourrait s'assimiler à une plante, à un arbre?

– Je ne sais pas. J'éprouve une certaine sensation en regardant un arbre, ou quand je travaille avec des arbres. Une sorte de parenté, ce qui peut paraître bizarre...

– Et vous pensez avoir éprouvé la même parenté avec le visiteur?

– Non, pas une parenté. Il était beaucoup trop étranger pour ça. Plutôt une impression que certaines des qualités que je sens dans les arbres existaient aussi chez le visiteur. Mais autrement. Pas comme un arbre de la Terre mais un arbre d'ailleurs.

– Je crois comprendre. Avez-vous parlé de tout cela à quelqu'un d'autre?

– Non. On m'aurait ri au nez. Vous n'avez pas ri et je vous en suis reconnaissant.

– Le gouvernement aimerait savoir. Les observateurs fédéraux et les autres savants qui enquêtent sur les visiteurs accueilleraient avec gratitude n'importe quel genre d'information.

– Je n'ai pas d'information, dit Jerry. Faute de preuves, ils chercheraient à me tirer les vers du nez, pensant que je dois posséder à mon insu des renseignements précieux. Ou alors ils me prendraient pour un dingue des OVNI, encore un qui cherche à tirer parti des visiteurs.

– Oui, je vois. Si j'étais à votre place, j'aurais les mêmes réserves.

– Vous avez l'air de me croire.

– Pourquoi pas? Pourquoi ne vous croirais-je pas? Vous n'avez absolument aucune raison d'inventer une telle histoire. Vous avez éprouvé le besoin d'en parler à quelqu'un qui pourrait comprendre, accepter ce que vous dites. Je suis heureux que vous vous soyez adressé à moi. Je ne vous ai pas beaucoup aidé, mais je suis content de votre visite. Quant à cette pensée du foyer... j'ai réfléchi. Est-il possible que vous ayez mal interprété ce qui se passait?

– Tout ce que je sais, c'est que je me suis senti contraint de penser à un foyer.

– Ce n'est pas ce que je veux dire. Le visiteur ne vous parlait peut-être pas, il n'essayait peut-être pas de vous transmettre quoi que ce soit. Vous vous êtes peut-être pour ainsi dire branché sur ses pensées. Vous êtes peut-être un peu télépathique, même si vous l'ignorez, ou alors le message des émotions du visiteur était si puissant que tout être humain y aurait réagi. L'idée qui m'est venue, c'est qu'il ne transmettait pas la pensée de votre foyer mais du sien.

Kathy sursauta.

– Vous voulez dire ici, la Terre? Qu'il considérait la Terre comme son foyer, son chez lui?

– Réfléchissez, dit Barr. Il est venu de Dieu sait où, en traversant une distance inconcevable, à la recherche d'une planète où il pourrait s'installer, cherchant un nouveau foyer pour remplacer celui qu'il a peut-être perdu. La Terre est peut-être ce genre de planète, où il pourrait concevoir et mettre bas ses petits, leur trouver de la nourriture, mener le genre d'existence qu'il désespérait de pouvoir revivre. Et se disant : « Un foyer! Un foyer! J'ai enfin trouvé un foyer! »

25. LES ÉTATS-UNIS

Les visiteurs observaient. Certains restaient là où ils s'étaient posés. D'autres, au bout d'un moment, s'élevaient dans les airs et se livraient à leurs observations. Ils croisaient de long en large au-dessus de zones industrielles, ils tournaient et retournaient autour des villes, ils survolaient de vastes étendues de cultures. Ils escortaient les avions, en gardant leurs distances et maintenant leur position, sans jamais intervenir; ils suivaient des routes et des autoroutes, choisissant celles où la circulation était la plus dense; ils survolaient le cours sinueux des rivières et des fleuves, en observant les bateaux qui les sillonnaient.

D'autres recherchaient les forêts et s'installaient pour manger. Ils dévoraient des chantiers de bois. Dans la région de Saint Louis, trois d'entre eux se posèrent dans le parking d'un marchand de voitures d'occasion et avalèrent une dizaine de voitures avant de repartir. Mais à part l'ingestion d'arbres et de voitures, et de quarante ou cinquante chantiers de scierie, ils firent peu de dégâts. La plupart des gens avec qui ils entraient en contact n'en furent guère gênés; personne ne fut tué. Les pilotes de ligne s'énervaient d'être suivis par des visiteurs. Le nombre d'accidents de la route, se limitant généralement à des tôles froissées, baissa quand les conducteurs s'accoutumèrent à la vue de ces grandes caisses noires planant le long des routes et finirent par ne plus leur prêter attention.

Les visiteurs étaient surtout prodigieusement assommants. Ils mobilisaient la Garde Nationale, la police routière et d'autres services de police et, par conséquent, coûtaient beaucoup d'argent.

Quelques émeutes éclatèrent dans certaines grandes villes où les conditions sociales et économiques étaient telles que tout devenait prétexte à émeute. Au cours de ces soulèvements, il y eut des scènes de pillage et des incendies criminels. Il y eut des blessés, quelques morts. Sur les campus, les étudiants organisaient des manifestations bon enfant, divers groupes s'alliaient pour défendre leurs causes propres mais la contestation n'allait pas plus loin. Les fanatiques, religieux ou autres, vitupéraient aux coins des rues, dans les parcs, les églises et les salles de réunion. Les chroniqueurs de la presse écrite et les commentateurs de la télévision hasardaient des centaines de points de vue différents dont bien peu avaient un sens quelconque.

Des rumeurs circulaient – toujours d'un incident qui s'était produit ailleurs, la gravité et l'extravagance accrues par la distance – et des embryons de légendes prenaient forme.

Le phénomène de l'« enlèvement » devint de plus en plus courant; les rapports affluaient de tous les coins de la nation pour être rapidement exploités par les sectes qui essaimaient, de même, dans tous les coins. Diverses personnes prétendirent qu'elles avaient été « enlevées », que, sans jamais pouvoir expliquer comment, elles avaient été introduites dans le corps des visiteurs et une fois en l'air avaient assisté à bien des merveilles ou avaient reçu des messages (en tous genres) à transmettre à leurs semblables terriens. Les membres des sectes, et bien d'autres, accordaient diversement foi à ces récits mais la majorité en riait. On rappelait que dans les premiers temps des OVNI, de leur apparition supposée, il y avait eu beaucoup de gens pour prétendre avoir eu un contact direct avec les équipages des soucoupes volantes.

De quelque manière que fussent conçus ou répandus ces rapports ou autres histoires légendaires, le peuple prenait conscience d'un fait qui ne pouvait être nié. La Terre était envahie par des créatures de l'espace et il ne s'était rien passé de ce qu'avaient prédit les auteurs de science-fiction, depuis près d'un siècle qu'ils noircissaient du papier.

Tout tournait, selon le point de vue de l'éditorialiste d'une obscure feuille de chou des profondeurs du Tennessee, au pique-nique cosmique.

Dans le coin nord-est de l'Iowa, un fermier venait de finir de labourer un champ de quatre-vingts hectares quand un des visiteurs apparut. Il survola le champ dans toute sa longueur, fit demi-tour avec précision au bout du sillon et revint, en volant si bas qu'il frôlait presque la terre fraîchement remuée. Le fermier resta debout à côté de sa remise et le regarda faire.

– Je vous jure, dit-il au reporter de la ville voisine venu l'interviewer, on aurait dit que ce truc-là semait quelque chose, ou plantait, dans le terrain que je venais de labourer. Il avait peut-être attendu que j'aie fini avant d'apparaître. Il a fait comme ça tout le champ et quand il a eu fini, il s'est posé dans un pâturage, alors je suis allé voir, vous savez, voir s'il avait semé quelque chose. Mais je n'ai pas pu arriver jusque-là. Ce foutu machin s'est élevé et il est venu vers moi, pas menaçant notez bien, sans même avancer très vite, mais en me faisant bien comprendre, clair comme le jour, que je ne devais pas m'approcher de ce champ. J'ai essayé plusieurs fois, mais à chaque coup, il me chassait. Croyez-moi, monsieur, je n'allais pas discuter avec cet engin-là. Il était bien plus gros que moi. Au printemps, quand ça sera l'époque de mes semailles, j'essaierai encore. Peut-être à ce moment il sera parti, ou il ne s'y intéressera plus. Faut que j'attende, c'est tout.

Le reporter examina la gigantesque noirceur du visiteur posé dans le pâturage.

– On dirait, dit-il, qu'il y a quelque chose de peint dessus. Est-ce que vous vous êtes suffisamment approché pour voir ce que c'était?

– Ouais, clair comme le jour, répondit le fermier. Le chiffre 101, peint en vert. Je voudrais bien savoir quel foutu crétin a fait un truc pareil.

Dans une ville de moyenne importance de l'Alabama la construction d'un stade échauffait les esprits depuis de nombreuses années, la question étant aigrement débattue du financement, de l'emplacement et du nombre de places. Finalement, l'affaire avait été réglée et le stade construit. Malgré toutes les déceptions causées par la décision finale, c'était quand même l'objet de l'orgueil local. Il avait été peaufiné et aménagé avec soin pour le match qui serait le clou de l'inauguration. La pelouse (réelle, pas artificielle) était un superbe tapis vert, le parking une vaste étendue d'asphalte vierge, le stade lui-même gaiement décoré de fanions multicolores claquant au vent.

La veille de l'inauguration, une immense caisse noire descendit du ciel et se posa, lentement et avec grâce, à l'intérieur du stade, planant juste au-dessus du grand terrain comme si le superbe tapis, si amoureusement tondu et lissé, avait été conçu pour servir d'aire d'atterrissage spéciale aux grandes boîtes noires voguant dans les cieux.

Une fois le premier choc passé et la colère un peu calmée, il y eut de grands conciliabules entre les comités officiels et les groupes civiques intéressés. Au début, on exprima l'espoir que le visiteur ne resterait que quelques heures et s'en irait. Mais il n'en fut rien. Il resta dans le stade. L'inauguration fut annulée et la partie inaugurale remise, ce qui compromit gravement le programme sacro-saint du championnat.

Les conciliabules des divers groupes continuèrent et, de temps en temps, des suggestions furent présentées qui toutes, après de pénibles discussions, furent rejetées et jugées impraticables. Le désespoir régna.

Les adjoints du sheriff qui gardaient le stade interceptèrent et arrêtèrent quelques sportifs enthousiastes qui tentaient de s'y introduire avec une caisse de dynamite.

En Pennsylvanie, un autre visiteur s'installa dans un champ de pommes de terre. Le propriétaire du champ entassa une énorme pile de bois contre le flanc du visiteur, l'arrosa d'essence et y mit le feu. Le visiteur n'en fut pas du tout gêné.

26. LONE PINE

Sally, la serveuse du café, apporta à Frank Norton son assiette d'œufs au jambon et s'assit à sa table pour bavarder. La porte s'ouvrit et Stiffy Grant entra d'un pas mal assuré.

– Venez donc vous asseoir avec nous, Stiffy, lui cria Norton. Je vous paye à déjeuner.

– C'est bien honnête de votre part et si ça ne vous fait rien, je vous prends au mot. J'ai été là-bas regarder nos visiteurs abattre les arbres. Ça fait une sacrée trotte mais je me suis levé avant le jour pour arriver là-bas avant que les touristes rappliquent. Ces touristes, ils vous gâchent le plaisir. Je voulais voir si peut-être ils commençaient à bourgeonner, comme celui qu'on a eu.

– Et alors? demanda Sally.

– Non, pas encore. On dirait qu'ils mettent plus de temps que l'autre. Mais d'un jour à l'autre, ils vont y arriver. Ils ont de longues rangées de ces bales de truc blanc derrière eux. J'essaye de me rappeler comment ça s'appelle.

– De la cellulose, dit Norton.

– C'est ça, dit Stiffy. C'est comme ça que ça s'appelle.

– Depuis quand est-ce que tu t'intéresses tant aux visiteurs? demanda Sally.

– J'en sais trop rien. Depuis le début, probable, quand le premier s'est posé. J'ai été comme qui dirait entraîné. Il y avait cette fille journaliste de Minneapolis et ce premier soir, j'ai gardé le téléphone pour elle, qu'elle puisse causer avec son journal en revenant et c'est moi qui l'ai avertie quand la deuxième fournée est arrivée. Je cuvais une petite cuite de ce côté-ci de la rivière et je les ai vus descendre et tout de suite je me suis dit qu'elle voudrait le savoir. Ça ne me paraissait pas convenable d'aller tambouriner à sa porte au milieu de la nuit, un vieux réprouvé comme moi. Je pensais qu'elle serait fâchée contre moi. Mais j'y suis allé quand même et elle ne s'est pas fâchée. Elle m'a donné dix dollars, après. Ce photographe et elle, c'était des gens très bien.

– Oui, c'est vrai, dit Sally. Et aussi tous les autres journalistes et les gens de la télé. Ça fait tout drôle, maintenant qu'ils sont partis. Bien sûr, il y a encore pas mal de monde qui vient voir les bébés visiteurs. Des fois, ils vont voir les autres aussi. Mais ils ne sont pas comme les journalistes. Ce ne sont que des curieux, de passage. Ils entrent prendre un café, un doughnut, de temps en temps un sandwich, mais ils ne viennent pas pour les repas et ils ne laissent jamais de pourboire. Dans un petit patelin comme ça, ils doivent se dire que ce n'est pas la peine.

– Au début, dit Stiffy, j'allais voir les visiteurs tous les jours, en me disant que je devais les surveiller, comme ça s'il arrivait quelque chose je pourrais avertir la fille du journal. Mais ce n'est plus la raison, pas la principale raison. Finalement, j'aime bien les observer pour moi-même. Au commencement, je me disais que c'était des choses de très loin, qu'elles ne devraient pas être là, mais je ne pense plus comme ça. Maintenant, elles me font l'effet de gens comme moi. J'en avais peur, mais plus maintenant. Je m'approche et je pose ma main sur leur flanc et c'est pas froid, c'est tiède, exactement comme une personne.

– Si vous voulez déjeuner, interrompit Norton, je vous conseille de dire à Sally ce que vous voulez. J'ai une grande avance sur vous.

– Vous avez dit que vous alliez me payer à déjeuner.

– Je l'ai dit.

– Frank, comment ça se fait que...

– Eh bien disons que j'ai obéi à une impulsion que je vais peut-être regretter. Si vous ne vous dépêchez pas...

– Bon, alors je prendrai une pile de crêpes avec deux œufs à la poêle dessus. Et s'il y a des saucisses, et peut-être une tranche ou deux de bacon et du beurre en supplément...

27. QUELQUE PART EN UTAH

Le sergent dit au colonel :

– Si ces pisseurs de savants n'installent pas bientôt leurs caméras et leurs autres instruments à la con, le soleil se couchera et nous devrons annuler cet exercice.

– Ils veulent que tout soit très au point, répondit le colonel. Il faut que ça réussisse la première fois. Nous ne voulons pas avoir à tenter un second coup. Vous ne le croyez peut-être pas, sergent, mais cette mission a la priorité des priorités. L'ordre vient tout droit de Washington et nous ne pouvons pas nous permettre une bavure.

– Mais bon Dieu, mon colonel, ils regardent par le viseur de ces caméras et puis ils regardent et regardent encore. Ça fait des heures que ça dure. C'est qu'une bande de vieilles filles, moi je vous le dis. Ils ont mis cette marque à la craie du côté des fesses du visiteur et le fusil est braqué dessus. J'ai visé moi-même et je sais sur quoi il est braqué. Le visiteur n'a pas bougé et le flingue est toujours pointé sur la marque à la craie. Ça, aussi, pourquoi un fusil, bon Dieu? Pourquoi pas quelque chose d'un peu plus lourd? On ne pourra pas attendre grand chose d'une balle de 30 ricochant contre cette grosse masse. Ça ne fera que la chatouiller, pas plus.

– Entre nous, sergent, je me suis posé la même question. Mais ce sont les ordres. Ils sont très spécifiques, une balle de calibre 30 à cent mètres. Et rien d'autre. Il faut que ce soit une balle de 30 à cent mètres et les caméras ainsi que les autres instruments doivent être installés à la satisfaction de ces messieurs...

Le colonel s'interrompit en voyant un des savants qui tripotait les caméras venir vers lui.

– Mon colonel, annonça-t-il, vous pouvez procéder au tir. Avant de faire feu, cependant, assurez-vous que le personnel se tient à une distance de deux cents mètres au moins. Nous prévoyons une riposte puissante.

– J'espère, marmonna le sergent, que ce gadget électronique que vous avez monté pour le tir marchera.

– J'en suis absolument sûr, répondit le savant imperturbable.

– Si vous voulez bien faire reculer les hommes, sergent, ordonna le colonel. Nous voulons en finir le plus vite possible.

Le sergent s'éloigna en aboyant des ordres. Le savant se tourna vers un technicien.

– Les caméras sont prêtes?

– Elles commenceront à tourner au signal qui déclenche le tir. Il y a un sacré long métrage de film. Ces caméras le bouffent littéralement.

– Mon colonel, reprit le savant, il est temps pour nous de reculer avec les autres.

Le visiteur se dressait là où il était depuis des heures, immobile au milieu d'un désert de sable. La croix à la craie ressortait sur la noirceur de son flanc.

– Ce que je n'arrive pas à comprendre, dit le colonel, c'est comment il a pu rester là tout ce temps pendant que nous tournions autour de lui pour tout mettre en place. Est-ce qu'il ne sait pas que nous sommes là?

– Certainement, répondit le savant. J'ai l'impression qu'il s'en moque, tout simplement. J'irais même jusqu'à dire qu'il nous méprise un peu.

Finalement le savant s'arrêta de marcher et fit demi-tour; le colonel l'imita.

– Sergent! cria-t-il. Le secteur est dégagé?

– Dégagé, mon colonel!

Le sergent fit un signe de tête à l'homme de Washington qui leva le minuscule instrument qu'il avait à la main et le pressa du pouce.

Le fusil fit feu et le visiteur riposta par un puissant flot d'énergie qui enveloppa le fusil monté. Le colonel leva vivement un bras pour protéger ses yeux de l'éblouissante lueur. Quand il le baissa, il vit que le fusil et son support étaient devenus d'un blanc scintillant sous l'effet de la chaleur. Toute l'installation s'affaissait lentement. Un buisson de sauge voisin acheva de flamber et retomba en cendres légères.

Le colonel regarda le visiteur. Il était toujours au même endroit, comme s'il ne s'était rien passé, mais la marque à la craie avait disparu.

28. WASHINGTON, D.C.

Un verre serré dans sa main, le sénateur Davenport faisait les cent pas dans la pièce.

– Nom de Dieu, Dave, dit-il à Porter, vos gens du 1600 doivent se résoudre à agir. Nous ne pouvons pas laisser ces objets continuer de nous envahir.

– Mais, papa, protesta Alice, ils ne nous envahissent pas. Ils n'ont rien fait du tout.

Le sénateur interrompit sa marche et toisa sa fille.

– Rien fait! rugit-il. Ils détruisent nos forêts, ils mangent des scieries. Ils ont escamoté ces voitures...

– De vieilles voitures, dit-elle. Des voitures d'occasion qu'un marchand attendait de vendre à un public sans méfiance.

– Le marchand les a payées avec du bon argent. Il les a reprises en échange. Il leur a fait de la place dans son parking. Il les a probablement remises en état aussi. Il avait droit à son bénéfice. Il l'avait gagné.

– Vous dites que le gouvernement devrait faire quelque chose, dit Porter. Quel genre d'action pensez-vous que nous devrions entreprendre?

– Comment voulez-vous que je le sache? tonna le sénateur. Je ne suis pas le Président, je ne suis pas un de ses conseillers. Si j'avais un avis à lui donner, il ne m'écouterait pas. Je ne sais pas ce qui se passe.

Personne ne le sait. Vous êtes l'attaché de presse. Si vous me disiez un peu ce qui se passe? Combien de renseignements, d'informations avez-vous que vous gardez pour vous?

– A vue de nez, pratiquement rien.

– Cette poule mouillée de conseiller scientifique que vous avez là-bas y a travaillé. Il a une force importante sur le terrain, il dépense des millions de dollars pour son enquête. Comment se fait-il qu'il n'ait rien découvert? J'ai appris aujourd'hui que l'armée s'était livrée à je ne sais quel essai de tir contre un des visiteurs. Pouvez-vous me dire ce que ça a donné?

– Je n'en sais rien, dit Porter.

– Dave, si vous le saviez – disons que vous le savez – me le diriez-vous?

– Probablement pas.

Le sénateur se tourna vers Alice.

– Tu vois? C'est bien le genre d'arrogance qu'on peut attendre de la bande de la Maison Blanche.

– Dave a dit qu'il ne savait pas.

– Il a dit aussi que s'il savait il ne me le dirait probablement pas.

– Tu dois au moins lui accorder le mérite de la franchise, papa.

– La franchise, mes fesses! C'est de l'arrogance, je te dis.

– Monsieur le sénateur, je suis navré de paraître arrogant, et aussi de n'avoir rien à vous dire. Le fait est que vous en savez sans doute autant que moi. Quant à entreprendre une action quelconque, Alice a raison. Ces objets n'ont rien fait qui nécessite une action. Et même, que pourrions-nous faire? Ils sont trop gros pour qu'on les harcèle. J'ai dans l'idée qu'il serait dangereux d'essayer de les attaquer, même si nous avions une raison de le faire.

– Ils mettent le pays sens dessus dessous. Les visiteurs consomment une partie de notre meilleur bois et l'industrie du bâtiment va en souffrir. Beaucoup de chantiers de bois ont été détruits et d'autres vont l'être sûrement. Le bois est déjà cher et ça va faire monter les prix. Les maisons coûteront bien plus cher à construire et leurs prix sont déjà si élevés qu'ils dépassent les moyens de la majorité des familles.

» Si les visiteurs ne cessent pas de jouer les chiens de berger autour des avions, les compagnies aériennes vont réduire leurs vols. Certaines en parlent déjà. Il y a trop de risques d'accidents et les compagnies d'assurances l'ont compris, elles s'apprêtent à augmenter leurs tarifs. Les compagnies aériennes hurlent déjà que le prix des assurances est prohibitif et qu'elles ne peuvent pas supporter une nouvelle augmentation.

– Il est plus probable, dit Porter, que toute la situation est dans une période d'évolution. Ça va bientôt se tasser. Nous subissons en ce moment le plus fort de l'impact. La population est un peu nerveuse et troublée, elle a tendance à exagérer les conséquences. Avec un peu de temps...

– Je ne crois pas que la situation s'améliorera avec le temps. Le public s'y fera, pensez-vous? Je ne le crois pas. Ces foutues sectes avec leurs sacrés prédicateurs injectent une dangereuse émotivité dans la structure sociale. Les sectes sont assez redoutables mais nous pouvons les supporter. Le grand public, dans l'ensemble, sait qu'il s'agit de cinglés et ce qu'on peut attendre d'eux. Le vrai danger, c'est l'explosion de l'évangélisme, la montée au cerveau de la vieille religion. L'histoire nous apprend qu'il y a eu au Moyen Age de semblables flambées de frénésie religieuse. Le paysan abandonnait ses champs, l'artisan son échoppe, tous s'en allaient pour une virée spirituelle. C'est ce qui commence à arriver en ce moment. L'industrie et le commerce souffrent d'un absentéisme accru; des erreurs coûteuses sont commises dans le travail effectué.

– Finalement, dit Alice, on en revient toujours au dollar. Nos hommes d'affaires et nos industriels perdent de l'argent ou ont peur d'en perdre.

– Et où est le mal? riposta le sénateur. L'argent est à la base de notre ordre économique. Et, même si tu n'es pas d'accord, de notre ordre social aussi. Je vous le répète, ce pays entame une longue glissade vers l'effondrement. Et ces abrutis de la Maison Blanche n'en ont même pas conscience!

– Je crois que si, dit Porter, même si nous ne sommes pas aussi pessimistes que vous. Il y a d'autres choses à considérer en priorité.

– Lesquelles?

– Eh bien, une grande diversité de...

– N'ajoutez rien! s'écria triomphalement le sénateur. Je le savais! Je savais qu'il y avait quelque chose que vous me cachiez!

– Je vous assure, monsieur le sénateur...

– Vous tenez quelque chose, hein? Vous avez découvert quelque chose sur les visiteurs dont on ne peut pas parler.

– Pas que je sache.

Le sénateur s'assit brusquement dans un fauteuil et vida son verre.

– Pas la peine de me le dire. Je ne veux pas le savoir, pas avant qu'il soit temps pour moi de le savoir, pour beaucoup d'entre nous. Et vous gardez ça pour vous. C'est bien. Vous ne le révélez pas. Vous le protégez. Je sais que cette tête brouillée de Secrétaire d'Etat veut partager nos découvertes avec tout le monde, y compris Ivan. Nous ne pouvons pas nous permettre de partager...

– Sénateur, vous vous trompez du tout au tout. Nous ne savons absolument rien.

– Parlé en gentilhomme, approuva le sénateur. Je vous en savais capable. Je savais qu'on pouvait compter sur vous pour rester bouche cousue... Il se fait tard, ajouta-t-il en jetant un coup d'œil à sa montre. Je vous ai retenu plus longtemps que je ne l'aurais dû, en m'emportant contre vous. Alice et vous allez être en retard pour dîner, on ne vous gardera pas votre table.

29. LONE PINE

Un des visiteurs s'était laissé distancer par les autres. Il ne bougeait plus, il n'abattait plus d'arbres.

De chaque côté, les autres continuaient leurs coupes, en éjectant avec régularité les bales de cellulose.

Stiffy Grant s'arrêta brusquement en débouchant des arbres encore intacts, regardant ce qui s'était passé. Il rejeta son chapeau sur sa nuque et passa sa main sur son front en sueur.

– Qu'est-ce que c'est que ça encore? demanda-t-il tout haut.

Il ne trouva aucune réponse. Avec application, il s'efforça de braquer son regard mais cela lui coûta un effort. Il tira la bouteille de sa poche arrière, dévissa le capuchon et but au goulot en renversant la tête. Puis il considéra le niveau avec une certaine détresse. Il ne restait plus guère que deux lampées. Ce n'était pas le meilleur des whiskies; il avait même acheté le moins cher mais c'était de l'alcool et sa disparition le peinait. Il reboucha la bouteille avec soin et la fourra de nouveau dans sa poche, en tapotant pour s'assurer qu'elle était bien calée.

Marchant avec précaution pour ne pas trébucher (car s'il tombait la bouteille se casserait), il alla voir ce qui clochait. Le visiteur est peut-être fatigué, se dit-il, et il s'est arrêté pour souffler; pourtant, depuis qu'il surveillait les visiteurs, aucun ne s'était jamais arrêté pour se reposer ni n'avait donné le moindre signe de fatigue.

Norton lui avait payé son petit déjeuner, et il lui restait donc assez d'argent pour acheter une autre bouteille de tord-boyaux. C'était bon de penser, se dit-il, qu'il y avait au moins une autre bouteille à l'horizon. Ce Norton, on pouvait dire ce qu'on voulait de lui, c'était un chic type.

Le visiteur immobile était bien plus loin que l'avait cru Stiffy mais il continua de marcher obstinément sur la piste que la chose avait taillée, en évitant avec prudence les bales éjectées.

– Qu'est-ce qui ne va pas, mon vieux? demanda-t-il en l'atteignant.

Il s'appuya d'une main contre le flanc du visiteur et resta là un moment pour recouvrer tant soit peu son équilibre.

Et alors qu'il raidissait le bras pour se retenir de chanceler, il comprit que quelque chose n'allait pas du tout, qu'il y avait du changement, mais il lui fallut un moment pour comprendre ce que c'était.

Le visiteur était froid. Disparue la plaisante tiédeur amicale qu'il avait toujours sentie en posant une main sur l'un d'entre eux. Il secoua la tête pour s'éclaircir les idées et retira sa main. Après avoir fait quelques pas titubants, il la reposa. Le flanc était toujours aussi froid, toute chaleur avait disparu.

En tâtonnant, il avança et posa de nouveau sa main, un peu partout. Le flanc restait froid, d'un froid de pierre. Stiffy se retourna, s'adossa contre le visiteur et se laissa glisser pour s'asseoir par terre.

Froid et immobile. Il ne flottait plus à quelques centimètres du sol, il était posé.

Est-ce que ce serait la mort? se demanda Stiffy. Est-ce que le visiteur était mort? Froid et inerte, c'était généralement la mort. Et s'il était mort, pourquoi? Que lui était-il arrivé? Et autre chose... S'il était mort, c'était donc qu'avant il était vivant, mais ce n'était pas là une révélation pour Stiffy. Depuis longtemps, sans doute aucun, les visiteurs lui avaient paru vivants. Non seulement vivants, mais amis. Il s'interrogea, surpris, car il y avait bien longtemps qu'il n'avait eu un ami. C'était bizarre, pensa-t-il, de trouver un ami parmi des gens autres que ses semblables.

Assis tout contre le visiteur froid, sans prendre la peine de se cacher la figure et laissant les larmes ruisseler sur ses joues mal rasées, Stiffy Grant pleura amèrement l'ami qu'il avait perdu.

30. MINNEAPOLIS

Al Lathrop, le directeur-gérant, était assis en haut de la table de conférence, qu'il tapotait distraitement avec son crayon. Kathy se demandait ce qu'ils faisaient là tous les trois, Johnny, Jay et elle. Johnny, c'était normal, naturellement, mais pas les autres. Jamais, depuis qu'elle était au *Tribune*, elle n'avait été convoquée dans la salle de conférence. C'était là que les divers rédacteurs en chef discutaient, bien avant qu'on boucle la première édition, des articles que l'on avait et de ce qu'il fallait en faire. Mais généralement ces réunions avaient lieu dans la soirée, et on venait à peine de déjeuner.

– J'ai pensé, déclara Lathrop, que nous devrions nous réunir pour parler de plans à long terme, pour voir comment nous allons couvrir l'affaire des visiteurs. Il me semble que jusqu'à présent nous avons fait du bon travail. Consciencieux et objectif. Je pense que nous continuerons dans ce sens. Mais il serait temps de penser à donner peut-être une nouvelle dimension à l'histoire. Johnny, vous êtes là-dessus depuis que le premier visiteur a atterri à Lone Pine. Avez-vous réfléchi à ce que nous devrions faire maintenant?

– Je crois qu'il est trop tôt pour essayer de faire plus que de rapporter l'information telle qu'elle se présente, répondit Garrison.

– Oui, mais à présent le public a accepté la situation, dans son ensemble. Beaucoup de gens ne l'apprécient pas, sans doute, la trouvent difficile à accepter, mais presque tout le monde s'est rendu compte que les visiteurs vont rester un moment. Je pense donc qu'il serait temps de travailler un peu plus sur le fond, de creuser davantage du côté des conséquences possibles...

– Pour donner de quoi réfléchir à nos lecteurs?

– Précisément. Hasarder quelques questions, des sujets de réflexion.

– Ce que vous dites est parfaitement logique, Al. Le moment viendra pour ça. Mais je pense qu'il est trop tôt. Ce genre d'articles ne peut être que le fruit de longues considérations. Nous ne pouvons pas écrire n'importe quoi. Nous devons avoir des informations, ou au moins l'indice d'une information avant de commencer à écrire des articles de fond. Autrement, nous risquons de nous éloigner considérablement de la vérité et ça nous retombera sur le nez.

– Je ne veux pas dire que nous devons immédiatement commencer à traiter l'affaire au fond. Je n'attendais pas que nous nous mettions tout de suite à écrire des papiers qui donnent à penser. Mais il me semble que nous devrions l'envisager, mettre au point dans notre esprit le genre d'articles que nous aimerions publier. Nous avons pas mal de gens à la rédaction qui ont passé beaucoup de temps à observer les visiteurs. Une sorte de consensus devrait se former dans l'esprit de certains. Kathy, Jay et vous avez sans doute été les plus engagés dans cette affaire. Que pensez-vous de la situation? Kathy, pour commencer, quels sentiments éprouvez-vous pour les visiteurs?

– Je les aime bien.

– Ma foi, dit Lathrop, je ne m'attendais pas à cela. Mais allez-y, dites-nous ce que vous aimez en eux.

– D'abord, ils ne nous ont pas attaqués. Ils nous ont causé des ennuis de temps en temps, mais ils ne nous ont fait aucun mal.

– Un homme a été tué à Lone Pine.

– Il était l'agresseur. Il a tiré sur le visiteur. Depuis lors, personne n'a été blessé. Les visiteurs sont des gens bien.

– Des gens, Kathy?

– Bien sûr. Différents de nous, mais des gens quand même. Ils sont intelligents. Je les soupçonne d'avoir un sens de l'éthique.

– C'est possible, dit Jay, mais mon impression est qu'ils sont arrogants. Ils ne font pas attention à nous. Ils nous ignorent, pas avec application, pas volontairement, mais comme s'ils estimaient franchement que nous ne sommes pas dignes d'attention. Comme s'ils ne nous voyaient même pas, parfois.

Kathy allait parler mais se ravisa à temps. Si seulement elle pouvait tout leur révéler, pensa-t-elle, mais c'était impossible. Elle ne pouvait parler de Jerry, pas même de sa propre poignée de main, encore qu'il fût difficile de considérer cela comme une poignée de main. C'était plus que cela, plus personnel, plus compréhensif qu'une simple poignée de main.

– Il y a une chose sur laquelle je me suis interrogé, dit Jay. Ces objets doivent venir de très loin dans l'espace. Il est à peu près évident qu'ils mangent des arbres pour fournir de la cellulose à leurs petits. Ils peuvent même s'en nourrir aussi, mais nous n'en sommes pas sûrs. Non, ce que je voulais faire observer, c'est qu'ils n'appartiennent probablement pas à ce système solaire. Sur aucune autre planète ils ne trouveraient d'arbres ou autre chose capable de leur fournir de la cellulose. Ce qui veut dire qu'ils doivent venir d'un autre système solaire, probablement d'une planète où ils en avaient à leur disposition. Dans ce cas, ils ont dû franchir un grand nombre d'années-lumière, car les systèmes solaires n'ont pas tous une planète productrice de cellulose. Une telle planète...

– Où diable voulez-vous en venir, Jay? demanda Garrison.

– Il peut y avoir d'autres considérations, mais ce qui m'intéresse, c'est que leur voyage a dû durer très longtemps. Les physiciens nous apprennent que rien ne voyage plus vite que la lumière. Donc nos visiteurs pourraient avoir voyagé pendant des milliers d'années avant d'arriver sur Terre.

– Ils devaient être désespérés, dit Kathy, pour s'embarquer dans une telle traversée. Quelque chose a dû arriver pour les chasser dans l'espace à la recherche d'une autre planète, sans savoir s'ils en découvriraient une. Mais ils avaient besoin de cellulose pour nourrir leurs bébés. Aussi longtemps qu'ils n'en trouvaient pas, ils ne pouvaient se reproduire. Ils allaient vers l'extinction de leur race.

– Vous parliez d'articles de fond, dit Garrison à Lathrop. Kathy et Jay viennent de vous fournir une estimation hypothétique qui fait une sacrée matière à réflexion. S'ils l'écrivaient?

– Je ne crois pas. C'est trop hypothétique. Ça n'a aucune base solide. Ça aurait un côté trop sensationnel. Dans cette affaire, nous ne pouvons pas nous permettre de faire du sensationnel. Au fait, Matthews, de notre bureau d'information, m'a dit ce matin que le bruit courait à Washington d'une espèce d'expérience avec arme à feu tentée sur un des visiteurs. Est-ce qu'il y a de l'information là-dessus, quelque chose dans les dépêches d'agences?

Garrison secoua la tête.

– Matthews a envoyé la sienne il y a une demi-heure. La question a été posée aujourd'hui à la conférence de presse de la Maison Blanche et Porter, l'attaché de presse, a déclaré n'en rien savoir.

– Jusqu'à quel point pouvons-nous nous fier à ce que dit Porter?

– Difficile à dire. Jusqu'ici, il a l'air d 'avoir été très franc. Mais il paraît qu'il y a une sacrée bagarre à la Maison Blanche, avec Porter qui insiste pour tout révéler sur les visiteurs et d'autres qui veulent la boucler. S'il y a eu une expérience avec des armes, ça doit être militaire. Les résultats sont sûrement classés secrets. Porter serait obligé de céder dans un tel cas.

– C'est tout?

– A peu près. Rien que le flot régulier de nouvelles sur les visiteurs. Il y a quelques jours, il y en a un qui a surgi dans une ferme de l'Iowa, qui a pris possession d'un champ fraîchement labouré et qui l'a parcouru de long en large, jusqu'à ce qu'il ait couvert tout le champ, et puis il s'est installé dans un pâturage pour le surveiller. Il chasse tous ceux qui essayent de s'en approcher. Le visiteur a l'air d'être un de nos vieux amis.

– Comment ça, un vieil ami?

– Il porte le numéro 101, peint en vert.

Kathy sursauta et se redressa.

– C'est le premier qui a atterri, à Lone Pine! Un des observateurs fédéraux lui a peint un numéro dessus. C'est celle qui a eu des bébés.

– Celle?

– Eh bien, ça a eu des bébés, n'est-ce pas? Alors pour moi, c'est féminin. Comment se fait-il que j'ai raté cette histoire?

– Elle n'est pas parue, dit Garrison. Il n'y avait plus de place. Elle s'est retrouvée dans les déchets et je l'ai récupérée. Nous la passons ce soir. Je ne sais pas comment ça s'est produit.

– Il faut faire attention à ces choses-là, dit Lathrop. C'est une bonne histoire. Nous aurions dû la passer.

– Ce sont des choses qui arrivent, Al. Pas souvent. Mais de temps en temps. Je me suis demandé si Kathy ne devrait pas aller dans l'Iowa pour voir ça de près. Le visiteur se souviendrait peut-être d'elle?

– C'est ridicule! Pas un seul d'entre eux n'a fait attention à un être humain.

– Comment le savons-nous? insista Garrison. Bien sûr, aucun ne s'est approché pour dire salut, mais ça ne veut pas dire qu'ils ne remarquent personne. Kathy a passé plusieurs jours à Lone Pine et...

– A quoi ça servirait, même si ce vieux 101 la reconnaissait? Elle ne peut pas l'interviewer. Il n'y a aucun moyen de leur soutirer de l'information.

– Je sais bien, dit le rédacteur en chef, mais je pense quand même que ce ne serait pas une mauvaise idée.

– Bon. Allez-y. C'est vous le patron des informations. Si vous pensez...

La porte s'ouvrit brusquement et Jim Gold fit irruption.

– Johnny! Frank Norton est au téléphone. Stiffy Grant vient d'en découvrir un mort.

– Un mort? Un quoi, mort?

– Un visiteur mort, répondit Gold.

31. WASHINGTON, D.C.

Porter décrocha son téléphone.

– Dave, dit le président, pouvez-vous venir? Il y a quelque chose que je veux que vous entendiez.

– Immédiatement, monsieur le Président.

Porter raccrocha et se leva. De son bureau placé dans un coin de la pièce, son assistante Marcia Langley l'interrogea du regard.

– Je ne sais pas, dit-il. Plus que probablement un pépin quelconque.

En entrant dans l'antichambre, il désigna du pouce la porte du bureau du Président et demanda :

– Qui est là avec lui?

– Le général Whiteside, répondit Grace.

– Rien que Whiteside?

– Rien que lui. Il y a deux minutes qu'il est là.

Porter frappa et entra. Le président était juché sur un coin de son bureau et Whiteside dans un fauteuil contre le mur.

– Entrez, Dave. Prenez un siège. Le général a quelque chose d'assez curieux à nous apprendre.

Il contourna son bureau et alla s'asseoir, face aux deux hommes.

– Il paraît que vous avez passé une demi-heure pénible avec la presse cet après-midi, Dave.

– Ils posaient des questions sur une expérience d'armes à feu. Je leur ai dit que je n'en avais pas entendu parler.

– C'est très bien. Vous n'avez pas trop souffert de ce petit mensonge véniel?

– Monsieur le Président, on peut et on doit parler de la plupart des choses mais j'ai pensé que l'expérience, sans être une question de sécurité nationale, était au moins hautement confidentielle.

– C'est heureux que vous ayez pensé ça, grommela Whiteside.

– Si je comprends bien, il faudra attendre longtemps avant de pouvoir en parler.

– C'est pourquoi je vous ai prié de venir, dit le Président. Je respecte assez votre point de vue, et vous-même, pour ne pas vous laisser opérer dans le vide. Quand vous aurez entendu ce que Henry a à nous dire, je crois que vous serez d'accord pour garder le secret. Si vous voulez bien répéter tout ça, Henry?

Le général se carra plus fermement dans son fauteuil.

– Vous connaissez tous deux l'exercice, je crois. Nous avons monté un fusil de calibre 30 et nous avons tourné des films de la trajectoire de la balle, mille images seconde.

– Oui, nous le savons, dit le Président en hochant la tête.

– C'était incroyable.

– C'est bon, Henry. Racontez.

– Quand la balle a frappé le visiteur, sa surface s'est creusée. La balle n'a pas pénétré. Elle a simplement pratiqué une fossette dans la peau. Comme si on enfonçait le poing dans un oreiller de plume. Ou l'index dans une joue. Et puis, presque instantanément, la fossette est revenue à sa position originale et une décharge d'énergie a rebondi, frappé le fusil et l'a fait fondre. Le plus curieux c'est que la balle elle-même, le projectile, n'a pas été relancée, pas jusqu'au bout. Elle a rebondi sur une courte distance et elle est tombée. Nous l'avons retrouvée par terre, plus tard.

Le général s'interrompit un instant et soupira.

– Nos gens nous disent, reprit-il, c'est-à-dire nos savants nous disent que le visiteur a converti l'énergie kinétique du projectile en énergie potentielle. Pour que l'énergie puisse être manipulée, voyez-vous. Ce n'est pas absolument certain mais presque tout indique que le visiteur a absorbé l'énergie potentielle, l'a analysée et puis l'a renvoyée en une décharge encore plus forte d'énergie brute qui a détruit l'arme. Elle l'a frappée de plein fouet, pile, et ça, disent les savants, c'est à cause de l'indentation parabolique, son axe suivant la ligne de trajectoire du projectile. L'indentation, l'empreinte creuse est revenue à sa position originale mais son gabarit était si précis qu'elle a renvoyé l'énergie, sous une nouvelle forme, précisément à sa source. Les savants ont parlé d'une onde pulsée ou d'une onde réfléchie, mais là ils m'ont semé. Le principal, c'est que le visiteur a renvoyé l'énergie du projectile droit dans l'arme qui l'avait tiré. Même si le tir avait été en chandelle, disons d'un mortier, le renvoi d'énergie aurait exactement suivi la trajectoire du projectile.

Le général s'interrompit, soupira encore et regarda les deux autres à tour de rôle.

– Vous vous rendez compte de ce que cela veut dire? demanda-t-il.

– Un système de défense parfait, murmura le Président. On renvoie à l'autre gars tout ce qu'il vous expédie.

– Oui. Et peut-être sous différentes formes d'énergie. C'est ce que pensent les gens du labo, en tout cas. Ce n'est pas forcément une décharge de chaleur. Ça pourrait être des radiations, par exemple un orage de rayons gamma. Le visiteur est capable de convertir l'énergie kinétique en énergie potentielle et pourrait avoir un vaste choix de conversions énergétiques.

– Combien de personnes, à part nous trois, sont au courant de cela? demanda le Président.

– Pas mal de monde, des techniciens du service, des soldats ont été témoins de l'exercice. Si vous voulez parler de ce que je viens de vous dire, seulement trois autres à part nous.

– On peut avoir confiance en eux?

– On peut. Ils ne parleront pas.

– Je crois que, pour plus de sûreté, nous devons nier jusqu'au bout cet exercice de tir. Qu'en pensez-vous, Dave? Je connais vos sentiments...

– Bien à contrecœur, je reconnais que je le dois. Mais il sera difficile de garder le secret total. Des soldats, peut-être même des techniciens, parleront. N'y aurait-il pas un autre moyen? Dire que oui, il y a eu un essai mais sans résultats probants, les quelques renseignements obtenus étant confus et peu concluants?

– Moi, déclara Whiteside, je suis d'avis de tout nier en bloc. C'est le seul moyen sûr.

– Dave, dit le Président, je ne vous ai jamais demandé d'étouffer quoi que ce soit. Cette fois, je vous le demande. Il y a eu, bien sûr, l'affaire de la désagrégation de l'objet sur orbite. Là je crois que je me suis trompé. Vous insistiez pour tout révéler et j'ai agi sournoisement. J'ai commis une erreur. J'aurais dû vous lâcher la bride au lieu d'utiliser ce communiqué de la NASA. Mais cette fois, c'est différent.

– Cette découverte, dit Whiteside, pourrait nous donner la suprématie dont nous avons besoin. Si seulement nous trouvions comment c'est fait.

– Nous pourrions appeler Allen.

– Monsieur le Président, j'aimerais mieux pas. Peut-être pourra-t-il aider plus tard à trouver une solution, sans savoir réellement ce qu'il fait, espérons-le. Mais il ne faut pas lui parler de ça. Six hommes sont au courant en ce moment; c'est trop mais nous n'y pouvons rien. Restons à six. Allen a tendance à être bavard. Il est quelque peu mordu par l'idée que les connaissances scientifiques doivent être partagées. Son groupe de chercheurs travaille en dehors de la sécurité et...

– Inutile d'insister, trancha le Président. Vous avez entièrement raison. Nous tiendrons Allen à l'écart.

– Mes gens pensent que chez le visiteur, ce n'est pas du tout une question de défense. C'est-à-dire pas contre un ennemi. Ils pensent que les visiteurs absorbent de l'énergie de n'importe quelle source. Dans l'espace, ils absorbent l'énergie de toutes sortes de radiations, de petites particules de matière, peut-être aussi des particules assez importantes qui entrent en collision avec eux. Dans ce cas, ils convertissent l'énergie kinétique de ces particules en énergie potentielle, absorbent ce qu'ils peuvent et rejettent ce qu'ils ne peuvent absorber. Cette faculté est une sorte de soupape de sécurité, contre l'excès d'énergie.

– Vous avez utilisé un projectile de calibre 30? Savez-vous combien de plus gros projectiles un visiteur pourrait supporter?

– Je suppose qu'une ogive nucléaire pourrait les détruire mais il est probable qu'ils peuvent tout supporter à part ça. La balle a creusé une fossette légère et peu profonde. Elle serait plus grande avec une arme plus lourde, mais avec assez de marge. Le visiteur de notre exercice a eu l'air de ne rien remarquer. Quand la balle a frappé, il n'a pas du tout bronché. Il était là, sans rien faire, avant l'exercice. Du moins rien que nous pouvions détecter. Après le tir, il était toujours là, passif. Mais j'aimerais bien essayer quelque chose d'un peu plus lourd, des exercices de tir progressivement plus importants.

– Vous ne pouvez pas, avertit Porter. Le secret serait éventé. Vous pouvez vous en sortir de justesse, en niant une expérience. Si vous en tentez d'autres, ce sera impossible.

– Il a raison, dit le Président. Pour le moment, nous

devons nous contenter de ce que nous avons. Il faut découvrir maintenant ce que sont les visiteurs. Comment ils sont construits. Comment ils fonctionnent, si c'est le mot juste. Allen pourrait mettre au point quelque chose, bientôt, qui nous aiderait.

– Il n'a pas grand-chose comme base de travail, dit Porter. Tout ce que ses hommes font, c'est se tenir à l'écart et observer.

L'interphone bourdonna sur le bureau du Président. En fronçant les sourcils, il appuya sur un bouton.

– Grace, je croyais vous avoir dit...

– Je suis tout à fait désolée, monsieur le Président. Je pensais que vous voudriez savoir que le Dr Allen est là. Il dit qu'il doit vous voir immédiatement. Il paraît que, dans le Minnesota, quelqu'un a trouvé un visiteur mort.

32. MINNEAPOLIS

La chambre se refermait autour de Jerry Conklin, et c'était bizarre car jamais il n'avait eu cette impression. Pour la première fois depuis qu'il vivait là – deux longues années – il remarquait l'exiguïté de la pièce, sa nudité désordonnée, sa tristesse. Il voyait la poussière sur les vitres, les traces d'humidité sur les murs.

Il repoussa sur le côté de son bureau ses papiers et se leva, pour regarder par la fenêtre des enfants jouant à un de ces jeux absurdes, faits de poursuites et de cris, qui n'ont de signification que pour eux. Une vieille femme chargée d'un lourd cabas boitillait sur le trottoir défoncé. Un chien était couché en travers du perron d'une maison délabrée. L'épave d'une voiture, aux ailes cabossées, occupait sa place habituelle.

Mais qu'est-ce que j'ai? se demanda Jerry. Pourtant il le savait.

C'était cette histoire du visiteur. Elle le hantait. Depuis, il n'était plus le même. Ce souci lui enlevait le goût de l'étude, le harcelait à chaque heure du jour, ne le lâchait pas. Il l'empêchait de travailler à sa thèse et elle était importante. Il devait absolument l'écrire.

Aurait-il mieux valu, se demanda-t-il, aller raconter toute l'histoire aux autorités compétentes? S'en étant ainsi débarrassé, il pourrait à présent l'oublier et se mettre au travail. Mais, pour une raison qui lui échappait, il en avait été incapable. Il s'était dit qu'il reculait devant le ridicule et les rires sous cape, mais ce n'était peut-être pas l'unique raison. Il avait pensé se soulager en parlant à Barr; cela n'avait rien arrangé. L'exobiologiste, s'il avait écouté sans rire, ne s'était révélé d'aucun secours. Et la narration, même dans ces circonstances, n'avait pas eu les vertus purificatrices de la confession.

Maintenant, il lui était impossible d'en parler. Ce récit, si longtemps après l'événement, serait assimilé à toutes ces histoires d'enlèvements que les déséquilibrés racontaient. Il serait mis dans le même sac que les lunatiques marginaux qui avaient surgi à l'apparition des visiteurs. S'il avait été difficile d'en parler tout de suite, maintenant c'était totalement impossible.

Il sentait pourtant qu'il n'en avait pas encore fini. Tôt ou tard, les enquêteurs qui avaient fait remorquer sa voiture trouveraient une plaque ou un numéro de moteur et, ainsi, son propriétaire. Il n'avait rien fait pour la voiture et avait peut-être eu tort, mais il n'avait pu se décider sur la voie à suivre. Il aurait dû signaler sa destruction à sa compagnie d'assurances mais qu'aurait-il pu dire? Il avait envisagé un moment de déclarer qu'elle avait été volée, mais s'était abstenu.

S'il avait fait cela, il serait probablement dans un plus sale pétrin à présent.

Il quitta la fenêtre, retourna à son bureau, s'y assit et ramena les papiers devant lui. Vaille que vaille, se dit-il, il devait travailler cet après-midi. Kathy passerait le prendre vers 6 heures et ils iraient dîner dehors.

Kathy, pensa-t-il. Que diable aurait-il fait sans elle? C'était sa force, son équilibre, sa tendre sollicitude qui l'avaient soutenu ces derniers jours.

Le téléphone sonna.

– Jerry, dit Kathy, je suis désolée. Je ne peux pas te voir ce soir. Je pars en reportage. Je retourne à Lone Pine.

– Ah merde, grogna Jerry. Et moi qui comptais tant te voir. Qu'est-ce qu'il y a encore?

– Ils ont trouvé un visiteur mort, là-haut. Washington va probablement envoyer des enquêteurs. Nous devons avoir quelqu'un là-bas et Johnny m'a désignée.

– Un visiteur mort? Qu'est-ce qui s'est passé?

– Personne ne le sait. On l'a trouvé mort, comme ça. C'est Stiffy Grant. Tu te souviens de Stiffy. Je vous ai présentés.

– Oui, je me souviens. Mais comment est-ce que Stiffy a pu savoir s'il était mort?

– Il était froid. Il n'était plus tiède mais froid. Et il ne flottait pas. Il était posé à même le sol.

– Et maintenant ils vont tous se précipiter et le disséquer pour voir comment ça fonctionne.

– Fort probablement.

– Je trouve ça plutôt macabre.

– Moi aussi, mais c'est logique.

– Quand rentreras-tu?

– Je ne sais pas. Dans un jour ou deux, je crois. Je te verrai dès mon retour.

– Je comptais bien te voir ce soir.

– Moi aussi, Jerry. Je suis vraiment navrée. Et tellement déçue.

– Enfin... tu as ton travail. Moi aussi, ma thèse. Je dois m'y mettre sérieusement.

– Et il y a autre chose, Jerry. Le vieux 101 a été retrouvé.

– Le 101?

– Oui, tu ne te souviens pas? Je te l'ai dit. Un des hommes de Washington avait peint le numéro 101 en vert sur le premier visiteur.

– Oui, en effet. Ainsi, on l'a retrouvé. Où est-il?

– Dans une ferme près d'un petit patelin de l'Iowa. Chez Davis Comers. Le fermier pense qu'il a semé quelque chose dans le champ et que maintenant il le surveille. Quand Comers veut s'approcher du champ, il le chasse.

– Qu'est-ce qu'il a pu planter?

– Peut-être rien. C'est seulement ce que pense le fermier. Johnny allait m'envoyer là-bas et puis cette histoire de Lone Pine est arrivée.

– Pourquoi voulait-il t'envoyer là-bas? Qu'est-ce que tu aurais pu faire?

– Ce n'était qu'une des idées de Johnny. Il opère par intuition, il dirige la rédaction avec ses intuitions. Certaines sont bonnes, certaines paient. On pourrait appeler ça l'instinct du journaliste. A vrai dire, c'est de l'intuition. Il faut que je file, maintenant. L'avion attend et Chet se dandine d'un pied sur l'autre.

– Tu me manques, Kathy.

– Toi aussi, tu vas me manquer. Travaille bien pendant mon absence.

– J'essaierai. Merci de ton coup de fil, Kathy.

Il raccrocha et resta sans rien faire à son bureau. La chambre recommença à se refermer autour de lui. Il vit les vitres sales et l'humidité sur les murs.

Le vieux 101, pensa-t-il. Quelque part dans l'Iowa, gardant un champ. Et pourquoi était-il dans l'Iowa? Il n'y avait pas d'arbres là-bas, ou du moins pas beaucoup. Rien de comparable avec les forêts du Minnesota. Le fermier pensait qu'il avait planté ou semé dans son champ. Et qu'avait-il pu planter? Jerry secoua la tête, perplexe. Le fermier devait se tromper.

Il se leva et se mit à arpenter la pièce, en se rappelant, avec une vivacité qui le terrifia, ces quelques heures (ou quelques minutes?) passées dans cette chose qu'était le 101. Il revit les disques lumineux, la pâle lueur bleuâtre, les singuliers clignotements. Il y avait eu quelque chose, là se dit-il, qu'il aurait dû comprendre, un fait ou des faits qu'il aurait pu percevoir, s'il était resté plus longtemps.

S'il avait pu rester plus longtemps, s'il avait pu encore causer avec le visiteur... et Jerry s'interrompit en se traitant d'imbécile. Car il n'avait jamais causé avec lui, il ne lui avait pas vraiment parlé. Il n'avait pu tirer de lui que des impressions, cette sensation de foyer, cette idée d'arbres. Et ces impressions, se dit-il amèrement, ne venaient peut-être nullement du 101. Ce pouvait n'être que des aberrations incongrues de son esprit.

Peut-être, se dit-il, l'explication était là-bas, dans cette ferme de l'Iowa. Et cela, pensa-t-il, était pure insanité. Il pouvait aller dans l'Iowa, à la ferme, et le 101 le chasserait, comme il chassait le fermier. Jerry s'abandonnait à un fantasme, il le savait, mais cela ne changeait rien. Le fantasme persistait. L'impulsion devint une certitude. Il devait aller dans l'Iowa. Mais ce qu'il ferait en arrivant là-bas, il n'en avait aucune idée.

Tout l'après-midi, Jerry lutta contre cette idée sans pouvoir s'en débarrasser. Il devait partir. Il devait y aller et il n'avait même pas de voiture. Mais Charlie lui prêterait la sienne. S'il le lui demandait, Charlie lui prêterait sa voiture.

33. LONE PINE

A la jumelle, Kathy apercevait au delà de la rivière le groupe d'hommes au travail sur le visiteur mort. Elle ne pouvait distinguer ce qu'ils faisaient. Elle voyait simplement que par l'un ou l'autre moyen (avec des scies? se demanda-t-elle) ils avaient découpé des portions du corps mort, probablement pour se procurer des échantillons à rapporter à Washington, ou ailleurs, pour les étudier. Ils avaient tout un matériel mais la distance était trop grande pour voir avec précision ce qu'ils faisaient. Elle n'avait trouvé personne capable de répondre à ses questions. La sécurité était stricte. Le pont provisoire du Génie était fermé par la Garde Nationale et d'autres gardes patrouillaient le long des berges pour s'assurer que personne ne tenterait de traverser.

Les autres visiteurs ne faisaient pas attention à ce qui se passait autour de leur camarade mort. Ils continuaient d'abattre des arbres et de cracher des bales de cellulose. Quelques-uns bourgeonnaient et une douzaine de leurs petits gambadaient et dévoraient les bales.

Kathy abaissa ses jumelles, les posa sur ses genoux.

– Il y a quelque chose à voir là-bas? demanda Norton.

– Rien que je puisse distinguer, répondit Kathy en lui tendant les jumelles. Vous voulez essayer?

– Même si je voyais quelque chose, je ne comprendrais sans doute pas ce que c'est. Je pensais qu'ils allaient essayer de transporter le visiteur mort quelque part. A l'université de Minneapolis, peut-être. Mais ce doit être trop gros. Ce truc-là doit peser des tonnes et des tonnes.

– Plus tard, sans doute. Mais à mon avis, il était urgent de prélever des échantillons des tissus le plus tôt possible, si l'on peut appeler tissus ce qu'ils prennent.

Norton leva les jumelles à ses yeux, regarda pendant un long moment et finit par les rendre à Kathy.

– Je n'ai jamais vu de telles mesures de sécurité, dit-elle. Ni si rapidement mises en place. Chet et moi, nous sommes arrivés quelques heures à peine après votre coup de fil et ils avaient déjà tout bouclé. Ordinairement, il y aurait une espèce d'organisation de relations publiques pour donner une idée de ce qui se passe. Mais ici, rien. Pas même quelqu'un pour vous dire qu'il n'y aura pas d'information. Nous sommes totalement tenus à l'écart.

– Washington doit juger que c'est important. Top secret.

– Bien sûr, dit Kathy. Et plus que ça. Ils ont été pris par surprise et ils ont dû agir vite. Qui aurait pu se douter qu'un des visiteurs mourrait et qu'ils pourraient l'examiner? Quand nous écrirons que les mesures de sécurité sont exceptionnelles, le gouvernement se plaindra. Il dira que nous exagérons.

– D'ici peu, dit Norton, Lone Pine va grouiller de journalistes. Comme l'autre fois. Il y en aura bien un qui arrivera à les secouer, à en tirer quelque chose.

– J'ai essayé mais il n'y a personne à secouer. Rien que ces pieds-plats de gardes nationaux idiots qui ne veulent pas vous laisser passer. La plupart refusent de vous parler. Même les officiers. En général les officiers parlent, rien que pour montrer leur importance. Je vous assure, Frank, je ne sais même pas pourquoi je suis ici. J'aurais aussi bien pu rester à la salle de rédaction. Ici, je ne sers à rien. Je ne sais même pas ce que je dirai à Johnny quand je lui téléphonerai. Quelqu'un d'autre aurait mieux réussi, peut-être. Jay...

– Je ne vois pas comment. Comme vous dites, il n'y a personne à qui parler.

– Ce qui me dépasse, c'est qu'il n'y a même pas de rumeurs. Dans une situation comme celle-ci, où la sécurité est si hermétique, il y a toujours des bruits qui courent. Quelqu'un a entendu un mot et a brodé dessus. Mais ici rien, rien. Stiffy n'en sait pas plus que moi. Pourtant, un type comme Stiffy aurait pu apprendre quelque chose, broder un peu et le repasser. Non. Et Sally non plus. Si elle avait entendu une rumeur, je suis sûre qu'elle m'en aurait parlé.

– Vous devez patienter. Si vous vous accrochez assez longtemps...

– Je devais dîner avec Jerry, ce soir. Nous y comptions tous les deux. Il y a longtemps que nous n'avons pas dîné ensemble, un vrai dîner, pas un hamburger à un comptoir. Pauvre Jerry, il a eu la vie dure. Etudiant depuis six ans, à vivre au jour le jour dans une chambre minuscule, acceptant de vagues emplois pour gagner le peu d'argent dont il a besoin. Je pensais que nous devrions nous marier. Comme ça, au moins, il aurait un toit convenable. Mais il ne veut pas. Il refuse de se laisser entretenir par une femme. Il a de la fierté et je l'admire mais ça ne m'empêche pas de le plaindre et il serait furieux s'il le savait. Je ne peux donc pas le montrer. Nous aurions pu nous mettre en ménage, les choses auraient été plus faciles pour nous, mais ni lui ni moi n'en avons envie. Ce n'est pourtant pas mal, des tas de gens font ça. Mais ça nous a déplu. Je ne sais pas. Ça paraissait un peu vulgaire et nous avons été d'accord tous les deux...

– Ça s'arrangera, dit Norton pour la réconforter. Bientôt il aura son doctorat et il trouvera du travail...

– Je ne sais pas pourquoi je vous raconte tout ça. Je ne devrais pas, mais ça m'a échappé. Pourquoi est-ce que je vous raconte ça, Frank?

– Je n'en sais rien, mais j'en suis heureux. Si ça a pu vous soulager un peu, j'en suis heureux.

Ils restèrent un moment silencieux sous le soleil d'automne.

– Dans un jour ou deux, dit finalement Norton, avant la fin de la semaine je vais prendre quelques jours de congé. Je fais ça tous les automnes. En général plus tôt. Cette année, cette histoire de visiteurs m'a retardé. Je traverse la forêt, avec un canoë sur le toit de ma voiture. Je m'installe au bord d'une petite rivière et je passe quelques jours à faire du canoë. Une sorte d'adieu à la forêt automnale, avant le mauvais temps. Je pagaie, je regarde, je ne me fatigue pas. Je vais un peu à la pêche. Mais surtout j'observe.

– Ça paraît chouette, dit Kathy.

– Je pensais : vous pourriez téléphoner à Jerry et lui dire de venir? Dites à Johnny que vous prenez quelques jours de vacances. Vous m'accompagneriez tous les deux pour cette petite randonnée. Vous échapperiez à votre journal, Jerry à ses cours. Ça vous ferait un bien fou à tous les deux.

– Je n'en doute pas, mais c'est impossible. J'ai épuisé tout mon temps de vacances en juin et Jerry a sa thèse.

– Je le regrette. J'aurais bien aimé vous avoir avec moi.

– Je le regrette aussi, dit Kathy. Mais merci de l'avoir proposé.

34. WASHINGTON, D.C.

Le Président entra dans le bureau de presse comme Porter s'apprêtait à partir. Surpris, il se leva.

– Vous travaillez bien tard, monsieur le Président.

– Vous aussi. J'ai vu de la lumière chez vous alors je suis passé.

– Je peux quelque chose pour vous?

– M'écouter, simplement. J'ai besoin de quelqu'un devant qui je puisse me déboutonner.

Le Président alla se laisser tomber dans un canapé contre le mur, les jambes étendues devant lui, les mains croisées sous la nuque.

– Dave, demanda-t-il, est-ce que tout cela se passe réellement ou est-ce que je fais un mauvais rêve?

– J'ai l'impression que c'est bien réel. Mais il m'arrive de me poser la même question.

– Est-ce que vous en voyez le bout? Une fin logique?

Porter secoua la tête.

– Pas encore. Non. Mais j'ai une espèce de confiance innée. Ça s'arrangera. Même les pires situations finissent par s'arranger.

– Toute la journée, des gens m'ont harcelé. Les choses qu'ils voudraient que je fasse. Des actions qu'ils veulent me faire entreprendre. Des choses stupides, probablement, mais qui ne le semblent pas à ceux qui les conseillent. J'ai une pile de lettres me suppliant de choisir une journée de prières. Je reçois des coups de téléphone d'hommes que j'ai toujours jugés raisonnables et qui suggèrent une proclamation pour annoncer une journée de prières. Que je sois pendu si je vais déclarer une journée de prières. Bien sûr, il est arrivé à des présidents de proclamer une journée de prières, mais seulement dans des cas qui l'imposaient manifestement, et je ne pense pas que la situation actuelle le mérite.

– Ça vient de toute la ferveur religieuse que cette affaire a provoquée. Quand les gens ne savent pas quoi faire, ils se tournent brusquement vers la religion, ou ce qui passe à leurs yeux pour de la religion. C'est en somme une retraite mystique dans l'irréalité. C'est une quête de compréhension de forces qui dépassent notre entendement, la recherche d'un symbole qui comblera le fossé d'incompréhension.

– Oui, je le conçois, dit le Président, et dans un sens je compatis. Mais appeler à la prière en ce moment serait donner trop d'importance à notre problème. Ce qui se passe me plonge dans une sacrée perplexité mais pas dans la panique. J'ai peut-être tort. Est-ce que je devrais avoir peur, Dave?

– Je ne crois pas. Ce n'est pas une question de panique. Ce qui pousse ces gens à réclamer une journée de prières, c'est le zèle obsédé des néophytes qui veulent forcer tout le monde à penser comme eux.

– Voilà plus d'une heure que j'essaie de réfléchir, de voir clairement ce que nous affrontons réellement, répliqua le Président. En pensant, je suppose, que si je pouvais y voir clair dans mon esprit, je saurais peut-être ce que je dois faire. La première chose que je me suis dite, c'est que pour le moment nous n'avons à faire face à aucune menace de violence ou de coercition. Les visiteurs ont été remarquablement corrects. Il me semble qu'ils font un effort pour comprendre notre société, encore qu'ils doivent avoir du mal à en saisir certains aspects. Et s'ils font ça, me suis-je dit, alors ils ont l'intention d'agir de leur mieux aux confins de notre société. Mais j'ai l'impression que si nous nous livrions contre eux à un acte de violence, même involontaire, ils seraient capables de nous dépasser en violence s'ils le voulaient. Je n'aimerais pas en venir aux mains avec eux.

– Nous avons besoin d'en savoir bien plus long sur eux. Où en est Allen avec le visiteur mort? Vous avez eu un rapport?

– Je sais simplement que l'enquête se poursuit. Il effectue le travail préliminaire sur place. Cela fait, on cherchera à transporter le corps dans un établissement où l'on pourra l'étudier dans des circonstances plus favorables.

– Ce ne sera pas commode.

– Il paraît qu'il y a des moyens. Le Génie étudie le problème.

– Est-ce qu'on sait de quoi est mort le visiteur?

– C'est drôle que vous demandiez ça, Dave. C'est la première question qui m'est venue. Il me semble que lorsque quelqu'un meurt, on a aussitôt tendance à demander de quoi. J'ai immédiatement pensé à H.G. Wells. Ses Martiens mouraient parce qu'ils étaient sans défense contre les maladies terrestres. Je me suis demandé si quelque bactérie, un virus, un champignon avait pu tuer le visiteur. Mais la cause de la mort est une question à laquelle Allen n'a pas du tout pensé, apparemment. Du moins, il n'en a rien dit. Il est simplement tout excité d'en avoir un sous la main. Parfois, ce type me donne des sueurs froides. Il y a des moments où il n'a même pas l'air humain. Il est trop scientifique. Pour lui, les savants sont une confrérie à part, séparée du reste de l'humanité. Cette attitude nous inquiète. Allen et son équipe peuvent apprendre du visiteur des choses qu'il ne serait pas prudent de publier. J'ai essayé de le lui enfoncer dans la tête et je crois qu'il comprend, mais je n'en suis pas sûr. Je connais vos opinions à ce sujet, Dave, mais....

– S'il y a une information qui ne doit pas être rendue publique pour des raisons de sécurité nationale, affirma Porter, je serai d'accord pour ne pas la divulguer. C'est au secret pour le secret que je m'oppose. Je suis sûr que nous pourrons nous débrouiller, avec ce que le visiteur mort nous apprendra. Il y aura certainement quelque chose qui pourra être publié sans risques. Si nous avons suffisamment d'informations de ce genre, les média seront satisfaits. Certains soupçonneront que nous ne disons pas tout, mais ils n'auront pas trop à se plaindre. Ce qui m'inquiète, c'est l'équipe au travail. La presse est capable de faire parler quelques-uns de ces hommes.

– J'ai averti Allen. Il n'emploie que des techniciens de son service, pas ceux qu'il a recrutés à l'extérieur. Il jure qu'il peut avoir confiance en eux. Il est peu probable qu'on puisse les approcher d'ailleurs, et encore moins leur parler. Nous avons déployé autour de Lone Pine un réseau de sécurité à travers lequel une couleuvre ne pourrait pas passer.

Le Président se leva péniblement, marcha jusqu'à la porte puis il revint s'asseoir.

– Il y a autre chose qui ne me plaît pas, dit-il. Ces foutues Nations Unies. Il y a une campagne pour déclarer l'affaire des visiteurs d'un intérêt international, et pas seulement national. Vous êtes au courant, naturellement.

– Oui, dit Porter. On m'a posé des questions assez dures à ce sujet, à la conférence de presse. Les gars m'ont fait patiner un moment sur de la glace bien mince.

– La résolution sera votée, c'est sûr. Nous n'avons aucun moyen de l'empêcher. Une demi-douzaine de gouvernements seulement nous soutiendront. Nous avons fait pression tant que nous avons pu, mais nous ne pouvons pas grand-chose. Tous nos cagots de petits frères sous-privilégiés que nous nous cassons le cul à aider vont voter contre nous.

– Ils peuvent voter la résolution. Ils auront du mal à l'imposer.

– Oui, je sais bien. Mais nous aurons triste mine aux yeux du monde entier. Nous perdrons beaucoup de prestige.

– Il serait peut-être temps de renoncer au prestige. C'est notre affaire. C'est nous qui avons les visiteurs sur le dos.

– Vous avez sans doute raison, Dave, mais il y a d'autres considérations. Les écologistes prennent les armes parce que nous ne faisons rien pour protéger les réserves naturelles contre les visiteurs. L'industrie du bois pousse les hauts cris. Les fermiers, en voyant des visiteurs nichés au milieu de leurs champs commencent à s'agiter. Tout le monde des affaires est sens dessus dessous. Les Bourses jouent au yoyo. Par moments, je me surprends à penser, et je sais que c'est mal mais je ne peux pas m'en empêcher, je me dis : bon Dieu pourquoi faut-il que ce soit nous? Pourquoi est-ce que ça n'aurait pas pu arriver en Europe ou en Amérique du Sud ou même, Dieu me pardonne, en Union soviétique?

– Je vous comprends, murmura Porter.

35. IOWA

Le soleil s'était couché et le soir tombait quand Jerry Conklin s'arrêta devant une station-service.

– Le plein et vérifiez l'huile, dit-il au pompiste.

Pendant que l'homme était occupé à la pompe, il fit quelques pas jusqu'au bord de la route. La station était située aux abords d'un des nombreux villages qu'il traversait; un petit centre commercial tranquille pour les fermes environnantes. Comme tous les autres, le village était formé de rangées de petites maisons bien nettes, avec quelques boutiques. Des lumières apparaissaient à quelques fenêtres; il y avait peu de circulation. Le silence du soir s'étendait sur la campagne, rompu parfois par l'aboiement d'un chien.

Au bord de la route, Jerry regarda des deux côtés. Sa douloureuse déception persistait. Il avait été stupide, se disait-il, poussé par un besoin illogique qu'il ne pouvait définir. Il aurait bien dû savoir que ce voyage ne donnerait rien. C'était idiot de s'imaginer que 101 le reconnaîtrait, encore que, dans un sens, il avait pu le reconnaître. Mais si c'était le cas, cela ne lui avait apporté aucun réconfort.

Il avait trouvé la ferme tard dans l'après-midi, après avoir longtemps cherché et s'être arrêté plusieurs fois pour demander son chemin.

Le fermier était dans sa cour, armé d'un marteau, et réparait la barrière d'une porcherie.

– Ouais, il est toujours couché là, il garde le champ, avait-il dit. Mais ça ne vous servira à rien d'y aller. Vous pouvez toujours essayer, mais je sais ce qui arrivera. J'irais bien avec vous, si je n'avais pas ce travail. Les cochons fichent le camp et je dois réparer ça.

Jerry avait marché jusqu'au champ. Le vieux 101 était là, dans un pré à côté du grand champ labouré. Il ne fit pas un mouvement pour chasser Jerry. Le jeune homme lui parla, en fit le tour, le contempla, essaya de se rappeler l'impression qu'il lui avait faite quand il s'était posé sur le pont. Mais si le souvenir de l'objet en travers de la rivière, du pont de bois détruit par l'impact, était encore très vif et net, il avait du mal à concilier sa première impression avec ce qu'il voyait maintenant. Il lui paraissait plus petit, et pourtant Dieu sait, il était assez énorme.

Jerry en fit le tour, s'approcha, y posa les mains pour en sentir la douce tiédeur. Il le caressa, le tapota, le frappa légèrement d'un poing amical. Et le visiteur ne réagit pas.

– Dis-moi. Dis-moi ce que j'ai besoin de savoir.

Le visiteur ne dit rien. Il ne fit pas attention à lui. Mais Jerry était sûr qu'il savait qu'il était là. Comment il en était sûr, il n'aurait pu le dire.

Il lui accorda du temps, il lui parla, il le flatta, mais il n'y eut aucun signe. Alors, finalement, il s'éloigna à pas lents, en se retournant de temps en temps pour regarder le visiteur et, à chaque fois, il le voyait toujours aussi immobile.

Pourtant, se dit-il, il ne l'avait pas chassé. Il avait chassé tous les autres qui avaient voulu s'approcher, mais n'avait rien fait contre lui. Et cela, en soi, était peut-être un signe de reconnaissance.

– Monsieur, dit le pompiste en s'approchant, une jauge à la main, vous avez besoin d'un litre d'huile.

– Bon, mettez-le, répondit Jerry. Cette voiture a toujours besoin d'un litre d'huile.

Il paya l'homme, se glissa au volant, reprit la route et se dirigea vers le village.

Mais en arrivant dans le petit centre commercial il fit le tour du pâté de maisons et repartit dans la direction d'où il venait.

Il voulait retourner à cette ferme, sans trop savoir pourquoi. Un entêtement inné peut-être, se dit-il, le refus désespéré de renoncer, une foi obstinée dans sa certitude idiote que 101 pourrait lui apprendre quelque chose. Il n'avait pas résolu de faire demi-tour, il n'en avait pas débattu avec lui-même, il n'avait pas réfléchi; il avait simplement fait le tour du pâté de maisons et c'était seulement maintenant, sur la route, qu'il se rendait compte de ce qu'il avait fait. Il ne chercha pas à lutter.

Il savait qu'il ne pouvait retourner dans la cour de la ferme. Le fermier avait été aimable, mais un peu vexé en découvrant que Jerry n'avait pas été chassé par le visiteur. Jerry lui avait même trouvé un air assez soupçonneux.

Mais, au fond, il n'avait pas besoin de retourner à la ferme. Il pouvait laisser sa voiture sur une petite route de campagne et faire un kilomètre ou deux à pied pour rejoindre 101. Il ferait nuit quand il arriverait et personne ne le surprendrait. Le ciel était dégagé, dans un petit moment une lune presque pleine se lèverait et il y verrait assez pour se diriger.

Il passa quelques mauvais moments, en s'approchant de la ferme, craignant de ne pouvoir retrouver l'endroit. Mais il se souvenait de quelques points de repère, un vieux pont de fer rouillé enjambant un ruisseau, un chêne solitaire dans un pré, à côté d'une vieille meule de foin. Peu après 10 heures, il trouva la route de gravier, la suivit sur deux ou trois kilomètres et se gara. Il pensait que de là il apercevrait 101.

Sans doute s'était-il mieux orienté qu'il ne le croyait, ou alors c'était un coup de chance, mais bientôt il distingua la ferme et la sombre masse de 101 dans le pâturage. Il partit à travers champs, en butant de temps en temps contre une racine ou une motte de terre. Il dut passer à travers deux clôtures de barbelés et, dans le noir, ce fut assez délicat. La nuit fraîchissait, il boutonna sa veste et remonta le col. Dans une ravine sur sa gauche, une chouette lançait de petits ululements hésitants, comme si elle essayait sa voix, et chaque saute de vent apportait le hurlement lointain d'un chien.

La marche lui parut interminable. Par moments, il lui semblait qu'il n'avançait pas, qu'il avait beau marcher et qu'il ne faisait que marquer le pas au même endroit. Pour compenser, pour surmonter cette terrible sensation d'immobilité, il força l'allure, rudement; il se mettait parfois à courir. Mais il dut ralentir, il trébuchait trop. Soudain, il arriva. Devant lui se dressait au clair de lune la masse de 101.

Jerry chancela sur les derniers mètres et s'écroula contre le visiteur, protégé par son énormité du vent froid de nord-est. Il eut curieusement envie de rester blotti là, comme s'il avait atteint une sorte de refuge et devait s'y cramponner. Mais c'était stupide, il le savait, alors il se releva et y appuya la tête, en s'efforçant de reprendre haleine.

Adossé contre l'immense paroi noire, il leva les yeux et vit le scintillement des étoiles coupé net par la noirceur dominatrice de 101. Il éprouvait une impression de solitude, d'abandon.

Voilà qu'il avait recommencé, pensa-t-il. Il était revenu répéter sa folie, l'acte de folie qui avait commencé dans sa chambre quand il avait décroché son téléphone pour demander à Charlie de lui prêter sa voiture.

Pourtant, il avait été tellement certain... pas certain avec logique mais d'une certitude dépassant toute raison.

Sa respiration devint plus régulière. Il recula, commença à faire lentement demi-tour, répugnant à se retourner, à faire le premier pas qui le ramènerait vers la voiture attendant sur la route de gravier.

A l'instant même où il faisait ce pas, quelque chose serpenta en sifflant et s'enroula comme une bande de fer autour de son torse. En l'air, il aperçut un instant les champs dénudés de l'automne faiblement éclairés par la lune, un ruisseau bordé d'arbres, le point lumineux d'une ferme lointaine.

Et il se retrouva dans l'étrange obscurité qui n'était

pas obscure mais bleue, il respira l'odeur humide de moisi planant dans l'air sec et chaud. Il revit le clignotement rapide qui révélait les formes impossibles, qui ne restaient pas immobiles assez longtemps pour être distinguées. Les rangées d'yeux circulaires l'observaient. C'était, pensa-t-il, comme s'il n'avait jamais quitté cet endroit.

Il était tombé à genoux et il se releva lentement, pour être aussitôt assailli par un flot de sensations venues de nulle part qui le firent chanceler. Il retomba à genoux et resta là, tête basse, appuyé sur les mains pour ne pas s'affaler de tout son long.

Les sensations ne cessaient de le marteler, de tonner dans son cerveau, si nombreuses et si puissantes qu'il ne pouvait les chasser, pas plus qu'il n'était capable de discerner leur signification.

– Doucement, haleta-t-il. Lâche-moi. Donne-moi une chance.

Les sensations disparurent et Jerry vacilla un peu, comme s'il s'était appuyé contre quelque chose qui avait été brutalement arraché.

Et puis elles revinrent, mais plus douces, plus légères, s'insinuant en lui lentement, comme un chat pourrait s'approcher d'un oiseau.

36. WASHINGTON, D.C.

– Papa, dit Alice, j'ai entendu des choses qui ne me plaisent pas du tout.

Le sénateur Davenport, vautré dans son fauteuil, la regarda par-dessus son verre de whisky.

– Et qu'est-ce que tu as entendu, ma petite fille?

– Toutes ces conversations du côté du Capitole, pas à voix haute, rien que des propos de vestiaire, sur un moyen sournois de se débarrasser des visiteurs. Par exemple, arroser de drogues psychédéliques les arbres qu'ils mangent, dépenser des millions pour développer une bactérie ou un champignon qui serait mortel pour eux. En disant que ça vaudrait mieux de dépenser quelques millions pour s'en débarrasser que tout autant pour les étudier.

– Je crois bien, dit le sénateur qui était d'une bonne humeur exceptionnelle, que j'ai entendu des bribes de propos de ce genre. La lutte contre la vermine, on l'appelle. Il n'est pas question de leur faire la guerre, simplement de lutter contre la vermine... Notre ami de la Maison Blanche a peut-être son mot à dire à ce sujet?

– Je pense, dit Porter, que je ferais mieux de m'abstenir.

– Certains de nos collègues, vous savez, commencent à s'énerver un peu de cette situation. Jusqu'à présent, ils ne font que causer entre eux, mais bientôt ils pourraient aller plus loin, passer aux actes.

– Simplement penser, si tôt, à anéantir les visiteurs me paraît quelque peu prématuré. J'ai entendu vaguement parler de développer une maladie sélective qui s'attaquerait à eux. A mon avis, ce ne sont que des mots. Personne ne sait comment s'y prendre. D'abord, il faudrait savoir ce que sont les visiteurs et comment fonctionne leur système. Alors seulement on aurait une indication sur le point de savoir comment ils réagiraient à divers agents. Il y a aussi un piège dans la question de sélectivité. Comment être sûrs que ce que nous développerions serait sélectif? Nous risquons de mettre au point quelque chose qui anéantirait non seulement les visiteurs mais la race humaine aussi.

– N'importe comment, c'est une idée monstrueuse, s'insurgea Alice. Nous n'avons rien à reprocher aux visiteurs.

– Oh, je n'en suis pas si sûr, dit le sénateur. Parle à un écologiste bon teint qui s'est persuadé que si l'on ne passe pas à l'action ces choses vont détruire les dernières réserves naturelles, et tu entendras sans doute formuler des griefs. Ou au président d'une grande scierie industrielle qui vient de voir deux ou trois de ses meilleurs chantiers servir de casse-croûte à un de nos grands amis noirs. Ou au directeur d'une compagnie aérienne qui se fait des cheveux blancs à la pensée qu'un de ses jumbo-jets entre en collision avec une amicale escorte de visiteurs. Ou à l'aiguilleur du ciel dans sa tour de contrôle qui a une piste de moins pour faire atterrir ses appareils.

– C'est une affaire d'intérêts minoritaires, encore une fois, déclara Alice. De petites cliques qui essayent de nous mener par le bout du nez.

– Je suis surpris de t'entendre dire ça, ma fille. Il me semblait que tu défendais les minorités. Ces pauvres noirs opprimés, ces pauvres Indiens opprimés...

– Mais c'est différent! Mes minorités sont des minorités culturelles, pas économiques comme les tiennes. Ces pauvres hommes d'affaires opprimés qui perdent soudain quatre sous!

– Les écologistes ne sont pas des économistes. Ils sont idéalistes. Et des fauteurs de troubles caractérisés!

– Je commence à sentir dans l'attitude du public à l'égard des visiteurs un certain changement, dit Porter. Au début, ils étaient des nouveautés, un sujet de grande surexcitation. Maintenant ils deviennent irritants. Ce ne sont plus que des masses noires, qui jonchent le paysage ou le survolent, et qui gênent de diverses façons la vie quotidienne de certaines gens. D'ici quelques mois, quelques semaines peut-être, cette irritation à fleur de peau peut se transformer en hostilité, sinon en haine, prenant naissance non pas dans les intérêts particuliers les plus touchés mais dans ce champ prodigieux que l'on appelle l'opinion publique. Ce serait dommage, car nous devons absolument avoir cette patience qui nous donnera l'occasion de découvrir ce qu'ils sont et comment nous entendre avec eux.

– Allen travaille là-dessus dans le Minnesota, dit le sénateur. A-t-il trouvé quelque chose?

– Pas à ma connaissance, monsieur le sénateur. Rien de précis. Il n'a même pas fait de rapport préliminaire, si c'est ce que vous voulez dire. Mais le bruit court qu'ils sont des plantes, tout au moins qu'ils appartiennent au règne végétal.

– Des plantes? Ça n'a pas de sens.

– Non, bien sûr. J'ai essayé de savoir d'où venait cette rumeur mais sans succès.

– Il y a aussi cette affaire de gravité, à savoir que les visiteurs sauraient maîtriser l'attraction terrestre. C'est ça qui m'intéresse. C'est quelque chose que nous pourrions utiliser.

– Cette idée vient de ce qu'ils flottent à quelques centimètres du sol et quand ils se déplacent, ils n'ont pas l'air de se servir d'unités motrices. Ou du moins d'unités motrices telles que nous les imaginons. Personne n'en sait rien, naturellement. Cette idée n'est qu'une tentative d'explication, n'importe quelle explication d'un mode de fonctionnement qui défie toutes les lois physiques que nous connaissons.

– Vous ne parlez tous les deux que de ce que nous pourrions tirer des visiteurs, protesta Alice. L'idée ne vous vient donc pas qu'ils peuvent penser de la même façon, c'est-à-dire à ce qu'ils peuvent nous soutirer?

– Si, bien sûr, répliqua son père. Ils nous soutirent de la cellulose. Et la cellulose n'est pas chère si nous pouvons obtenir d'eux le contrôle de la gravité.

– Ils ont aussi eu quelques voitures.

– Oui, quelques-unes. Rien qu'une fois. Plus maintenant. Ils ne prennent plus de voitures.

– Je me suis demandé pourquoi ils voulaient les voitures, dit Alice. Et je ne te comprends pas, papa. Pour commencer, tu étais tout feu et flammes contre eux, ils détruisaient des arbres, des chantiers de bois, ils bouleversaient le commerce du pays.

– J'ai révisé ma position. Je commence à entrevoir des possibilités assez séduisantes, si nous jouons bien notre jeu. Dites-moi, Dave, j'entends constamment parler d'un essai d'arme effectué contre les visiteurs. C'est une histoire qui circule mais je n'arrive pas à mettre vraiment la main dessus. Qu'en savez-vous?

– Je suis comme vous. J'en entends parler.

– Rien de positif? Pas de détails?

– Rien du tout, assura Porter.

– Ces objets doivent avoir un certain système de défense. Dans l'espace, ils ont dû être soumis à des assauts, encore que je ne puisse imaginer lesquels. Ce serait bien si nous pouvions découvrir ce qu'ils ont.

37. MINNEAPOLIS

Les rédacteurs en chef étaient réunis dans la salle de conférence. On entendait par la porte entrouverte le crépitement des machines à écrire et le bourdonnement des conversations.

– Nous avons l'article de Jones sur les Black Hills et les Indiens, dit Garrison. Nous devrions le passer bientôt.

– Je croyais que vous le réserviez pour l'édition du dimanche, dit Lathrop.

– Oui, mais il est constamment supplanté par autre

chose. Si nous le gardons trop longtemps, il sera périmé. Il y a aussi ce truc sur lequel Jones travaille depuis des semaines, une analyse de ce que pourrait être dans cette région une véritable crise de l'énergie. C'est un bon papier. Il a interrogé des tas de gens. Il a vraiment fouillé. C'est long, mais on dirait que nous avons la place aujourd'hui. Il n'y a pas beaucoup d'autres nouvelles. Je pense que nous pourrions le placer en haut de la *une*.

– Nous n'avons pas de bonne histoire sur les visiteurs?

Garrison regarda Gold, qui fit une moue.

– Rien de passionnant. Ça commence à se tasser.

– Je commence à penser que les visiteurs ont moins d'impact qu'il y a huit jours. Ça devient un peu rassis. Les lecteurs s'en lassent. Nous avons fait le maximum pour cette affaire. C'était très bien tant que les lecteurs étaient avides de nouvelles. Mais si nous continuons à les en gaver...

– Et Kathy? Elle est toujours là-haut à Lone Pine?

– Oui, grogna Gold, pour ce que ça rapporte. Rien ne vient de là-bas. Personne n'obtient la moindre miette, de là ou de Washington. Je n'ai jamais rien vu de bouclé aussi hermétiquement.

– On dirait, dit Garrison, qu'il se passe quelque chose de très important. Sinon, pourquoi tout ce secret? Mais, apparemment, nous n'en saurons rien tant que quelqu'un ne se décidera pas à parler.

– Et le bureau de Washington?

Hal Russel, chargé des dépêches, répondit :

– Ils ne reçoivent rien non plus. J'ai eu Mattews au téléphone il n'y a pas deux heures. Rien, dit-il. Absolument rien. Ou personne ne sait rien, ou c'est motus et bouche cousue. Des rumeurs, mais rien qu'on puisse remonter à la source. Il y a fort à parier que si quelques-uns sont au courant, ils ne constituent qu'une petite poignée. A Washington, quand plus d'une dizaine de personnes savent quelque chose, on peut être sûr que l'une d'entre elles parlera. Les nouvelles fuient.

– Alors pourquoi gardons-nous Kathy à Lone Pine? demanda Lathrop. Si Washington est bouche cousue, quelles chances a-t-elle?

– Kathy est un sacré bon reporter, déclara Garrison. Elle a autant de chances de trouver quelque chose que le bureau de Washington.

– Je pense que nous devrions la rappeler. Avec les vacances, une chose et l'autre, nous manquons de personnel. Nous aurions besoin d'elle ici, insista Lathrop.

– Comme vous voudrez, répliqua Garrison, les dents serrées par une colère soudaine.

– Si vous cherchez encore un article de fond sur les visiteurs, dit Gold, Jay a une idée. Il parlait l'autre jour à quelqu'un de l'université, un homme du département des indigènes américains. Cet homme établissait un parallèle entre nous et les visiteurs d'un côté et les Indiens et les Blancs de l'autre quand les Blancs sont apparus en Amérique. Il disait que si les Indiens ont fini par être vaincus, c'est parce que leur technologie était bouleversée par l'homme blanc et qu'à la suite de ça, ils ont perdu leur culture. Leur défaite remonte au jour où un Indien a voulu une hachette en fer pour remplacer son tomahawk de pierre, au point qu'il a consenti à vendre ses ressources naturelles, à accepter un système de troc injuste pour lui, afin de se la procurer.

– Un article comme ça serait de la propagande indirecte, riposta Lathrop, et Jay et vous devriez le savoir.

– Jay ne comptait pas l'écrire du seul point de vue

indien. Il allait interroger des économistes, des historiens, un tas d'autres gens...

Lathrop secoua la tête.

– Avec la situation Black Hills-Indiens, je crois que nous devrions nous abstenir. De quelque manière que l'article soit écrit, quelle que soit son objectivité, nous serions accusés de parti-pris.

– Ma foi, dit Gold, ce n'était qu'une idée.

38. IOWA

Le fleuve gargouillait et clapotait contre le dock. Dick's Landing, situé sur une corniche à quelques mètres au-dessus de l'eau, se composait de plusieurs bâtiments délabrés, dominés par les hauteurs abruptes des falaises de l'Iowa. Il y avait une île dans le chenal, ou plutôt un des nombreux chenaux car en cet endroit le Mississippi, s'étalant dans une vaste plaine, devenait une jungle aquatique. A l'est se dressaient les sommets bleus du Wisconsin.

Jerry, du bord de l'eau, regardait approcher une barque équipée d'un petit moteur crachotant. Le bateau remontait difficilement le chenal, en hésitant, en sautant dans la violence du courant. A l'arrière, un homme était assis, voûté, surveillant le moteur rétif.

En face de l'appontement, l'homme vira vers la berge et finit par aborder contre le dock branlant. Quand il se hissa hors de la barque et l'amarra, Jerry vit qu'il était plus vieux qu'il ne l'avait cru. Ses épaules restaient voûtées, il avait des cheveux gris indisciplinés mais la démarche élastique d'un homme beaucoup plus jeune. Il suivit le chemin de planches et grimpa sur la berge. Quand il fut plus près, Jerry demanda :

– Vous êtes Jimmy Quinn?

L'homme s'arrêta et le dévisagea de ses yeux bleus vifs, entourés de tout un réseau de petites rides.

– C'est moi. Qui le demande?

– Je m'appelle Jerry Conklin. On m'a dit que vous alliez bientôt rentrer. Il paraît que vous connaissez bien ces fonds.

– Homme et gamin, j'ai toujours connu le Winnishiek. Un rat d'eau qu'on m'appelle et probable que c'est ce que je suis. Ces fonds-là, je les connais depuis le jour où j'ai commencé à marcher et c'est un sacré enchevêtrement. Des îles et des ravines, des lacs et des chenaux et je les connais tous sur des kilomètres en aval et en amont. J'y ai chassé et pêché, j'y ai fait le trappeur et j'ai fouiné dans tous les coins. Et qu'est-ce que je peux pour votre service?

– Il paraît que certains des visiteurs ont atterri quelque part dans la région, dans ces fonds.

– Des visiteurs? Des visiteurs? Ah oui, ça me revient. J'ai entendu ce nom-là. Vous voulez dire ces grandes caisses noires qu'on dit qu'elles sont tombées du ciel.

– Oui. On dirait que vous en avez vu une.

– Là-bas, à Goose Island, répondit Quinn. C'est la grande île, en plein au milieu du fleuve, à sept ou huit kilomètres en aval. Autant que j'ai pu voir, il y en a trois. Je ne sais pas s'ils sont toujours là. J'ai juste vu le dessus, qui dépassait des arbres. C'était le soir et je n'ai pas voulu m'attarder. Des trucs qui font peur. Ça n'a pas sa place ici. Ça vous fait froid dans le dos. Au début, je ne savais pas bien ce que c'était. Je me suis dit plus tard que ça devait être ces visiteurs. Comment vous le savez? J'en ai jamais parlé à personne. Les gens se seraient fichus de moi. N'importe comment, ils me prennent pour un fou. A vous dire franchement, c'est peut-être vrai. Y a trop longtemps que je suis sur le fleuve.

– Voudriez-vous me conduire là-bas?

– Pas maintenant. Pas aujourd'hui. Il va bientôt faire nuit. Le fleuve, c'est pas un endroit où se trouver la nuit. Avec le genre de moteur que j'ai, le chemin est long jusqu'à Goose. La nuit nous surprendrait.

– Demain, alors. Ou après-demain, plutôt. Il y a quelqu'un d'autre qui voudra y aller. Il me faudra un moment pour joindre cette personne et elle devra venir en voiture du Minnesota.

– Une femme?

– Oui, une femme.

– Qu'est-ce qu'une femme a à faire de ces visiteurs?

– Elle en sait probablement plus sur eux que personne d'autre au monde aujourd'hui.

– Par exemple! s'exclama Quinn. Au jour d'aujourd'hui, on ne sait plus à quoi s'attendre des femmes. Si je vous conduisais là-bas, y aurait-il quelque chose pour moi?

– Nous vous paierions.

– Comptant, en billets?

– En billets, assura Jerry.

– Vous voulez aller tout près de ces trucs? S'ils sont toujours là. Ils sont peut-être partis, vous savez.

– Nous voulons nous en approcher, oui.

– Moi je vous le dis, monsieur, j'irai pas les voir de tout près. Je vous conduirai là-bas et j'attendrai pour vous ramener. Mais je n'irai pas m'en approcher.

– Vous n'aurez pas à nous accompagner. Vous nous les montrerez, simplement. C'est tout. Et vous attendrez pour nous ramener.

– Prévenez-moi quand vous aurez besoin de moi.

En général, je passe presque toute la journée sur le fleuve. Venez vers le soir.
– Je vous préviendrai, promit Jerry.

39. WASHINGTON, D.C.

Allen, le conseiller scientifique de la Présidence, déclara :
– Ceci n'est qu'un rapport préliminaire. Plus tard, il y aura une suite.
– Vous avez donc trouvé quelque chose, dit le Président.
– Quelque chose. Oui, quelque chose. C'est difficile à croire. J'ai eu beaucoup de mal à me forcer à y croire. Mais l'analyse est là. Les faits sont indéniables. On ne peut en douter.
– Vous êtes un peu pâlot, docteur, observa Whiteside.
– Ça ne m'étonne pas. Cela va contre toute raison, contre toutes nos connaissances. Ces sacrés machins sont faits de cellulose.
– De cellulose? répéta le Président. Cette matière blanche cotonneuse?
– Quand les visiteurs en ont fini avec, elle n'est plus blanche ni cotonneuse, répondit Allen et son regard fit le tour de la pièce. Nous ne sommes que nous quatre. Doit-il en arriver d'autres?
– Pas cette fois, dit le Président. Plus tard, quand nous en saurons davantage, il y aura peut-être une autre conférence, avec d'autres personnes. Mais cette fois, rien que nous quatre. Le général Whiteside a des raisons particulières et doit savoir ce que vous avez découvert. Dave est là parce que, dans l'ensemble, il sait tout ce que je sais. Pour le moment, tout ce que

vous dites ici reste confidentiel. Je suppose que votre équipe ne parle pas.

Allen se raidit.

– Il n'y a que quatre hommes. Ils comprennent la nécessité du secret.

– Mais ils sont beaucoup plus que quatre à travailler, grommela le général.

– Les autres travaillent sur le terrain. Ils prélèvent des échantillons et se livrent à d'autres tâches de base sur le visiteur du Minnesota. Ils ne sont que quatre au labo. Ce sont les seuls à savoir ce que je m'apprête à vous dire.

– Très bien, docteur, dit le Président. Alors allez-y.

– La créature est essentiellement composée de cellulose. Mais pas sous la forme que nous connaissons. Pour décrire la situation avec précision, nous avons dû avoir recours à une terminologie extrêmement technique.

– A laquelle nous ne comprendrons rien. Il faudra simplifier tout ça pour nous, docteur.

– Je ferai de mon mieux. Ce que je vous dis devra être exagérément simplifié et, à cause de cela, s'écartera un peu de l'exacte vérité, mais cela vous donnera une idée de ce que nous avons découvert. La partie interne de la créature est en cellulose compressée, à un degré incroyable. Si compressée qu'elle peut supporter des stress structuraux de plusieurs tonnes par centimètre carré. Cela paraît impossible, mais les chiffres sont là. Comment cela peut être obtenu, nous n'en avons aucune idée, aucune idée du processus employé.

– Vous parlez de la partie interne de la créature, dit Whiteside. Ça voudrait dire que la partie externe est différente?

Allen frémit.

– Oui, mon général, elle est différente. C'est une

tout autre histoire. C'est ce que l'on pourrait appeler un polymère cellulose-silicone, entraînant d'une manière que nous ne sommes pas sûrs de comprendre l'emploi de liaisons d'oxyde de silicone et d'hydroxyle, c'est-à-dire de liaisons hydrogène-oxyde. Il y a beaucoup d'oxygène dans la cellulose. Dans la liaison silicone-oxygène, il y a deux formes différentes et, pour tout compliquer, un mélange des deux formes est utilisé. Dans certains cas, cela aboutit à une structure tétraèdre, un silicate semblable à de la roche, une structure semblable au feldspath et au quartz. Il est difficile de dire exactement ce que nous avons. Il y a un certain nombre de liaisons diverses que nous appelons provisoirement polymères.

– J'ai l'impression que vous nous dites que la créature a une peau comme de la roche, hasarda Porter.

– En langage profane, c'est bien ce que je dis. Dure comme de la pierre, probablement beaucoup plus dure, et pourtant le silicone lui donne une certaine élasticité, un peu de souplesse. La pierre ne peut être cabossée, cette matière, si. Elle peut être cabossée et reprendre immédiatement sa forme initiale. Elle est à la fois dure et flexible et d'une incroyable stabilité thermique.

» Nous avons échafaudé des théories sur l'usage auquel ces facultés peuvent être vouées. Ce n'est que de l'hypothèse, bien sûr, mais assez logique. Si ces choses traversent de vastes étendues d'espace interstellaire, elles doivent trouver de l'énergie quelque part. Leur haute stabilité thermique suppose qu'elles peuvent absorber toutes sortes d'énergies, beaucoup sans doute dans l'impact des poussières interstellaires. Les particules de poussière, même infiniment petites, contiennent une forme d'énergie. Mais de l'énergie kinétique. Nous pensons que la peau de ces choses peut convertir l'énergie kinétique en énergie potentielle, peut-être la modifier suivant les besoins. A l'occasion, elles peuvent entrer en collision avec de plus gros blocs de matière. Cet impact doit renfoncer la peau qui soutire alors toute l'énergie qu'elle peut absorber et renvoie le surplus quand la peau reprend sa forme, rejetant cette partie de l'énergie qu'elle ne peut contenir. La bosselure produit une onde d'énergie reflétée, et s'en débarrasse comme la surface d'un miroir reflète le soleil.

Porter jeta un rapide coup d'œil à Whiteside. Le général s'était redressé, presque bouche bée. Allen soupira.

– Nous avons aussi des raisons de croire, et je ne puis entrer dans les détails comme je le voudrais car cela ne peut être expliqué en termes compréhensibles pour le profane, nous avons des raisons de penser que la composition de la peau est telle qu'elle peut transformer le flux gravifique, ce qui suppose que les créatures peuvent manipuler ces formes de gravité, qu'elles peuvent être soit attirées soit repoussées par la gravitation. Ce qui, si c'est vrai, expliquerait pourquoi elles sont capables de planer à quelques centimètres du sol. Un tel contrôle gravifique expliquerait aussi, en partie du moins, comment elles voyagent à travers l'espace. Braquées en quelque sorte sur une source gravifique dans la direction où elles veulent aller, elles pourraient être attirées par cette source. Braquées sur une autre derrière elles, elles l'utiliseraient alors comme un repoussoir pour s'écarter de la première.

Allen se tut et regarda les trois hommes à tour de rôle.

– Eh bien voilà, dit-il enfin. Cela paraît fou et je me répète que ce doit être fou. Des extra-terrestres, avons-nous dit. Et ces choses sont nettement extra-terrestres, totalement étrangères. Ce qui m'inquiète, ce qui m'empêche de dormir c'est ceci : si elles sont si étrangères sur le plan physique, à quel point le sont-elles mentalement? Quelles chances avons-nous de les comprendre, quel espoir avons-nous qu'elles puissent nous comprendre?

– Le fossé intellectuel est peut-être moins grand que le fossé physique, hasarda Porter. Jusqu'à présent, elles semblent avoir assez bien réussi à nous comprendre. Elles ont l'air de sentir en grande partie ce qu'elles ne doivent pas faire. Elles ont relativement bien respecté les règles de conduite humaines.

– J'espère que vous avez raison, je l'espère sincèrement, dit Allen. (Puis s'adressant au Président :) D'ici une quinzaine de jours, nous en saurons peut-être davantage. Nous pourrions nous apercevoir que nos hypothèses actuelles ne sont pas toutes justes, devoir modifier en partie notre façon de penser. Ou nous pourrions découvrir d'autres renseignements importants. Pour le moment, je vous ai dit tout ce que je sais. Naturellement, on peut élaborer à l'infini mais il ne sert à rien de le faire maintenant. (Il se leva de son fauteuil, hésita un moment et reprit :) Il y a autre chose. C'est intéressant mais probablement pas trop significatif. Mais cela éclaire les visiteurs d'un jour nouveau. Vous avez entendu parler de 101, bien entendu.

Le Président hocha la tête.

– Le premier visiteur qui a atterri à Lone Pine. Il paraît qu'il est dans l'Iowa, maintenant.

– Oui. Il garde un champ que le fermier venait de labourer. Le fermier prétend qu'il a survolé le champ sur toute sa longueur, en faisant la navette comme s'il semait quelque chose. Quand quelqu'un s'approche, il le chasse. Un de nos observateurs, cependant, a réussi à se glisser jusqu'au bord du champ sans être chassé. Il a découvert que le visiteur avait semé des graines de sapin. Nous avions déjà été quelque peu surpris par le fait que les déchets expulsés par les visiteurs après l'abattage des arbres ne contenaient pratiquement pas de graines. Nous savons maintenant pourquoi. Ils les trient et ont l'intention de les semer.

– Il faudra très longtemps pour faire pousser une nouvelle forêt de sapins à partir de zéro, fit observer le Président. 101 doit avoir son travail tout tracé, pour garder ses semis.

– Pas forcément, dit Allen. Notre observateur s'est aperçu que beaucoup de graines avaient déjà germé. Les experts forestiers nous disent qu'il est impossible que des pousses apparaissent aussi vite. Nous supposons que 101 a traité les graines d'une manière qui accélère la germination, et peut-être aussi la croissance.

– Ce qui nous pose un autre problème, déclara Whiteside. Des centaines, sinon des milliers de visiteurs qui prennent possession des champs, qui les ensemencent et chassent les propriétaires... Les fermiers vont prendre les armes.

– Au début, dit le Président, les visiteurs m'ont causé un malaise, une sorte de réaction viscérale. Je crois que c'était en partie, peut-être tout à fait, parce que je suis essentiellement un animal politique. J'ai des extrémités nerveuses politiques. Je réagis à toute menace. Je me rends compte que cette affaire des visiteurs pourrait me tuer politiquement si je commettais une seule erreur. Mais peu à peu, j'en suis venu à penser que nous pourrions nous entendre, les visiteurs et nous. Ils ont l'air de penser comme nous. Si seulement nous pouvions communiquer avec eux, je suis sûr que nous pourrions parvenir à une entente solide. Le fait que 101 sème des graines de sapin renforce ma pensée. L'ensemencement d'un champ suppose un souci de l'agriculture et de la conservation des ressources. En cela aussi, leur pensée est parallèle à la nôtre.

Allen ouvrit la bouche pour parler, mais il hésita.

– Vous vouliez dire quelque chose? demanda le Président.

– Oui. Je ne savais pas si je devais mais rien ne s'y oppose, au fond. Ça n'a peut-être pas grande importance mais ça m'intrigue. Vous vous souvenez que lorsque le premier visiteur a atterri à Lone Pine il est tombé sur une voiture et l'a écrasée.

– Oui, je me rappelle. Il n'y avait personne dedans, heureusement. Nous nous sommes demandé ce qu'était devenu le propriétaire, pourquoi il ou elle ne s'est jamais présenté.

– Précisément. Nous avons fait remorquer la voiture, si vous vous souvenez.

– Oui, oui.

– Eh bien maintenant, nous savons. D'après les plaques minéralogiques. Le propriétaire est un jeune étudiant forestier de l'université du Minnesota. Il s'appelle Jerry Conklin. Quelques jours après l'incident il est retourné à Minneapolis. Autant que nous le sachions, il n'a parlé à personne de la destruction de sa voiture. Il n'a rien signalé à sa compagnie d'assurances. Pendant quelque temps, apparemment, il s'est conduit tout à fait normalement mais maintenant que nous connaissons son identité, il a disparu. Le FBI le recherche.

– Qu'espérez-vous apprendre, quand vous le retrouverez? demanda Whiteside.

– Je ne sais pas trop. Il faut quand même avouer que sa réaction est bizarre. Il doit avoir une raison pour ne parler à personne de ce qui est arrivé. Et c'est curieux qu'il n'ait pas averti sa compagnie d'assurances pour se faire rembourser. Il n'a même pas cherché à savoir qui avait fait remorquer sa voiture. Je n'arrive pas à chasser l'impression qu'il pourrait savoir quelque chose qui nous serait utile.

– Quand vous le trouverez, comme je le suppose, dit le Président, ne soyez pas trop dur avec lui. A mon avis, il n'a commis d'autre crime que de garder le silence.

40. MINNEAPOLIS

Le téléphone sonnait quand Kathy ouvrit la porte de son appartement. Elle courut répondre.

– Jerry! Où es-tu? Tu as l'air tout excité, ou bouleversé. Que se passe-t-il?

– J'ai essayé de te joindre. J'ai téléphoné chez toi et au journal. A la rédaction on m'a dit que tu étais à Lone Pine et j'ai appelé là-bas. Tu étais déjà partie.

– Je viens d'arriver. A l'instant. De l'aéroport. Tu es en ville? Je t'entends mal. Ta voix est lointaine et il y a du bruit sur la ligne.

– Je suis dans l'Iowa. Dans un endroit qui s'appelle Dick's Landing, juste en face des Fonds du Winnishiek. Tu connais?

– Dick's Landing, non, le Winnishiek, vaguement. J'en ai entendu parler. Qu'est-ce que tu...

– Kathy, je suis allé dans cette ferme de l'Iowa. J'ai parlé avec 101. Il m'a fait encore entrer...

– Il s'est souvenu de toi?

– Je crois. Nous n'avons pas vraiment parlé. Il m'a dit, il m'a montré... j'ai eu l'impression que ce qu'il me disait était important. Mais je ne sais pas si c'est important pour nous ou pour 101 et les autres visiteurs.

– Mais Dick's Landing? Et le Winnishiek?

– Il m'a indiqué un site. Il m'a montré où aller. Je ne sais pas ce qu'il y a, là. Ou plutôt si, je le sais, du moins en partie. Il y a un endroit appelé Goose Island. Trois des visiteurs sont là. Mais je ne sais pas pourquoi c'est important. Ça l'est, c'est tout ce que je sais. C'est ce que 101 m'a fait sentir. Que je dois aller là-bas. Je veux que tu viennes avec moi, Kathy. S'il y a quelque chose d'important, tu devrais être sur le coup au départ. Tu fais le reportage sur ces visiteurs depuis le début.

– D'accord, dit Kathy, aussi vite que je pourrai. Je vais partir tout de suite. Indique-moi le chemin, dis-moi comment trouver ce Dick's Landing. Je serai là dans quelques heures.

41. MINNEAPOLIS

Depuis des jours, ils veillaient mais à présent la veille prenait fin. Le groupe d'Amoureux, qui le jour de l'atterrissage du visiteur sur la piste de l'aéroport avait rompu les barrages pour se précipiter sur le terrain, se leva en silence et regarda tristement le visiteur s'élever lentement et s'envoler.

– Nous avons échoué, dit un jeune homme décharné aux cheveux en broussaille et à la figure ascétique.

– Nous n'avons pas échoué, protesta la fille svelte à côté de lui. Il a senti notre amour. Je sais qu'il a senti notre amour.

– Mais il n'a donné aucun signe. Il ne nous a pas enlevés. Il en a enlevé d'autres...

Un des nombreux gardes de l'aéroport qui surveillaient les barrières disposées autour du visiteur, déclara sans s'adresser à personne de particulier :

– Allez, circulons. C'est fini, maintenant. Rentrez tous chez vous, allez.

– Nous sommes déjà chez nous, riposta le jeune homme au visage d'ascète. La Terre, c'est chez nous. L'Univers, c'est chez nous.

– Je ne comprends pas ces gosses, dit le garde à un camarade. Tu les comprends, toi? Bon Dieu, ça fait des jours qu'ils sont là, assis, avec cet air béat.

– Non, dit l'autre. Je ne les comprends pas. Je n'essaye même pas.

– Maintenant dégagez, reprit le premier en s'adressant aux Amoureux. Le spectacle est terminé, les gars. Il n'y a plus rien pour vous.

Le groupe se dispersa et s'éloigna lentement sur le terrain.

– On n'aurait jamais dû les laisser entrer, grogna le deuxième garde. C'était contraire au règlement. Quelqu'un aurait pu être tué.

– Il n'y avait pas de danger, la piste était fermée. Si nous ne les avions pas laissé entrer, nous aurions eu une bagarre sur les bras, une émeute qui aurait duré des jours. La commission a pensé que c'était la meilleure solution. Je dois dire qu'une fois dans la place les gosses se sont bien tenus. Ils n'ont jamais causé d'ennuis.

– Ils l'aimaient. Ils lui manifestaient leur amour. T'as déjà entendu parler de pareille connerie?

Le premier garde grogna d'un air écœuré.

Le visiteur n'était plus qu'un point minuscule dans le ciel, à l'ouest.

Dans la salle de rédaction du *Tribune,* Gold raccrocha son téléphone et annonça à Garrison :

– Celui de la Route 12 est parti aussi. Il s'est élevé et il s'est envolé à peu près à la même heure que celui de l'aéroport.

– Comme s'ils avaient reçu un signal, leur ordonnant de partir, on dirait. Je me demande ce qu'ils fabriquent.

– C'est la seconde phase, dit Gold.

– Comment ça, la seconde phase?

– Eh bien, la première, c'est quand ils sont arrivés et nous ont examinés. Ils en ont fini avec ça. Maintenant, ils passent à autre chose.

– Qu'est-ce qui te fait dire ça?

– Je ne sais pas, Johnny. Ce n'est qu'une impression.

– Ils en ont peut-être fini avec ce qu'ils sont venus faire. Il est possible qu'ils repartent dans l'espace, qu'ils se remettent en formation et qu'ils s'en aillent ailleurs. Nous ne les verrons peut-être plus.

Hal Russell, chargé des dépêches, traversa la salle de rédaction.

– Une nouvelle vient de tomber sur les téléscripteurs, annonça-t-il à Garrison. Ils s'en vont de partout. Pas seulement d'ici.

– Téléphone donc à Lone Pine, Jim, dit Garrison à Gold. Tâche de savoir ce qui se passe là-bas. C'est tout? demanda-t-il à Russell pendant que son adjoint téléphonait. Pas d'autres nouvelles? Aucun indice?

– Rien. Ils s'en vont, c'est tout. Tous ceux qui sont là depuis des jours s'en vont.

– Merde! Comment est-ce qu'on va couvrir ça? Il y a quelque chose, là. Quelqu'un doit creuser et je voudrais que ce soit nous. Je sais qu'il y a un scoop là-dedans, mais comment le trouver?

– Jay et Kathy, dit Russell. C'est eux qui en savent le plus sur les visiteurs. Ils auraient peut-être des suggestions à faire?

– Kathy n'est pas là, bougonna Garrison. Elle est partie je ne sais où. Elle m'a téléphoné hier soir, en me disant qu'elle était peut-être sur un coup fumant. Elle n'a pas voulu me dire ce que c'était. Je devais lui faire confiance. Al sera fou de rage. Il m'a pratiquement ordonné de la faire revenir de Lone Pine. Et maintenant la voilà repartie. Et Jay, où diable est-il? Je ne le vois pas à son bureau. Est-ce que quelqu'un sait où il est? Annie?

La secrétaire de rédaction secoua la tête.

– Il n'a pas dit qu'il partait. Je ne sais pas où il est.

– Il a pu aller aux chiottes, murmura Russell.

Gold raccrocha le téléphone et annonça :

– Les visiteurs de Lone Pine ont disparu aussi. Quelques petits restent là, ils grignotent les bales.

– Qu'est-ce que Norton en pense? demanda Garrison.

– Je n'ai pas eu Norton. J'ai parlé à Stiffy. C'est lui qui garde le bureau. Norton n'est pas là. Il est parti ce matin pour aller faire du canoë dans la réserve naturelle.

42. WASHINGTON, D.C.

Porter attendit que tous les journalistes soient assis puis il déclara :

– Je n'ai rien à annoncer. La plupart d'entre vous doivent savoir que les visiteurs ont disparu. Je suppose que toutes vos questions concerneront cet événement. Je vous répondrai de mon mieux, mais je doute de pouvoir vous satisfaire.

– Mr Porter, dit le *New York Times*, l'idée qui est venue à presque tout le monde, c'est que nos visiteurs sont retournés dans l'espace, sans doute pour s'en aller ailleurs. Pouvez-vous le confirmer?

– Non, Mr Smith, je ne le peux pas. La même pensée nous est venue. La NASA guette une indication. Notre station spatiale est en alerte ainsi que la station soviétique, très certainement. Jusqu'à présent, nous n'avons rien reçu. Mais l'espace est vaste. La seule possibilité qu'il y ait de voir quelque chose, ce serait que les visiteurs forment une nouvelle masse, comme ce fut le cas quand ils sont descendus sur la Terre.

– Si la station soviétique voyait quelque chose, pensez-vous qu'elle nous communiquerait l'information?

– Je ne puis en être sûr, naturellement, mais je suis enclin à le penser.

– Dave, dit le *Washington Post,* cette question va sans doute paraître embarrassante et j'espère que vous...

– Le *Post* ne pose jamais de questions embarrassantes.

Des éclats de rire couvrirent la réponse du *Post.* Porter leva la main pour demander le silence.

– Je vous écoute, dit-il. J'affirme, d'avance, que ce n'est pas une question embarrassante.

– Ce que je voulais demander, dit le *Post,* c'est ceci : Ce n'est un secret pour personne, je pense, que l'apparition des visiteurs a posé des problèmes, politiques ou autres, plutôt gênants pour le gouvernement. Pouvez-vous nous dire si leur disparition est un soulagement?

– Je me trompais, répondit Porter. La question est embarrassante. Néanmoins, je vais y répondre aussi franchement que possible. Il me semble prématuré de supposer que cette disparition signifie que les visiteurs nous ont abandonnés pour de bon. Il est possible qu'ils aient simplement transporté leur base d'opération dans des régions plus reculées. Quant à savoir si le gouvernement pousserait un soupir de soulagement en les voyant partir, la réponse doit être mise au conditionnel. Je ne puis nier que les visiteurs nous ont causé du souci. Nous avons eu à affronter un problème sans précédent. Nous n'avions rien pour nous guider, pour nous indiquer comment traiter avec eux. Nous avons eu quelque difficulté à juger de leur impact sur les différentes couches de la population. Par moments, je n'ai pas honte de vous le dire, nous avons été complètement déroutés. Mais je pense que, dans l'ensemble, la situation n'a pas été trop mal affrontée.

» C'est là la moitié de ma réponse en deux parties. La seconde, c'est qu'après avoir étudié le problème pendant quelques jours, nous en sommes venus à la conclusion que notre population pourrait s'entendre avec les visiteurs et que nous pourrions tirer d'eux un certain profit. Personnellement, j'ai le très net sentiment que s'ils sont réellement partis, nous y avons perdu. Ils auraient pu nous apprendre beaucoup de choses, peut-être.

– Beaucoup de choses? demanda le *Kansas City Star*. Pourriez-vous développer ce point?

– Uniquement, répondit Porter, pour faire observer qu'avec eux, nous étions en contact avec une race étrangère qui nous aurait permis de connaître une nouvelle technologie, nous aurait apporté une nouvelle perspective, enseigné des façons de penser que nous ignorons.

– Pouvez-vous être plus précis? Le Dr Allen travaille, depuis quelques jours déjà, sur le visiteur mort. N'aurait-il pas découvert des informations spécifiques qui pourraient nous être utiles?

– Rien dont nous puissions être certains. Je vous ai dit il y a quelques jours que la structure de la créature est à base de cellulose, mais sous une forme qui nous est inconnue et qui le restera probablement pendant quelque temps encore. Une des possibilités, c'est que si nous parvenions à percer le secret de cette cellulose étrangère, la procédure par laquelle elle est transformée dans le corps des visiteurs, nous arriverions à utiliser la cellulose comme produit de remplacement pour beaucoup de nos ressources non-renouvelables en voie d'épuisement.

– Tout à l'heure, intervint le *Chicago Tribune,* vous avez laissé entendre que les visiteurs pouvaient transporter leur base vers des régions plus reculées. Vous vouliez dire qu'ils se cachent?

– Je n'ai pas dit ça, Harry, vous le savez bien.

– Mais vous l'avez insinué. Pourquoi pensez-vous qu'ils veulent se cacher?

– Je n'ai pas dit qu'ils se cachaient. Et si c'était le cas, je serais incapable de dire pourquoi.

– Mr Porter, dit le *New York Times,* il semble raisonnable, du moins à première vue, de supposer que les visiteurs mettent à exécution la deuxième phase de leur opération. Premièrement, ils sont venus et ont passé un certain temps à nous observer. Maintenant ils sont passés à autre chose, en disparaissant; un prélude peut-être au lancement d'une autre...

– Mr Smith, vous me demandez de spéculer sur une spéculation, rétorqua Porter. La seule réponse que je puisse vous donner, c'est que je n'ai aucune réaction. Il est vrai que votre hypothèse ne manque pas de validité, à première vue du moins, comme vous dites. Mais je ne possède aucune espèce d'information permettant une réponse.

– Merci, monsieur, dit le *Times.* Je pensais que la question devait être posée.

– Je suis heureux que vous l'ayez fait, assura Porter.

– Votre phrase, « des régions plus reculées », m'intrigue, monsieur le Secrétaire, dit le *Los Angeles Times.* Y a-t-il encore tellement de régions reculées aux Etats-Unis?

– Je regrette d'avoir employé ce terme. Je crois que

vous y accordez tous trop d'importance. Je pensais simplement que les visiteurs avaient pu se retirer des régions à grande densité de population. Ils peuvent commencer à reparaître ailleurs, mais si cela est le cas, nous n'en savons rien encore. Quant à votre question sur les régions reculées, je dirais qu'il en reste encore beaucoup. Il existe encore de vastes régions de forêts en Nouvelle-Angleterre, dans le nord du Minnesota, dans le Wisconsin et le Michigan, ainsi que dans d'autres Etats. Dans nos régions montagneuses, en particulier les Rocheuses, il y a beaucoup de zones isolées, tout comme dans les déserts du Sud-Ouest.

– Vous avez l'air persuadé qu'ils n'ont pas réellement disparu, qu'ils ne sont pas retournés dans l'espace, mais pourquoi en seriez-vous si convaincu? demanda le *Washington Post.*

– Je ne savais pas que ma réaction personnelle était si évidente, répondit Porter. Ce n'est pas une position officielle et si vous en faites état, j'espère que vous soulignerez que je ne parle qu'en mon propre nom. Je trouve peu vraisemblable que les visiteurs quittent si vite une planète où ils ont trouvé le matériau naturel qu'ils cherchaient apparemment. Il est probable qu'il n'existe pas tellement de planètes offrant une végétation capable de produire autant de cellulose que nos forêts.

– Donc, l'ayant trouvée, d'après vous ils devraient rester plus longtemps.

– C'est mon opinion, pas forcément celle du gouvernement.

– Dans toute cette situation, dit l'INS, le gouvernement a conservé ce que j'appellerais une attitude optimiste. Vous avez dû vivre des moments passablement difficiles, mais vous semblez être toujours restés optimistes. Pouvez-vous nous dire si cet optimisme est aussi réel qu'il le paraît?

– Ce que vous demandez, en somme, c'est si cet optimisme que vous avez cru détecter est politique ou réel.

– Merci, Dave, d'avoir complété ma question.

– Je crois que dans n'importe quelle circonstance, la tendance est de rester optimiste pour des raisons purement politiques. Mais je puis vous affirmer qu'il a existé un véritable sentiment d'optimisme. Les visiteurs ne se sont pas montrés hostiles. Il nous a semblé qu'ils essayaient de déterminer comment ils devaient agir à notre égard. Presque jamais ils n'ont violé nos règles de conduite fondamentales. Je crois qu'à la Maison Blanche, le sentiment était qu'ils ne feraient rien pour nous causer volontairement du tort. Il est possible, naturellement, qu'ils nous fassent du mal sans le vouloir.

– Vous avez l'air de dire que vous jugez cela improbable.

– Oui, dit Porter. Je pense vraiment que c'est improbable.

43. IOWA

Pendant plus d'une demi-heure, ils s'étaient frayé péniblement un chemin dans une jungle aquatique, parmi des arbres, des roseaux, des broussailles. Le sol était inégal, le terrain traître, des monticules et des crêtes de terre à moitié ferme séparaient d'étroits chenaux d'eau vive ou de petits étangs marécageux. Ils n'apercevaient pas encore la prairie herbeuse, légèrement surélevée de l'île, que Jimmy Quinn avait assuré qu'ils trouveraient après avoir traversé la zone boisée qui l'entourait.

De temps en temps, entre les grands arbres, ils distinguaient un ou deux des visiteurs, qui avaient l'air de se reposer sur l'herbe. Ils les avaient d'abord entrevus en descendant le fleuve, dès que Goose Island était apparue.

– Ils sont toujours là, avait dit Quinn. Je pensais qu'ils auraient pu partir. Ce matin à la radio, ils disaient que les visiteurs s'en allaient.

Finalement, le terrain parut monter légèrement. La marche devint plus facile. Il n'y avait plus de marécages, les fourrés s'éclaircissaient, même si les arbres étaient toujours aussi denses.

– Nous y sommes presque, annonça Jerry.

Et, enfin, ils y furent. Ils débouchèrent du couvert des arbres et virent devant eux une grande étendue de prairie. Ils s'arrêtèrent net, ouvrant de grands yeux.

Les trois visiteurs étaient posés dans la clairière, à quelque distance les uns des autres, mais ce n'était pas eux qui retenaient l'attention de Jerry et de Kathy.

Entre les visiteurs, en rangées bien nettes, bien droites, il y avait des automobiles, ou ce qui ressemblait à des automobiles. Les choses en avaient la forme. Elles avaient des portières, des sièges, un volant et sur l'avant de chacune d'elles un phare unique allumé. Mais pas de roues.

– Des voitures, murmura Kathy. Jerry, ce sont des voitures mais elles n'ont pas de roues.

– Quoi que ce soit, ils continuent d'en faire, ou d'en construire, ou d'en mettre bas, comme tu voudras.

La vue des longues rangées rectilignes d'automobiles avait tellement retenu l'attention de Kathy qu'elle n'avait pas prêté grande attention aux visiteurs. Mais à présent, en regardant, elle vit que tous les trois bourgeonnaient; les bosses n'avaient pas la même forme que lorsque les visiteurs produisaient des petits, elles paraissaient plus longues et inégales.

Un bourgeon éclata sur le visiteur le plus proche et un des objets semblables à une voiture commença à en émerger. Il luisait comme s'il était mouillé mais presque aussitôt l'humidité sécha, révélant un beau lustre canari.

– Une jaune, dit Jerry. Tu as remarqué que les voitures sont toutes de couleurs différentes? Il y en a des rouges, des vertes, des grises, toutes les couleurs qu'on pourrait demander.

Lentement, la voiture jaune s'extirpa du bourgeon et en tomba. Elle s'immobilisa à quelques centimètres du sol puis, rapidement, elle fit demi-tour et alla vite se mettre en position dans la première rangée, en se garant à la perfection à côté d'une voiture verte. De l'autre côté de la verte, il y en avait une rouge.

– Comme c'est mignon! s'exclama Kathy, enchantée. Il y en a de toutes les couleurs.

– C'est ce que je viens de dire mais tu n'écoutais pas.

– Ça ne peut pas être des voitures. Ça en a bien l'air, mais ce n'est pas possible. Qu'est-ce que les visiteurs en feraient?

– Je ne sais pas, dit Jerry, mais on dirait bien des automobiles. Des voitures futuristes. Le rêve d'un dessinateur qui voudrait frapper l'imagination du public. Elles n'ont pas de roues, bien sûr, mais elles n'en ont pas besoin, elles flottent. Elles doivent fonctionner suivant le même principe que les visiteurs. Forcément, puisque ce sont leurs enfants, mais d'une forme différente.

– Pourquoi est-ce qu'ils font des enfants en forme de voitures? Pourquoi veulent-ils des petits construits comme des automobiles?

– Peut-être parce que ce sont vraiment des automobiles et qu'ils les font pour nous.

– Pour nous?

– Réfléchis, Kathy, dit Jerry. Pense un peu. Les visiteurs sont venus ici et ils ont trouvé ce qu'ils cherchaient. Ils ont trouvé des arbres d'où ils peuvent tirer de la cellulose. Ces voitures sont peut-être leur paiement, pour les arbres.

– C'est ridicule! Pourquoi voudraient-ils nous payer? Ils sont venus, ils ont trouvé les arbres et ils les ont pris. Ils pourraient simplement continuer de les prendre. Et pour nous, tu dis. Nous n'avons pas besoin de tellement de voitures. En une vie entière, nous ne pourrions pas toutes les utiliser. Il doit y en avoir des centaines, plus même.

– Pas seulement pour nous deux. Pas pour toi et moi. Pour toute la population.

– Ils ne pourraient jamais en fabriquer assez.

– Je crois que si. Il n'y a que trois visiteurs, ici. Ils sont là depuis moins d'une semaine. En huit jours, ils ont mis bas plus de cent voitures. Avec mille, dix mille visiteurs, et en six mois...

– Tu as raison, murmura Kathy. Ils pourraient en faire énormément. Au fait, 101 t'a dit de venir ici. Elle savait ce que tu trouverais. Elle voulait que tu les trouves.

– Pas seulement 101, probablement. Les visiteurs veulent que nous les trouvions. 101 n'est que leur porte-parole. Chacune de ces créatures, plus que probablement, sait ce que les autres font. Une sorte de communication de ruche. Quand 101 a atterri, elle a envoyé des messages aux autres. Elles peuvent parler entre elles.

– Tu crois que les visiteurs veulent que nous répandions la nouvelle, pour les voitures?

– Ils se servent de nous. C'est sûrement ça, nous sommes utilisés. Nous sommes les public-relations des visiteurs. Nous pouvons aussi être une équipe d'essai. Je ne sais pas. Ils veulent peut-être voir si les voitures peuvent être conduites d'une façon satisfaisante. Ils n'en sont peut-être pas très sûrs. Ils savent beaucoup de choses sur nous mais ils peuvent avoir l'impression que ça ne suffit pas. Quand un constructeur automobile crée un nouveau modèle, il le fait essayer...

– Et ils t'ont choisi parce que pour eux tu es quelqu'un de spécial, dit Kathy. Tu as été le premier à être accueilli à l'intérieur de l'un d'eux, le premier à communiquer. Le seul, peut-être. Ces histoires de gens enlevés dans les airs ne sont peut-être que...

– 101 t'a serré la main. Tu oublies ça.

– Oui, mais comment est-ce que 101 pouvait savoir que je viendrais avec toi? Comment aurait-elle pu savoir que tu me téléphonerais?

– Elle n'en savait peut-être rien. Peut-être...

– Peut-être quoi?

– Kathy, ces visiteurs peuvent être beaucoup plus malins que nous ne l'imaginons. Ils nous lisent peut-être comme un livre.

– Ça me fait froid dans le dos. Ils ne m'ont jamais fait peur mais soudain, j'ai peur. J'ai l'impression que ça pourrait être un piège. Une espèce de piège dans lequel nous sommes tombés sans même nous en apercevoir.

– Peut-être... Et pourtant, ils fabriquent des voitures pour nous. Des voitures qui flottent, qui peuvent peut-être voler. Pas besoin de routes, elles vont partout. Pas besoin d'essence. Aussi bien, elles durent éternellement, elles n'ont jamais besoin de réparations. Ils nous les donnent en paiement pour les arbres. Pour la cellulose qui leur permet de faire de nouveau des petits, d'éviter l'extinction de la race. Si ta propre race était en voie de disparition est-ce que tu ne fabriquerais pas des voitures, n'importe quoi, pour la race qui te sauve?

– Tu me dépasses, déclara Kathy. Je ne peux pas

me faire à l'idée que ce sont vraiment des voitures et qu'elles sont fabriquées pour nous. Tu parles comme si tu en étais sûr. Comment peux-tu l'être?

– Peut-être à cause de ce que m'a dit 101. Quelque chose que je n'ai pas saisi sur le moment mais que je comprends maintenant. C'est logique. C'est raisonnable. Ils nous ont observés. Ils ont vu ce que nous voulions. Ils lisent en nous, Kathy. Ils savent ce que nous sommes, comment nous acheter. Ils savent que nous vendrions notre âme pour...

– Tu parais amer, Jerry.

– Non. Je me rends simplement compte de ce qui se passe. Et nous ne pouvons rien y faire. Même si nous tournions les talons et si nous partions, nous ne pourrions pas l'empêcher. Quelqu'un d'autre trouverait les voitures. Et c'est peut-être bon qu'elles soient trouvées. A la fin, ce sera peut-être une bonne chose. Mais ils sont trop malins pour nous. La race humaine est un troqueur yankee et nous avons trouvé plus fort que nous.

– Nous parlons, nous parlons. Nous essayons de nous persuader de croire à une espèce de conte de fées. Nous n'avons fait que parler. Je n'arrive pas à croire que ce sont des automobiles. Je ne peux pas en être sûre.

– Eh bien, allons voir, dit Jerry.

44. MINNEAPOLIS

C'était le jour de congé de Gold et, Jay en revenant d'un déjeuner tardif, vint s'asseoir dans son fauteuil à côté du bureau de Garrison. Le rédacteur en chef gribouillait distraitement. Annie était dans son coin. Elle avait fini le sandwich qu'elle avait apporté pour son déjeuner et pelait maintenant une orange, avec grand art.

– Qu'est-ce qui se passe de nouveau? demanda Jay.

Garrison secoua la tête.

– Rien ici. Rien ailleurs. Hal me dit qu'il n'y a rien sur les téléscripteurs, à propos des visiteurs. On en a signalé au Texas et dans le Montana mais ça n'a pas été confirmé.

– Attendons. C'est tout ce que nous pouvons faire. Nous avons tout essayé. Nous avons téléphoné à des dizaines de gens, dans l'Etat : « Prévenez-nous si vous apprenez quelque chose. » Des rédacteurs de petits hebdomadaires, des sheriffs, des maires, des hommes d'affaires, des amis à nous. S'ils apprennent quelque chose, ils nous le feront savoir.

– J'essaye de réfléchir, maugréa Garrison. Nous aurions sûrement pu faire davantage.

– Ce n'est pas ton problème, Johnny. Pas seulement le tien.

– Je sais, mais bon Dieu, j'aimerais être celui qui trouvera la solution. Un petit indice, pour savoir où les visiteurs sont partis.

– Et pourquoi ils sont partis.

– Oui, je sais. Mais ça peut attendre. D'abord, nous devons les retrouver. Avoir quelque chose pour la *une*. A mon avis, ils pourraient être dans le nord du Minnesota, là-haut où le pays est sauvage. Ils pourraient se cacher par là...

– Ou au Canada. Ou dans le Nord-Ouest, sur la côte du Pacifique. Les coins sauvages ne manquent pas, où ils pourraient se terrer.

Le téléphone sonna. Annie posa son orange et décrocha.

– Pour toi, Johnny, annonça-t-elle. C'est Kathy. Sur la trois.

Garrison sauta sur son appareil en faisant signe à Jay de décrocher celui de Gold.

– Kathy! Où diable es-tu? Qu'est-ce que tu as pour nous?

– Je suis dans l'Iowa. Un patelin appelé Dick's Landing. Sur le Mississippi. Je suis avec Jerry.

– Jerry?

– Oui, tu te souviens. Le type avec qui je devais aller au concert. Quand tu m'as racheté les billets.

– Oui, oui, ça me revient, et alors? Quel rapport avec ta présence dans l'Iowa?

– Nous avons découvert trois des visiteurs, Johnny. A Goose Island...

– Je m'en fous. Les visiteurs. Qu'est-ce qu'ils fabriquent?

– Des voitures.

– Kathy. Tu te fous de moi? Ne rigole pas. J'ai passé une sale journée. Ça suffit comme ça.

– Ils fabriquent des voitures. Nous en avons deux. Nous les avons pilotées pour revenir de l'île. J'en ai une jaune et Jerry une rouge. Elles sont faciles à conduire...

– Tu as dit piloter. Tu as volé avec une voiture?

– On peut voler avec. Elles n'ont pas de roues. Elles flottent exactement comme les visiteurs. Elles ne sont pas difficiles à manier, une fois qu'on a trouvé le truc. Il ne nous a fallu qu'une heure ou deux pour découvrir comment manœuvrer. Il y a des trucs qu'on pousse. Comme dans un avion. Et il n'y a pas de danger. Si on est sur le point d'entrer en collision avec un obstacle, elles s'en écartent. Sans qu'on fasse rien, elles s'en écartent...

– Kathy, interrompit Garrison d'une voix glaciale, dis-moi la vérité, nom de Dieu. Vous avez vraiment ces voitures?

Jay intervint, à son appareil.

– Kathy, c'est Jay. Je suis en ligne avec Johnny. Ce n'est pas une blague, dis-moi? Vous avez réellement ces voitures?

– Et comment!

– Kathy, dit Garrison, remets-toi. Je ne comprends rien à ce que tu racontes. Pourquoi est-ce qu'ils fabriquent des voitures?

– Nous n'en savons rien. Ou plutôt nous n'en sommes pas sûrs. Nous pensons qu'ils les font peut-être pour payer les arbres qu'ils ont pris. Mais nous n'en savons rien, c'est simplement notre idée. Ils ont eu l'air de trouver ça très bien, quand nous nous sommes envolés avec les deux que nous avons.

– Et maintenant que vous les avez...

– Nous allons rentrer. Nous sèrons là dans trois ou quatre heures. Peut-être plus tôt. Nous ne savons pas à quelle vitesse peuvent aller ces engins. Nous volerons, nous ne prendrons pas les routes. Nous suivrons le fleuve vers le nord.

– Dieu de Dieu, Kathy, ce n'est pas possible. Ils fabriquent des automobiles, tu dis...

– Ma foi, je ne sais pas si on peut vraiment les appeler des automobiles...

– Une seconde, Kathy, ne quitte pas, intervint Jay. (Une main sur le combiné, il regarda Garrison :) Johnny, c'est une bonne journaliste. Un sacré bon reporter.

– Je sais, mais bon Dieu, je ne peux pas marcher. Et si c'était faux?

– Nous avons cinq heures avant de mettre sous presse. Elle sera ici avant. Elle peut écrire son papier. Nous prendrons des photos des voitures. Nous verrons bien.

– Ouais... Kathy? D'accord, nous t'attendrons. Nous ne ferons rien tant que tu ne seras pas là. Nous aurons des photographes. Est-ce que vous pouvez poser ces engins au sommet de l'immeuble, sur le toit?

– Je ne sais pas. Je le pense. Ils sont faciles à manier.

– Kathy, dit Jay, ça marche comment? Tu as besoin d'essence? De quoi a-t-on besoin?

– De rien. Les visiteurs les mettent bas. Elles fonctionnent de la même façon que les visiteurs, je ne sais pas comment. Jerry pense que ce sont en réalité des visiteurs mais en forme de voitures. Il y en a une centaine, peut-être plus. Nous n'en avons pris que deux. Ils les fabriquent vite. Les trois visiteurs ne sont sur l'île que depuis une semaine; à eux trois ils ont fabriqué plus de cent voitures en huit jours.

– Très bien, dit Garrison. Nous ne bougeons pas. Nous gardons ça pour nous. Jusqu'ici, c'est notre exclusivité. Nous ferons en sorte que ça le reste. Sois prudente. Ne prends pas de risques. Nous te voulons ici en un seul morceau.

– A tout à l'heure, dit Kathy.

Garrison raccrocha et regarda Jay.

– Qu'est-ce que tu en penses?

– Je pense que nous venons d'acheter la première hache d'acier pour remplacer notre tomahawk de pierre.

Garrison marmonna un vague juron.

– Oui, je me souviens que tu parlais de ça. Nous aurions dû passer l'article quand tu l'as évoqué.

– Je peux toujours l'écrire.

– Non. Oh non. Tout le monde va écrire cette histoire, maintenant. Or, à présent, il y en a une autre. Ce qui arrivera à l'industrie automobile si les visiteurs continuent de fabriquer des voitures et de les donner en remboursement des arbres, assez de voitures pour tout le monde. Qu'est-ce qui arrivera à tous ces ouvriers qui perdront leur emploi dans les usines de

Detroit et d'ailleurs? Et à l'industrie du pétrole quand plus personne n'aura besoin d'essence pour sa voiture? Que vont devenir tous les garagistes, les stations-service, les pompistes? Qu'est-ce qui se passera quand nous n'aurons plus besoin de construire de routes? Que va-t-il arriver aux sociétés de crédit qui vivent de la vente à tempérament des automobiles? Et qu'est-ce qui va se passer quand les visiteurs, après avoir fabriqué assez de voitures pour que tout le monde ait la sienne, se mettront à produire des réfrigérateurs, des cuisinières, des chaudières, des climatiseurs? Comment l'administration va-t-elle enregistrer les nouvelles voitures, les autos gratuites? Comment va-t-elle les immatriculer, les taxer? Et le pire, c'est que les visiteurs ne font pas ça par animosité. Ils ne nous sont pas du tout hostiles. Ils font ça par reconnaissance. Si seulement ils avaient travaillé avec le gouvernement, s'ils étaient passés par les voies administratives...

– Il est fort probable qu'ils ne savent même pas qu'il y a des gouvernements. Ils ne savent peut-être pas ce qu'est un gouvernement. Ils n'ont probablement pas de conception politique. Ils nous ont observés et ils ont trouvé comment ils pouvaient le mieux nous payer les arbres. Ils ont observé des gens, pas des gouvernements. Ils ne se rendent sans doute pas compte de ce qu'ils nous font, ils ignorent tout de la structure économique complexe que nous avons érigée. Le seul système économique qu'ils connaissent peut être simplement le troc. Tu me donnes quelque chose, je te donne autre chose en échange. Le diable, c'est que la population marchera. Une fois que les gens seront au courant des voitures gratuites, qu'ils mettront la main dessus, personne, au gouvernement ou ailleurs, n'osera lever le petit doigt, dire un mot contre les visiteurs.

– C'est pour ça qu'ils se cachent, supposa Garrison. Pour fabriquer des voitures sans être gênés. Ils se cachent afin que des hordes puissent accourir et choisir une automobile. Ils seront des milliers, là-bas dans ces recoins perdus, à fabriquer des voitures. A ton avis, ça leur prendra combien de temps pour en faire assez?

– Je ne sais pas, avoua Jay. Je ne suis même pas sûr que tu aies raison mais ça paraît logique. J'espère que ce ne sera que des voitures. Nous arriverons peut-être à maîtriser la situation, s'il ne s'agit que de ça.

45. WASHINGTON, D.C.

– Dave, demanda le Président, pouvons-nous être absolument certains que ces nouvelles soient exactes? Ça paraît tellement fantaisiste. Incroyable. Est-ce qu'il ne pourrait s'agir de... de quelques faits exagérés, pris en dehors du contexte?

– J'ai eu les mêmes réserves quand le premier rapport est arrivé sur les téléscripteurs. Alors je suis allé à la source. J'ai téléphoné au *Tribune* à Minneapolis et j'ai parlé au rédacteur en chef. Un nommé Garrison. Je me sentais un peu idiot, j'avais presque l'air de mettre en doute l'intégrité du journal. Mais j'estimais que je devais le faire. Garrison a été très correct...

– Et les rapports sont exacts?

– Oui. Garrison m'a dit qu'au commencement il ne pouvait pas y croire. Avant que les deux voitures arrivent. Il dit qu'après le coup de téléphone de son reporter, il est resté assis là, pris de vertige, en se répétant que quelque chose n'allait pas, qu'il avait mal compris ce que disait le reporter, qu'il devait y avoir une erreur.

– Mais maintenant il sait. Maintenant il est sûr?

– Il sait. Il a les voitures. Il a des photos.

– Vous avez vu les photos?

– Il y a moins d'une demi-heure que le *Tribune* a été mis sous presse. L'affaire a pris tout le monde par surprise, y compris les agences de presse. Il faudra un moment pour recevoir les photos du *Tribune,* un peu plus longtemps pour les transmettre. Elles ne devraient pas tarder à arriver.

– Mais des voitures! s'exclama le Président. Pourquoi des voitures, bon Dieu? Pourquoi pas quelque chose de vraiment chic? Des rivières de diamants, des caisses de champagne, des manteaux de fourrure?

– Les visiteurs sont de bons observateurs, monsieur le Président. Pendant des jours ils nous ont examinés...

– Et ils ont vu beaucoup de voitures. Presque tout le monde a la sienne. Ceux qui n'en ont pas en veulent une. Ceux qui ont une vieille voiture en veulent une neuve. De vieilles bagnoles. Des voitures cabossées. L'usure du matériel. Des accidents de la route. Des morts et des voitures démolies. Les visiteurs ont vu tout ça. Alors ils nous donnent des voitures qui ne s'usent pas, qui n'ont pas besoin d'essence, ni de routes, qui ne peuvent jamais avoir d'accidents puisqu'elles s'écartent quand il y a danger de collision, qui ne nécessitent pas d'entretien, pas de réparations, pas de travaux de carrosserie, de peinture...

– Nous ne pouvons pas en être certains, monsieur le Président. C'est du domaine de l'hypothèse.

– Une voiture pour chacun?

– Nous ne sommes pas sûrs de ça non plus. C'est ce que pense Garrison. C'est ce que pense son reporter. Mais si je comprends bien, l'article du *Tribune* prend bien soin de ne pas dire cela, bien que ce soit insinué.

– Ça peut nous ruiner, Dave. Qu'il y ait ou non une

voiture pour chacun, ça risque de détruire notre économie. Parce que l'insinuation, comme vous dites, est là. J'envisage d'instituer un moratorium, une suspension financière. De fermer la Bourse, les banques, tous les établissements financiers; aucune transaction d'aucune sorte. Qu'en pensez-vous?

– Ça nous donnerait du temps. C'est à peu près tout. Et quelques jours seulement. Vous ne pourriez pas faire durer ça plus de quelques jours.

– Si la Bourse ouvre demain matin...

– Vous avez raison. Il faut faire quelque chose. Il vaudrait mieux que vous en parliez au ministre de la Justice, à la Réserve Fédérale. Peut-être à d'autres.

– Du temps, c'est tout ce que ça nous rapportera, dit le Président. Je suis d'accord. Mais nous avons besoin de temps. Nous avons besoin d'avoir les coudées franches. De donner aux gens le temps de réfléchir. Une chance pour nous de parler au peuple. Je vous ai dit l'autre jour que je ne voyais aucune raison d'avoir peur. Bon Dieu, Dave, je suis bien près de la panique, maintenant.

– Vous n'en avez pas l'air.

– La panique est une chose que nous ne pouvons nous permettre. Pas une panique visible. La politique est un long entraînement, pour apprendre à maîtriser la panique personnelle. En ce moment, j'ai la peur au ventre mais je ne peux pas le laisser voir. Les punaises sortiraient des boiseries pour nous écraser. Le Congrès, la presse, les gros intérêts industriels, les syndicats, tout le monde. Criant tous que nous aurions dû prévoir cette situation, que nous aurions dû faire quelque chose pour l'éviter.

– Le pays s'en sortira, monsieur le Président.

– Le pays, mais pas moi. Voyez comment tournent les choses. Jusqu'à présent, je pensais que j'avais un second mandat dans la poche.

– Vous l'avez peut-être toujours.
– Il faudrait un miracle.
– Bon. Nous fabriquerons un miracle.
– Je ne crois pas, Dave. Notez que nous essaierons. Nous devons voir ce qui se passera. Allen et Whiteside vont venir. Grace essaye de trouver Hammond. Je veux son avis. Un homme de bon sens, Hammond. Il peut s'occuper de l'organisation de la trêve financière. Nous devons faire venir Marcus plus tard. Et d'autres. J'ai besoin de tous les conseils possibles, Dieu sait. Je veux que vous restiez à mes côtés.
– Il va falloir que j'organise une conférence de presse. Les gars tambourinent déjà à ma porte.
– Attendez un peu. Dans deux ou trois heures, peut-être, nous aurons quelque chose à leur dire. Si vous y allez maintenant, à sec, ils vous écharperont.
– Ils m'écharperont quoi qu'il arrive. Mais c'est une bonne idée d'attendre un peu. Je ne suis pas pressé d'y aller.
L'interphone bourdonna et quand le Président répondit Grace annonça :
– Le général Whiteside et le Dr Allen sont là, monsieur le Président.
– Faites-les entrer.
Les deux hommes apparurent et s'assirent sur les sièges désignés.
– Vous êtes au courant? demanda le Président. C'était trop compliqué pour vous le dire, quand je vous ai appelés.
Ils hochèrent la tête.
– A la radio dans la voiture, dit Allen.
– La télévision, dit le général. Je l'ai allumée après votre coup de fil.
– Qu'en pensez-vous, Steve? Il paraît indiscutable que les visiteurs fabriquent des voitures. Quel genre de voitures cela peut-il être?

– Si je comprends bien, répondit le conseiller scientifique, ils les font éclore. Ils bourgeonnent et font éclore leurs petits à leur propre image. Je suppose que rien ne les empêche de faire éclore des petits à l'image de voitures.

– Il y en a qui en ont mangé, dit Whiteside. A Saint Louis, je crois.

– Je ne suis pas sûr qu'il y ait un rapport, répliqua Allen. Ils ont pu probablement analyser les voitures après les avoir ingérées, mais celles qu'ils font, apparemment, ne sont semblables à celles que nous construisons que par l'aspect extérieur.

– Alors pourquoi ont-ils dévoré des voitures à Saint Louis? demanda le général.

– Je ne sais pas. Tout ce que je sais, c'est que les voitures que font éclore les visiteurs sont des visiteurs. Pas vraiment des automobiles mais des visiteurs en forme de voitures, apparemment capables d'être utilisées comme telles. Ce sont des véhicules biologiques, pas mécaniques.

– La journaliste qui a trouvé les voitures, dit le Président, semble penser, du moins elle le laisse entendre, que les voitures sont fabriquées par gratitude. Comme offrande au peuple de la planète qui leur fournit de la cellulose.

– Pour ce qui est de ça, je n'en sais rien du tout, avoua Allen. Vous imaginez la façon de penser de ces sacrées créatures. Je n'oserais même pas essayer de deviner. Nous avons étudié pendant des jours le visiteur mort et nous n'avons même pas la plus petite idée de son anatomie, nous ne savons pas comment il réussit à vivre et à fonctionner sur le plan physique, alors le mental, encore moins. La situation est analogue à celle d'un homme du Moyen Age essayant de comprendre comment et pourquoi fonctionne un ordinateur. Pas un seul organe ne peut être comparé à un organe humain. Nous sommes complètement déroutés. J'espérais pouvoir déterminer la cause de la mort de cette créature. Nous avons échoué. Tant que nous n'aurons pas découvert comment fonctionne l'organisme, nous n'avons aucune chance de déceler la cause de la mort, pas plus qu'autre chose d'ailleurs.

– Vous dites, en somme, qu'il n'y a aucune chance de communiquer avec eux, dit le Président. Si nous pouvions leur parler, même par gestes ou d'une façon...

– Aucune chance, affirma Allen. Pas la moindre.

– D'après vous, grommela Whiteside, nous devons nous croiser les bras et encaisser. Cette histoire de voitures. Detroit à vau-l'eau. Detroit et des tas d'autres villes. Les militaires ont des contrats...

– Si seulement les visiteurs s'étaient adressés à nous! dit le Président. Si seulement ils étaient venus et avaient essayé de nous faire part de leurs intentions...

– Par nous, vous entendez le gouvernement? demanda Allen.

Le Président hocha la tête.

– Ce que personne ne semble comprendre, reprit le conseiller scientifique, c'est la véritable et totale étrangeté de ces créatures. Elles sont plus étrangères que tout ce que l'on peut concevoir. Je les considère comme un organisme de ruche, où chacune sait ou voit ou sent tout ce que les autres savent. Une telle société n'a pas besoin de gouvernement. Elles n'y ont jamais songé. Elles ne savent pas ce qu'est un gouvernement parce qu'elles n'ont jamais eu à développer le concept de gouvernement.

– Nous devons faire quelque chose, déclara le général. Nous devons nous protéger. Nous devons agir.

– Oubliez ce que vous pensez, répliqua le Président. Vous m'avez dit il y a quelques jours, dans ce bureau même, que les visiteurs pourraient résister à tout sauf à une ogive nucléaire. Vous l'aviez calculé, disiez-vous. Nous ne pouvons nous servir du nucléaire...

Allen se redressa vivement.

– Alors il y a bien eu un essai avec des armes! J'en entendais constamment parler, des bruits couraient. Mais j'ai pensé que sûrement, s'il y en avait eu un, j'en aurais été informé. Dites-moi, pourquoi n'ai-je pas été informé? Vos découvertes auraient pu éclairer d'un jour...

– Parce que ça ne vous regardait pas, trancha le général. Parce que c'est secret.

– Malgré tout, cela aurait pu être important et vous auriez dû...

– Messieurs, messieurs, je vous en prie, interrompit le Président. Je vous prie d'excuser ce lapsus. Tout est de ma faute. Vous ne l'avez pas entendu, naturellement, Allen.

– Non, monsieur le Président. Je n'ai pas entendu un mot de ce qui a été dit.

– Il n'en demeure pas moins que nous ne pouvons avoir recours au nucléaire...

– Si nous pouvions assembler tous les visiteurs en troupeau, insista le général, alors peut-être...

– Mais nous ne le pouvons pas! Nous ne savons même pas où ils sont, ou du moins la plupart. Probablement dispersés dans tout le pays. Cachés, en train de fabriquer des voitures...

– Vous ne pouvez pas en être sûr, monsieur le Président.

– C'est une supposition logique. C'est compréhensible. Ils ne peuvent pas rester à découvert, en produisant des automobiles. Les gens, avides de voitures, se précipiteraient et les prendraient d'assaut.

– Peut-être, dit Whiteside, se cramponnant à un mince espoir, vont-ils manquer d'arbres? Ils doivent sans doute manger beaucoup d'arbres pour fabriquer des voitures.

– C'est peu vraisemblable, riposta Allen. Il y a énormément d'arbres en Amérique du Nord. Et même s'ils commençaient à en manquer, il y a le reste du monde, les jungles équatoriales. Et n'oubliez pas qu'ils en feront pousser pour remplacer ceux qu'ils mangent. Le 101 a ensemencé un champ de l'Iowa.

– Voilà encore une chose qui m'inquiète, dit le Président. S'ils se mettent à utiliser trop de terres arables pour faire pousser des arbres, nous risquons une pénurie alimentaire. Je sais que nous avons de vastes stocks de blé, mais ils s'épuiseraient vite.

– Le danger, alors, serait qu'en cas de pénurie alimentaire les visiteurs se mettent à produire des aliments, dit Allen. Notre peuple serait, en somme, soumis à un système d'assistance.

– Tout cela est très intéressant, bougonna le Président, peut-être même pertinent, mais ne nous mène nulle part. Nous ferions beaucoup mieux de parler des mesures à prendre dès maintenant.

– Je viens de penser à quelque chose, dit soudain Porter. Quand j'ai parlé à Garrison, il a cité le nom de Jerry Conklin. Il m'a dit que Conklin était celui qui a été au courant des voitures le premier, mais qu'il ne voulait pas être identifié, alors son nom n'a pas été cité dans l'article. Mais il me semble avoir déjà entendu ce nom-là. Ça me dit quelque chose.

Allen, de nouveau, se redressa.

– Mais bien sûr! C'est celui dont la voiture a été écrasée quand le premier visiteur s'est posé à Lone Pine. Celui qui a disparu quand nous avons essayé de le retrouver. Et voilà qu'il reparaît! Je trouve ça plutôt bizarre.

– Nous devrions peut-être le faire venir ici et avoir une conversation avec lui, suggéra Whiteside. Il est possible que ce jeune homme sache des choses qu'il devrait nous dire...

– Un instant, dit Allen. Nous avons appris autre chose. Ce Conklin est un ami, un ami intime semble-t-il, d'une journaliste du *Tribune.* Kathy. Je crois que c'est son prénom.

– Kathy Foster. C'est elle qui a trouvé les voitures, c'est l'auteur de l'article, dit Porter.

– Nous devrions peut-être les faire venir tous les deux, estima Whiteside. Demandons au FBI de les amener.

– Non. Pas le FBI. Soyons civilisés. Nous allons les inviter, comme hôtes de la Maison Blanche. Nous enverrons un avion les chercher.

– Mais, monsieur le Président, protesta le général, ce garçon a disparu une fois, il peut recommencer.

– Nous prendrons ce risque. Dave, voulez-vous vous occuper de ça?

– Avec plaisir, monsieur le Président.

46. MINNEAPOLIS

Un garçon de bureau, ployant sous un lourd fardeau de journaux serrés sous un bras, lança un exemplaire sur le bureau du rédacteur en chef et passa rapidement.

Garrison prit le journal, le déplia et jeta un bref coup d'œil à la première page. Elle n'avait pas beaucoup changé, depuis la première édition, à part le nouvel article qui n'avait pas été prêt pour la première. Il étala l'exemplaire et admira le papier. Il avait un titre sur deux colonnes et le croquis du tableau de bord d'une voiture-visiteur. Il lut le premier paragraphe.

Si vous êtes un des heureux mortels qui ont la

chance d'obtenir de bonne heure une voiture-visiteur, vous n'avez pas de souci à vous faire pour sa conduite. Elle est très simple, facile à comprendre. Pour démarrer, vous appuyez sur le premier bouton à droite du tableau de bord. (Le bouton A sur le croquis.) Pour la faire avancer, appuyez sur le bouton B. La vitesse est contrôlée par un mouvement de rotation du cadran au-dessus du tableau de bord, à droite pour accélérer, à gauche pour ralentir. On le tourne à gauche à fond pour s'arrêter. L'élévation se contrôle au moyen du levier à droite du tableau de bord. On le remonte pour monter, on l'abaisse pour descendre. Les boutons, le cadran et le levier d'ascension ne sont pas marqués, ni gradués. On doit apprendre par cœur leur fonction respective. Comme il y a peu de commandes, ce n'est pas difficile...

Garrison laissa ses yeux glisser vers le dernier paragraphe.

Nous vous recommandons de découper cet article et le croquis et de les conserver dans votre portefeuille ou votre sac. Comme ça, si un matin vous trouvez une des voitures garée dans votre jardin...

– Ça, c'est une bonne idée, dit Garrison à Gold. Ça associe directement le lecteur aux voitures. C'est un truc que tout le monde va lire. Je suis heureux que tu y aies pensé.

– Ben quoi, il est temps que je gagne mon fric.

Hal Russell arriva à grands pas et annonça à Garrison :

– On a aperçu d'autres visiteurs. Toute une bande dans l'Idaho. Une autre dans le Maine.

– Qui font tous des voitures? demanda Gold.

– Qui font tous des voitures.

– Ils commencent à refaire surface, dit Garrison. Demain à cette heure, nous en aurons repéré un grand nombre.

– C'est que là-bas, dit Russell, les gens les cherchent.

– Ils ont de bonnes raisons de chercher, maintenant, grogna Gold. Une voiture neuve dans le garage de chacun.

– Le prochain grand reportage, supposa le rédacteur en chef, sera la livraison des bagnoles. Les gens qui se réveillent et qui les trouvent garées dans leur allée.

Gold secoua la tête.

– Ça ne se passera peut-être pas comme ça. On tirera peut-être au sort. Une sorte de vaste loterie. Ou elles seront peut-être simplement abandonnées dans un champ ou dans les terrains vagues des villes, pour laisser les gens se battre pour elles. Une voiture au plus rapide et au plus brutal.

– Tu as de ces idées!

– Moi, j'en veux une bleu pâle. Ma femme n'a jamais voulu. Nous avons toujours des voitures rouges. Elle aime le rouge.

– Il y en aura peut-être assez pour que vous ayez chacun la vôtre, suggéra Russell. Une bleu pâle pour toi, une rouge pour elle.

– Dans ce cas, nous en aurons deux rouges. Jamais elle ne me laissera avoir une bleue. Elle trouve que le bleu ça fait chochotte.

– Est-ce que l'un de vous a fait le calcul mathématique de tout ça? demanda Garrison. Est-ce que les visiteurs pourraient vraiment fabriquer autant de voitures? Est-ce que nous avons jamais eu un chiffre exact?

– Un chiffre exact, je ne pense pas, répondit Russell. Plusieurs milliers, à mon avis. D'après Kathy, trois d'entre eux ont pu fabriquer plus de cent voitures en moins d'une semaine. Disons une semaine. Ça fait plus de trente par visiteur. Mettons-en cinq mille au travail et ça fait cent cinquante mille voitures par semaine. Le chiffre pourrait même être plus élevé, mais quand même, ça fait déjà plus de cinq cent mille par mois.

– Nous sommes deux cent cinquante millions.

– On ne fabriquerait pas de voitures pour tout le monde. Beaucoup de ces deux cent cinquante millions sont des bébés ou des enfants. On ne leur donnerait pas de voitures. Et n'oubliez pas tous ces bébés visiteurs qui grandissent. Dans un an, six mois peut-être, ils pourraient fabriquer des voitures. Si j'ai bonne mémoire, les portées étaient assez nombreuses. Disons une moyenne de dix bébés par visiteur. En un an, mettons, ça ferait plusieurs millions de voitures par mois.

– Bon, bon, dit Garrison. Je suppose que c'est possible.

– Et ensuite, dit Gold, ils se mettront à fabriquer de la bière. Ils pourraient faire de la bière bien plus vite que des voitures. Disons une caisse par semaine pour tout homme adulte. Une caisse par semaine, ce ne serait pas mal, je pense.

– Des hot dogs, renchérit Russell. Et des bretzels. Il faudrait bien qu'ils fassent des hot dogs et des bretzels pour aller avec la bière.

Le téléphone sonna et Annie répondit.

– Pour toi, dit-elle à Garrison. Sur la deux.

Il appuya sur un bouton et décrocha.

– Garrison. Rédaction.

– Ici Porter, de la Maison Blanche. Je vous ai déjà téléphoné.

– Oui, je me souviens. Que puis-je pour vous?

– Est-ce que Miss Foster serait là, par hasard?

– Je vais voir.

Il se leva, le téléphone en main, aperçut Kathy à son bureau et agita le combiné au-dessus de sa tête.

– Kathy! cria-t-il. Un appel pour toi sur la deux.

47. UNE RÉGION SAUVAGE

Norton redressa le canoë à petits coups de pagaie secs, en regardant fixement ce que la boucle de la rivière lui révélait. Là, droit devant lui, se dressaient cinq masses noires et carrées au-dessus du vert foncé des sapins.

Des visiteurs, se dit-il. Mais que faisaient donc là des visiteurs, au cœur de cette région sauvage? Cependant, à la réflexion il trouva cela moins bizarre. Beaucoup des énormes caisses noires avaient pu atterrir dans des endroits où elles ne seraient pas facilement découvertes.

Il rit tout bas et enfonça profondément sa pagaie pour pousser le canoë vers la rive. Le soleil baissait à l'ouest et il cherchait depuis un moment un endroit où camper. Celui-ci, pensa-t-il, ferait aussi bien l'affaire qu'un autre. Après avoir échoué son canoë, il irait examiner les visiteurs. Ensuite, il ferait un feu et s'installerait pour la nuit. Il s'étonnait d'être content de les trouver là. Ils avaient quelque chose d'amical, c'était une compagnie, comme s'il avait soudain découvert des voisins dont il ne soupçonnait pas l'existence.

Il traîna son embarcation sur le gravier de la berge et s'engagea dans la forêt, en direction des visiteurs. Il y avait tout de même quelque chose de singulier; non pas leur découverte en cet endroit, mais le silence. Ils ne sciaient et ne mangeaient pas d'arbres. Norton supposa qu'ils avaient produit toute la cellulose dont ils avaient besoin, fait leurs petits et se reposaient maintenant, une fois leurs tâches terminées.

Il déboucha dans la clairière qu'ils avaient formée et s'arrêta net, en voyant une maison. C'était une maison quelque peu bancale, penchée d'un côté comme si elle avait été pauvrement construite par un amateur. Derrière, il y en avait une autre. Celle-là était bien d'aplomb mais tout de même pas très normale. Il mit un moment à comprendre pourquoi, puis il s'aperçut qu'elle n'avait pas de fenêtres.

Au-delà des maisons se tenaient les visiteurs, si rapprochés qu'ils donnaient l'impression d'un groupe de grands immeubles au centre d'une ville.

Indécis, troublé, Norton hésita. Aucune personne sensée, se dit-il, ne viendrait dans ce lieu sauvage pour construire deux maisons et les abandonner. Pas plus qu'un entrepreneur ne bâtirait une maison bancale et une autre sans fenêtres. Et même si le constructeur hypothétique l'avait voulu, pour quelque raison insondable, il n'aurait eu aucun moyen raisonnable de transporter là ses matériaux.

Les sapins murmuraient, agités par le vent. De l'autre côté de la clairière, en face des maisons et des visiteurs, un petit oiseau au plumage de couleur vive voleta un instant, en se détachant sur le fond sombre des conifères. A part le bruit du vent dans les branches et l'éclair brillant de l'oiseau, tout était immobile et silencieux. Le calme et l'obscurité de la forêt surpassaient tout, effaçaient et absorbaient même le mystère des maisons et des visiteurs.

Norton fit un effort pour détacher ses pieds du sol et s'avança vers la première, la bancale. La porte d'entrée était ouverte mais il lui fallait un moment pour se décider à franchir le seuil. Il craignait que la bâtisse ne s'écroule s'il mettait le pied à l'intérieur. Il tenta quand même sa chance et entra dans le vestibule, qui donnait sur une cuisine et ce qui semblait être un living-room. Il alla à la cuisine, en marchant doucement de peur de secouer les murs branlants. Malgré la bizarrerie architecturale, la cuisine lui parut tout à fait normale. Il y avait une cuisinière électrique et un réfrigérateur contre un mur, et dans leur prolongement, faisant le tour du mur perpendiculaire, des éléments à tiroirs, des placards et un évier.

Norton tourna un bouton de la cuisinière et posa une main au-dessus d'une plaque. Elle chauffa rapidement. Il éteignit puis il alla ouvrir un robinet de l'évier. Un petit filet d'eau coula et s'arrêta. Il ouvrit le robinet en grand, la tuyauterie gargouilla, de l'eau jaillit enfin puis s'arrêta. Il ferma le robinet.

Dans le living-room tout paraissait normal, sinon que les fenêtres étaient percées de travers dans le mur. Au fond du couloir, Norton découvrit trois chambres, banales elles aussi malgré de petites singularités bizarres dans leurs dimensions. En y réfléchissant, il fut incapable de dire au juste ce qui clochait.

Il éprouva un certain soulagement en ressortant et se dirigea vers l'autre maison, celle qui n'avait pas de fenêtres. Il était toujours perplexe, il se demandait ce qui l'avait surpris dans la maison bancale. Pas les fenêtres penchées du salon, ni les curieuses dimensions des chambres, ni même le robinet défectueux de la cuisine. Il y avait eu autre chose et c'était important. Tout en marchant et en réfléchissant, il finit par comprendre ce qui le troublait si profondément : la maison bancale n'avait pas de salle de bains ni de toilettes. Il s'arrêta. Avait-il pu se tromper? C'était incompréhensible, que l'on construise une maison en oubliant la salle de bains. Il passa en revue les pièces, dans sa tête; non, il ne s'était pas trompé. Une salle de bains n'aurait pu lui échapper; s'il y en avait une, il l'aurait vue.

La porte de la deuxième maison était fermée quand il tourna le bouton. Faute de fenêtres, elle était obscure mais pas au point de ne rien voir. Rapidement, il la visita. Il y avait quatre chambres et un bureau, une cuisine, un salon, une salle à manger... et deux salles de bains, dont une contiguë à la chambre de maître. Le plancher de la première maison était nu, ici il y avait de la moquette partout. Des rideaux étaient accrochés aux murs, à l'emplacement des fenêtres absentes. Il essaya l'équipement de la cuisine. Tout fonctionnait. La plaque de la cuisinière chauffa quand il alluma, l'eau coulait à l'évier; quand il ouvrit la porte du réfrigérateur une bouffée d'air froid le frappa au visage. Dans les salles de bains, les robinets fonctionnaient et la chasse d'eau aussi.

Tout semblait parfait. Mais pourquoi avait-on construit une maison parfaite sans fenêtre?

Mais... est-ce que quelqu'un l'avait construite?

Les visiteurs avaient-ils pu...

Cette idée lui fit soudain froid dans le dos.

Si c'était les visiteurs, alors cela avait un sens. Aucun être humain ne construisait deux maisons au milieu d'une forêt sauvage. D'abord, ce serait impossible.

Mais les visiteurs? Pourquoi construiraient-ils des maisons? Ou s'exerceraient-ils à en construire? Car il devenait tout à fait apparent que c'était des essais, l'œuvre de quelqu'un qui ne savait pas très bien comment on devait construire une maison. La bancale devait être la première. Celle où il se trouvait était sûrement la seconde, considérablement améliorée mais sans fenêtres.

Il resta figé, fort secoué, au milieu de la cuisine, encore incertain, s'interrogeant. La seule explication, qu'il avait bien du mal à accepter, c'était que les deux maisons avaient été fabriquées par les visiteurs. Mais cela posait un autre problème, encore plus déroutant et plus difficile à résoudre : pourquoi les visiteurs bâtissaient-ils des maisons?

Il quitta la cuisine, traversa le living-room à tâtons, entra dans le vestibule et sortit.

De longues ombres s'étendaient dans la clairière. Les cimes de la muraille de sapins à l'ouest se découpaient en dents de scie sur le fond de coucher de soleil. Le temps fraîchissait et Norton frissonna.

Il passa une main sur la façade de la maison et la trouva bizarre. En regardant de plus près, dans le crépuscule, il vit que ce n'était pas des rondins ni des planches mais que la façade semblait moulée d'une seule pièce, comme du plastique préformé.

Lentement, il recula. A première vue, à part l'absence de fenêtres, tout était normal. C'était la copie presque conforme d'une maison que l'on pourrait trouver dans n'importe quelle banlieue.

Il l'examina du toit jusqu'à la base, jusqu'au mur de fondation et... il n'y avait pas de fondations. Ce détail lui avait échappé. La maison planait à une quinzaine de centimètres du sol, suspendue dans les airs.

En suspens, pensa Norton, tout comme les visiteurs. Il n'était plus possible de douter, maintenant.

Il alla jusqu'au tournant et contempla les visiteurs massés, comme un groupe de sombres bâtiments sur la place principale d'une cité futuriste, la moitié inférieure disparaissant dans l'ombre de la forêt, le haut illuminé par les derniers rayons du couchant.

De leur direction une autre maison arriva, flottant au-dessus du sol, d'une blancheur spectrale dans le soir tombant. Comme elle approchait, Norton recula, saisi de crainte, prêt à faire demi-tour et à s'enfuir. La maison arriva et s'arrêta comme pour déterminer sa position. Puis lentement, majestueusement, elle s'aligna sur les autres et s'immobilisa; toutes trois étaient maintenant bien en rang, un peu plus rapprochées à vrai dire qu'en général mais ressemblant tout à fait à trois maisons bordant une rue.

Norton fit lentement un pas vers la troisième et au même instant des lumières jaillirent à l'intérieur, scintillant aux fenêtres. Il vit une table dans la salle à manger, le couvert mis avec des verres, de la porcelaine et deux chandeliers portant de hautes bougies toutes prêtes à être allumées. Dans le living-room, l'écran d'un poste de télévision clignotait; en face il y avait un canapé et un peu partout des chaises, des fauteuils, une vitrine contre un mur, où s'alignaient de délicates statuettes.

Surpris, Norton commença à faire demi-tour et il aperçut alors comme un peu d'ombre, comme si quelqu'un allait et venait dans la cuisine, comme si on rassemblait les plats du dîner pour les apporter à la table.

Poussant un cri de terreur, il s'élança et repartit en courant vers la rivière et le canoë qui l'y attendait.

48. WASHINGTON, D.C.

Quand Porter sonna, Alice lui ouvrit, le saisit par le bras, le fit entrer précipitamment et referma la porte.

– Je sais, dit-il. C'est une heure indue et je n'ai pas beaucoup de temps. Mais je voulais vous voir et je dois parler au sénateur.

– Papa a servi les verres et vous attend. Il est sur les dents, il se demande pourquoi vous accourez nous voir en pleine nuit. Vous devez être plongé jusqu'au cou dans des affaires importantes.

– Beaucoup d'agitation. Beaucoup de discussions. Je ne sais pas si nous aboutirons à quelque chose. Vous avez entendu parler du moratoire financier?

– Un dernier communiqué à la télévision. Papa est tout bouleversé.

Mais le sénateur, qui les attendait au salon, ne paraissait pas bouleversé. En hôte aimable et jovial, il tendit un verre à Porter.

– Voyez, jeune homme, je n'ai même pas besoin de demander. Je connais maintenant vos préférences.

– Merci, monsieur le sénateur. J'en ai bien besoin.

– Avez-vous pris le temps de dîner, ce soir? demanda Alice.

Porter la regarda, comme si la question le stupéfiait.

– Eh bien?

– J'ai complètement oublié, avoua-t-il. Cette idée ne m'est pas venue. La cuisine a bien fait monter quelque chose mais à ce moment-là j'étais avec la presse. Quand je suis revenu, il n'y avait plus rien.

– Je m'en doutais, dit Alice. Dès que vous avez téléphoné, j'ai préparé des sandwiches et du café. Je vais vous apporter un en-cas.

– Asseyez-vous, Dave, dit le sénateur, et dites-moi ce qui vous amène. Je peux faire quelque chose pour la Maison Blanche?

– Peut-être, je crois, mais c'est à vous de décider. Personne ne va vous forcer la main. Ce que vous voudrez faire regarde votre conscience.

– Vous avez dû passer de sales moments là-bas. Je parie que c'est encore pénible. Je ne suis pas certain d'être d'accord avec le Président, sur cette question du moratoire, mais je comprends qu'une action quelconque s'imposait.

– Nous avions peur de ce que risquait d'être une réaction brutale. Le moratoire donnera à quelques hommes sensés le temps nécessaire pour parer à la panique totale.

– Le dollar va en prendre pour son grade sur les marchés étrangers, grommela le sénateur. Quoi que nous fassions, il atteindra le plancher ou presque. Demain après-midi, il aura peut-être perdu toute sa valeur.

– Nous n'y pouvons rien, reconnut Porter. Qu'on nous accorde une chance de gagner un round ou deux et le dollar remontera. Le véritable danger est ici, le Congrès, la presse, l'opinion publique.

– Vous avez l'intention de lutter. Je pense que c'est la seule chose que vous puissiez faire. Ne pas reculer. Ne pas céder de terrain.

– Nous nous cramponnons, dit sombrement Porter. Nous n'allons pas dire que nous avons mal fait face à la situation. Nous n'allons pas présenter d'excuses.

– J'aime ça, déclara le sénateur. Autant je désapprouve certaines des choses qui se sont passées chez vous, autant j'aime cette démonstration de force. Au point où en sont les choses ce soir, nous avons besoin de force au sein du gouvernement.

Alice apporta une assiette de sandwiches et une tasse de café qu'elle posa sur la table à côté du fauteuil de Porter.

– Allez-y, mangez. N'essayez même pas de parler. Papa et moi le ferons. Nous avons beaucoup de choses à dire.

– Surtout ma fille. Elle en explose. Pour elle cette affaire n'est pas, comme pour beaucoup d'entre nous, une grande calamité. Elle y voit l'occasion d'un renouveau. Inutile de dire que je ne suis pas d'accord avec elle.

– Tu as tort, déclara-t-elle. Et vous pensez comme lui, je suppose. Vous avez tort tous les deux. C'est peut-être la meilleure chose qui pouvait jamais nous arriver. Ça va nous secouer. Ça pourrait mettre un peu de bon sens dans notre conscience nationale. Nous délivrer du syndrome technologique qui gouverne notre vie depuis plus d'un siècle. Nous montrer que notre système économique est trop sensible et branlant, érigé sur des fondations instables. Ça peut nous démontrer qu'il y a d'autres valeurs que le bon fonctionnement des machines...

– Et si ça nous transformait, interrompit le sénateur, si ça nous délivrait de ce que tu aimes appeler la tyrannie de la technologie, si nous avions l'occasion d'un renouveau, qu'en ferions-nous?

– Nous mettrions fin à la course au dollar. A la course folle, économique et sociale. Nous travaillerions ensemble en visant des buts solidaires. Nous mettrions fin à l'intense concurrence personnelle qui nous tue. Sans cette préoccupation égoïste que notre technologie et le système économique fondé sur elle encouragent, nous n'aurions guère de raisons de trancher la gorge du voisin pour notre avancement personnel. C'est ce que fait le Président, même s'il n'en a pas conscience, en mettant les transactions en congé. Il accorde au monde des affaires et à la population un temps de repos pour souffler et revenir à tâtons à la raison. Rien qu'un petit peu. S'ils avaient plus de temps...

– Ne nous disputons pas tous les deux à ce sujet, pas maintenant. Plus tard, j'en discuterai avec toi.

– Avec toute ta satisfaction pompeuse, dit Alice. Avec ta conviction innée...

– Dave doit repartir. On a besoin de lui à la Maison Blanche. Il a quelque chose qui lui pèse sur le cœur.

– Excusez-moi, chéri. Je n'aurais pas dû m'imposer. Je peux écouter ce que vous avez à dire au sénateur?

– Vous ne vous imposez jamais, assura Porter qui achevait son deuxième sandwich. Oui, j'aimerais que vous entendiez ce que j'ai à dire. Ne m'en veuillez pas trop. Autant que je sois franc. La Maison Blanche veut se servir du sénateur.

– Je n'aime pas ça. Je n'aime pas être utilisé, encore que ça fasse partie de la politique; on se sert des autres et ils se servent de vous. De quoi s'agit-il, plus précisément?

– Nous pouvons tenir le coup, ou nous le pensons, si nous n'avons pas le Congrès sur le dos pendant un petit moment. Un peu de temps, c'est tout ce que nous demandons. Rien d'énorme. Rien que quelques jours.

– Vous avez vos propres gens au Congrès, répliqua le sénateur. Pourquoi venir me trouver? Vous savez que j'ai bien rarement joué votre jeu.

– Les nôtres feront ce qu'ils pourront. Mais cette attitude particulière sentirait la magouille. Avec vous non.

– Dites-moi un peu pourquoi je vous aiderais. Je vous ai combattus tant que j'ai pu, j'ai repoussé tous les projets de loi que vous avez présentés. Par moments, la Maison Blanche a parlé de moi avec beaucoup de dureté. Je ne vois pas comment nous pourrions avoir des intérêts communs.

– C'est l'intérêt de la nation qu'il faut considérer. Ce qui nous est arrivé va provoquer des pressions croissantes afin que nous demandions de l'aide à l'extérieur. Sous prétexte que la situation n'est pas seulement nationale mais internationale, que le reste du monde devrait être là pour travailler à nos côtés. L'ONU ne cesse de le hurler depuis le début.

– Oui, je sais. Je ne suis pas d'accord avec l'ONU. Ce n'est pas ses oignons.

– Nous avons bien trop en jeu pour permettre ça, déclara Porter. J'aimerais faire allusion à une chose confidentielle, top secret. Vous voulez l'entendre?

– Je n'en suis pas sûr. Pourquoi voulez-vous me le dire?

– Nous avons besoin de déclencher une rumeur.

– Je trouve ça méprisable! protesta Alice.

– Je ne réagirai pas aussi fortement que ma fille, dit le sénateur, mais j'éprouve à peu près le même sentiment. Je ne vous blâme pas personnellement, loin de là. Je suppose que vous ne parlez pas en votre propre nom.

– Vous le savez bien. Pas exclusivement en mon nom. Mais je serais reconnaissant...

– Vous voulez m'apprendre quelque chose que je puisse laisser fuir... une fuite très prudente, exactement où il faut, en sachant parfaitement que c'est moi qui dois savoir où cette fuite aura le maximum d'impact.

– C'est une façon assez pénible de présenter la chose.

– Toute cette conversation est assez pénible, Dave.

– Je ne réprouve pas les mots que vous employez. Je ne voudrais pas que vous les adoucissiez. Vous pouvez dire non, je me lèverai et m'en irai. Je ne discuterai pas avec vous. Je n'aurai aucun ressentiment. J'ai reçu l'ordre formel de ne pas discuter avec vous, de ne pas vous pousser à agir. Nous ne pouvons pas faire pression sur vous. Même si nous en avions les moyens, nous ne le ferions pas.

– Papa, intervint Alice, si méprisable que soit tout cela, il est franc avec toi. Il fait de la sale politique d'une manière très honnête.

– Il y a quelques jours, dit le sénateur, nous parlions des avantages que nous pourrions tirer des visiteurs. J'avoue que j'étais assez enthousiasmé par les possibilités de contrôle de la gravité. Je disais que si nous pouvions obtenir cela...

Porter secoua la tête.

– Il ne s'agit pas de ça, monsieur le sénateur. Je ne veux pas vous abuser. Ni vous prendre au piège. J'ai essayé d'être parfaitement sincère avec vous. J'ai avoué que nous voulons nous servir de vous pour une fuite. Un mot de vous à certains membres du Congrès, rien qu'un mot en l'air, c'est tout...

– Un mot en l'air, vous dites!

– C'est tout. A deux ou trois personnes soigneusement sélectionnées. Nous ne vous les nommerons pas. Vous les choisirez vous-même.

– Je crois savoir, murmura le sénateur. Vous n'avez même pas besoin de me le dire. Maintenant, répondez à une question.

– Oui, bien sùr.

– Y a-t-il eu un essai d'arme à feu?

– Oui. Les résultats sont secrets.

– Et dans ce cas, nous devons maintenir un contrôle serré des visiteurs.

– C'est ce que je pense, monsieur.

– Eh bien, à la réflexion, il me semble que ma conscience est claire. Et mon devoir tout tracé. Vous ne m'avez rien dit, naturellement. Un simple lapsus, que je n'ai pas remarqué.

– Alors je vais prendre congé, dit Porter. (Il sourit à Alice.) Merci pour les sandwiches.

– Vous êtes méprisables, répliqua-t-elle. Tous les deux.

49. LES ETATS-UNIS

Les conversations allaient bon train, aux tables du petit déjeuner.

– Je te l'ai toujours dit, Herb. L'arrivée des visiteurs est un bien, je te le répétais. Je te l'ai toujours dit mais tu n'étais pas d'accord. Et maintenant ils vont nous donner des voitures gratuites.

– Y a rien de gratuit. Pas ici-bas. Y a rien de gratuit. On finit toujours par payer, d'une façon ou d'une autre.

– Mais c'est marqué dans le journal.

– Le journal n'en sait rien. C'est juste ce que pense le journal. Ils disent que ça pourrait arriver. Mais moi je ne compterai pas sur une voiture gratuite tant que je ne l'aurai pas vue dans la cour.

– Et ça n'a pas besoin d'essence. Même pas de routes. On peut voler avec si on veut.

– Y aura des défauts. Tu verras. Dans tous les nouveaux modèles, il y a des défauts. Et voler! Essaye un peu de voler avec et tu te rompras le cou.

– Tu ne crois jamais à rien. A rien de bon. Tu n'es qu'un fichu cynique. Tu ne crois que le mauvais. Le journal dit que les visiteurs font ça par reconnaissance.

– Dis-moi un peu, Liza, ce que j'ai fait pour un visiteur. Pourquoi est-ce qu'ils me seraient reconnaissants? Je ne leur ai jamais donné un coup de main.

– Pas toi, Herb. Pas toi personnellement. Si jamais tu donnais un coup de main à quelqu'un, il tomberait raide, tué par le choc. Personne n'a jamais attendu de l'aide de toi. Les visiteurs éprouvent de la reconnaissance pour nous tous, simplement parce que nous sommes là, parce que nous habitons sur cette planète. Ils veulent faire quelque chose pour nous. Pas pour toi, pour tout le monde.

On parlait dans les rues des ghettos.

– Dis donc, mec, t'as entendu, le coup des bagnoles?

– Quelles bagnoles?

– Celles que les visiteurs vont nous donner.

– Y a personne qui va nous refiler des voitures.

– C'est ce qu'ils disent dans le journal.

– Pas à nous, mec. Des Blancs en auront, si ça se trouve, mais pas nous. Tout ce qu'on aura, c'est qu'on sera baisés.

– Ce sera peut-être différent cette fois. Ces visiteurs, ils sont différents. Ils nous baiseront peut-être pas.

– Moi je te le dis, mec, débarrasse-toi de cette idée. Tout le monde nous baise.

Et dans la cuisine d'un ouvrier à la chaîne, dans une banlieue de Detroit :

– Joe, tu crois que c'est vrai, cette histoire de voitures?

– Je ne sais pas. Comment veux-tu que je le sache? C'est juste ce qu'ils disent dans le journal. Ils peuvent se tromper.

– Mais s'ils ne se trompent pas? Si c'était vrai? S'ils distribuent vraiment des voitures?

– Bon Dieu, Jane, qu'est-ce que j'en sais, moi?

– Tu serais au chômage. Des tas de gens perdraient leur emploi. Ford et Chrysler et toutes les autres compagnies, elles ne pourront pas continuer de fabriquer des voitures si on en distribue gratuitement.

– Si ça se trouve, les voitures-visiteurs ne valent rien. Elles marchent un petit moment et elles s'arrêtent et une fois qu'elles sont en panne, comment veux-tu les réparer? C'est rien qu'un gadget. Un nouveau truc publicitaire, tiens, je parie. Je ne crois pas que les visiteurs fabriquent des voitures. Quelqu'un d'autre les construit et un petit malin de la publicité a trouvé ça pour attirer l'attention. Un de ces jours, ils iront trop loin avec leur pub et c'est peut-être ce qui va se produire.

– Tu ne peux pas perdre ton emploi, Joe. Qu'est-ce que nous ferons si tu te retrouves au chômage? Il y a les traites sur la maison, sur la voiture et les gosses ont besoin de vêtements d'hiver.

– Ne te fais pas tant de souci, Jane. Il y a eu toutes

ces voitures étrangères époustouflantes et les chaînes ont continué de tourner.

– Mais ce ne sont pas des voitures étrangères, Joe. Et elles sont gratuites.

– Y a rien de gratuit, déclara Joe.

Une panique discrète régnait dans les banques, les conseils d'administration, les bureaux sans personnel des agents de change. Dans une flambée de ventes sur les marchés étrangers, le dollar baissait spectaculairement. Les gouvernements français et britannique tinrent en hâte une consultation au sommet. Le gouvernement d'Allemagne fédérale appela officiellement les nations du monde à soutenir les Etats-Unis. Une singulière agitation avait lieu derrière les murs du Kremlin mais tous les correspondants étrangers, même les vieux habitués de Moscou, n'avaient qu'une idée confuse de ce qui se passait.

A Washington, sur la colline du Capitole, un sentiment se développa, en vue d'une proposition de loi interdisant à la population d'accepter des cadeaux des extra-terrestres. Et une rumeur prenait corps...

– Que savez-vous de cette histoire d'essai d'arme à feu? demanda le sénateur Knox au sénateur Davenport quand tous deux se rencontrèrent dans les couloirs.

– Très peu de chose. J'en ai simplement eu vent.

– Comment cela a pu se savoir, je n'en sais rien. C'est censé être top secret.

– C'est peut-être une rumeur sans fondement, répondit Davenport.

– J'aimerais pouvoir vous croire, mais elle paraît authentique. Je commence à penser que nous devrions soutenir le gouvernement, dans cette affaire des visiteurs. Quelle que soit notre position par ailleurs. Si nous obtenons quelque chose des visiteurs...

– J'ai tendance à être de votre avis, avoua Davenport. Il me semble que nous devrions serrer les coudes. Mais je ne sais pas si l'on peut vraiment ajouter foi à cette rumeur.

– Au cas où elle serait vraie, dit Knox, j'estime que nous devons faire ce que nous pourrons. Quand il s'agit de la sécurité nationale, nous ne pouvons pas laisser tomber le gouvernement.

Sur une petite rivière, dans une région sauvage du Minnesota, Frank Norton pagayait furieusement vers le pont où il avait laissé sa voiture.

50. WASHINGTON, D.C.

– Votre histoire est fascinante, Mr Conklin, dit le conseiller scientifique.

– Je ne l'ai racontée que contraint et forcé, répliqua Jerry. Sans Kathy et Garrison du *Tribune*, j'aurais refusé. Ils m'ont persuadé qu'en venant ici j'accomplissais un devoir. Alors me voici, je vous ai raconté ce que j'avais à dire et le reste vous regarde. Je me moque que vous me croyiez ou non.

– Mr Conklin, intervint le Président, personne ici n'a exprimé de scepticisme. Pour ma part, au point où nous en sommes, je suis prêt à croire à peu près n'importe quoi.

– J'aimerais faire observer, dit Porter, que l'histoire est plus que fascinante. Je pense, docteur Allen, que vous avez très mal choisi votre mot. Ce que nous dit Mr Conklin explique au moins un détail : comment il a pu se rendre à l'endroit où les voitures sont produites. Personne d'autre ne le savait et n'aurait pu le lui dire. Le vieil habitué du fleuve savait que les visiteurs avaient atterri sur Goose Island mais il ignorait ce qu'ils y faisaient. Pour rien au monde il ne serait allé voir. Il en avait une peur bleue.

– Je ne voulais pas avoir l'air de douter de ce qu'il disait, protesta Allen.

– C'est l'impression que j'ai eue, grogna Jerry.

Whiteside lui déclara :

– A mon avis, jeune homme, il vous a fallu pas mal de cran pour nous raconter tout ça. Vous aviez décidé de garder le silence et je vous comprends assez. Je crois bien que j'en aurais fait autant.

– Ce qu'il nous a dit, surtout, c'est qu'une sorte de communication avec les visiteurs est possible, estima le Président. Mais une conversation à sens unique et dirigée par le visiteur. Il semblerait que, si besoin est, ils sont capables d'avoir un entretien limité avec nous, mais pas nous avec eux.

– J'ai prié 101 d'atténuer un peu sa communication, dit Jerry, et il a eu l'air de comprendre.

– Avez-vous essayé de lui parler plus longuement?

– Certainement, monsieur le Président. Je lui ai demandé pourquoi il me montrait où je devais aller, ce que je trouverais là-bas, pourquoi il voulait que j'y aille.

– Et il ne vous a pas répondu?

– Non seulement il n'a pas répondu mais il m'a jeté dehors. Pas aussi violemment que la première fois, quand il m'avait projeté dans un arbre. Cette fois il m'a déposé sur le sol, assez délicatement.

– Sans doute voulait-il être sûr que vous seriez en état d'aller où il vous envoyait.

– Je le crois, monsieur le Président, mais je pense que ce n'est pas tout. La première fois, je n'étais qu'un organisme étranger, comme bien d'autres, qu'il cherchait à examiner. La seconde fois j'étais... j'allais dire un vieil ami mais ce n'est pas ça, bien sûr. Plutôt une relation. Quelqu'un qu'il connaissait. Qu'il pouvait utiliser.

– Et utiliser encore, peut-être.

– Ça, je n'en suis pas sûr. Mais je puis vous assurer que je ne vais plus traquer 101.

– Si nous vous le demandions?

– A quoi ça servirait, bon Dieu? tonna Whiteside. Il nous a tout dit. On n'interroge pas un visiteur, il nous parle. Il n'y a aucune possibilité de conversation. Il nous parle, si l'on peut appeler ça parler, mais nous ne pouvons pas lui parler.

– D'autres gens auraient été enlevés dans les airs.

– Je ne pense pas qu'on puisse croire à ces récits, monsieur le Président, dit Allen. Depuis des années, des gens racontent qu'ils ont été enlevés par des OVNI. Ça n'a jamais été, à notre connaissance, que des manigances de sectes, une forme de publicité. Ce que ces gens prétendent avoir appris des OVNI est si banal, si confus, d'une forme de pensée si manifestement humaine qu'on sait, instinctivement, qu'il s'agit d'une invention. Si on communiquait réellement avec un extra-terrestre, le résultat ne pourrait être uniquement humain. Les concepts d'une telle conversation dépasseraient l'entendement, ce qui est probablement une litote. Une grande partie de ce qu'on entendrait ne serait pas comprise.

– Vous pensez donc que tous ces récits d'enlèvements sont des fantasmes d'illuminés ou des mensonges flagrants? demanda Porter.

– Certainement. Je suis convaincu que Mr Conklin est le seul à avoir été enlevé. Ce qu'il nous dit concorde avec le schéma de la communication absolument étrangère, répondit Allen. (Il se tourna vers Jerry :) Il n'y avait pas de mots. Il me semble que vous disiez qu'il n'y avait pas de mots.

– Non, rien que des images dans mon esprit. Des

pensées, par moments, mais je ne savais pas si c'était les miennes ou autre chose.

– Supposons que vous retourniez voir 101. Vous dites que vous ne voulez pas et je ne pense pas que vous irez. Mais supposons. Pensez-vous qu'il vous enlèverait de nouveau?

– Seulement s'il avait quelque chose à me dire, à me faire faire.

– Vous en êtes convaincu?

– Absolument. Je suis certain d'avoir été utilisé.

– Et pourtant, Miss Foster nous a parlé de la poignée de main de 101.

– C'était plus qu'une poignée de main, dit Kathy. Plus personnel. Comme un baiser, peut-être. Sur le moment, je ne me suis pas rendu compte de ce que c'était. J'ai pensé tout d'abord à une poignée de main, parce que c'était la définition la plus facile. De gratitude, de remerciement, de connaissance, peut-être. Pour me faire comprendre qu'il savait que j'existais et que j'étais là. Mais maintenant je sais que c'est plus que ça. Je suis sûre que c'était un geste d'affection réelle. Cette impression a été renforcée, je crois, par leur production de voitures. Ce n'est pas pour nous éblouir. Ils ne cherchent pas à nous impressionner. Ils ne nous menacent pas, en démontrant de quoi ils sont capables. Ils ne nous paient même pas les arbres que nous leur laissons manger. C'est une manifestation de profonde affection. Comme le Père Noël, si vous voulez. Comme le cadeau d'anniversaire à un ami cher. Comme le jeune homme qui offre des roses à sa petite amie.

– Vous les défendez bien, murmura le Président. Et cependant, s'ils continuent ils vont nous ruiner.

– Nous pouvons les comparer à un père aimant qui achète constamment des bonbons à ses enfants sans savoir, puisqu'on ne le lui a jamais dit, que l'abus de bonbons est mauvais pour les dents. Ils ne savent pas, c'est tout. Les visiteurs essayent d'être gentils, ignorant que leur gentillesse peut nous faire du mal.

– C'est peut-être vrai, mademoiselle, grommela Whiteside, mais ils me font peur. Je persiste à penser que quelques bonnes...

– Henry, trancha sèchement le Président, pas maintenant. Plus tard, si vous insistez pour en parler, mais pas maintenant.

– Revenons à cet enlèvement, dit Allen. Il semble que pour parler à quelqu'un, ils soient obligés de l'enlever. Mr Conklin, pouvez-vous imaginer un moyen de les persuader d'enlever... mettons moi, ou le Président?

– Non, répondit carrément Jerry. Ils ne vous enlèveraient pas. Ils ignoreraient votre présence, tout simplement. Quoi que vous fassiez, ils ne feraient aucune attention à vous.

– Vous devez avoir raison. Ils s'y connaissent en cela. Ils nous ont négligés depuis leur arrivée. Je me suis même demandé à quel point ils nous perçoivent. Il m'est arrivé de penser qu'ils pourraient nous considérer comme de gentils animaux familiers ou des formes de vie pitoyables que l'on ne doit pas écraser par mégarde. Mais je me rends bien compte que ce n'est pas le cas. Miss Foster leur prête de l'affection pour nous. Après tout, nous leur avons permis de se poser sur une planète fournissant la cellulose qui sauve leur race de l'extinction. Elle leur permet d'avoir des petits. Si nous leur prêtons des sentiments humains, et je doute qu'ils en aient, alors ils éprouvent de la gratitude. Sauf tout le respect que je dois au point de vue de Miss Foster, je ne puis croire à leur reconnaissance. Nous ne pouvons pas les empêcher d'abattre des arbres, n'est-ce pas? J'ai tendance à penser plutôt qu'ils obéissent à une sorte d'éthique commerciale impérative, bien que ce ne soit sans doute pas ça pour eux. Je crois qu'ils tiennent à toute force à payer honnêtement ce qu'ils nous prennent. Je crois que c'est ça qu'ils font.

– Pour nous résumer, dit le Président, il semble que nous ayons une petite chance de pouvoir, avec le temps, nous entretenir avec nos visiteurs. Mais cela prendra beaucoup de temps, apparemment, et plus de patience que nous n'en avons. Le temps est justement ce qui nous manque. Etes-vous d'accord, messieurs?

– Moi oui, répondit Whiteside. C'est exactement ça, nous manquons de temps.

– Nous pouvons tenir le coup, murmura le Président comme pour lui-même. Nous le devons. S'il ne se passe rien d'autre, s'il n'y a que les voitures, nous nous en sortirons. J'ai reçu des coups de téléphone encourageants d'importants dirigeants du monde des affaires et le Congrès montre plus de tendance à nous soutenir que je ne l'avais craint. Dave, si je comprends bien, vous avez parlé à Davenport?

– Oui. Nous avons eu une conversation amicale.

– Eh bien, alors, ce sera tout. A moins que vous ayez un mot à ajouter? demanda le Président à Kathy et Jerry.

– Non, monsieur le Président.

– Nous vous remercions d'être venus nous voir. Vous nous avez rendu un grand service. Nous voyons maintenant plus clairement les problèmes que nous affrontons. Soyez assurés que rien de ce que vous avez dit ne sortira de cette pièce.

– Je vous en suis reconnaissant, dit Jerry.

– L'avion vous attend. Nous vous conduirons à la base quand vous voudrez. Si vous désirez rester à Washington un jour ou deux, cependant...

– Monsieur le Président, dit Kathy, nous devons repartir. J'ai le journal et Jerry doit travailler à sa thèse.

51. MINNEAPOLIS

– On se croirait à une veillée funèbre, grogna Gold. Nous sommes plongés jusqu'au cou dans des nouvelles capitales. Le monde entier perd les pédales. Le dollar ne vaut pratiquement plus rien. Les gouvernements étrangers hurlent à la mort. Tous les diplomates serrent les dents. Le milieu des affaires est blême. Le genre de trucs qui font habituellement nos choux gras. Mais où est la joie d'une salle de rédaction bourdonnante d'informations? Où est la jubilation?

– Ah, tais-toi, lança Garrison.

– La Maison Blanche exprime sa confiance. Elle affirme que nous nous en sortirons. C'est l'exemple même du type qui siffle dans une rue obscure et déserte.

– Annie, demanda Garrison, sais-tu à quelle heure Kathy et Jerry arriveront?

– D'ici deux heures au moins. Ils doivent être en train de décoller. Mais Kathy n'aura rien pour nous. Elle m'a dit au téléphone qu'il n'y aurait pas de reportage.

– Je m'y attendais. J'avais espéré, tout de même...

– Tu n'es qu'un vampire, accusa Gold. Tu suces le sang des gens, tu les saignes à blanc.

– Ça ne marche pas comme ça devrait, dit Annie.

– Qu'est-ce qui ne marche pas?

– Cette histoire de visiteurs. Ce n'est pas comme au cinéma. Dans les films tout s'arrange, mais tout juste, à la dernière seconde. Quand tout le monde a abandonné l'espoir, quand on dirait qu'il n'y a plus aucune chance. Vous ne pensez pas que maintenant, au dernier instant...

– Ne compte pas dessus, conseilla Gold.

– Ecoute, dit Garrison, c'est la réalité. Ce n'est pas du cinéma, pas le rêve d'un con de producteur qui sait, tout au fond de son petit cœur d'imbécile, que le bonheur est sacré.

– Si seulement ils voulaient nous parler, murmura Annie.

– Si seulement ils fichaient le camp, dit Gold.

Le téléphone sonna. Annie décrocha, écouta un moment et regarda Garrison.

– C'est Lone Pine. Mr Norton. Sur la trois. Il a une drôle de voix. Quelque chose ne va pas, là-bas.

Garrison décrocha vivement son appareil.

– Frank? Qu'est-ce qu'il y a? Qu'est-ce qui se passe?

Les mots de Norton se bousculèrent au bout du fil.

– Johnny, je viens de revenir de mon excursion. J'ai vu les journaux sur mon bureau. C'est réellement vrai? Les voitures...

– Hélas oui. Du calme, Frank. Qu'est-ce qui te met dans cet état?

– Johnny, ce n'est pas seulement des voitures.

– Pas seulement des voitures? Qu'est-ce que tu veux dire?

– Ils font des maisons, aussi. Ils essayent de construire des maisons. Ils s'entraînent à fabriquer des maisons.

– Tu veux parler de maisons dans lesquelles on peut vivre?

– Oui. Comme la tienne. Comme celles de beaucoup de gens.

– Où est-ce qu'ils font ça?

– En pleine forêt. Cachés, en pleine région sauvage. Ils s'entraînent. Ils pensaient sans doute qu'on ne les verrait pas.

– Respire à fond, Frank, et raconte. Commence par le commencement et raconte ce que tu as vu.

– Eh bien, je faisais du canoë...

Garrison écouta attentivement. Gold, immobile, l'observait. Annie prit une lime dans un de ses tiroirs et se mit à se faire les ongles.

– Un instant, Frank, dit enfin Garrison. C'est une histoire trop belle, trop personnelle pour qu'elle soit écrite par quelqu'un d'autre. Je voudrais que tu nous l'écrives. Sous l'angle personnel, exactement comme tu viens de la raconter. A la première personne, jusqu'au bout. J'ai vu ça, j'ai fait ci, j'ai pensé telle chose. Tu peux faire ça? Tu veux bien? Et ton propre journal?

– Il ne sort pas avant trois jours. Je pourrais même sauter une semaine, après tout. Comme je suis parti, je n'ai pas beaucoup de publicité. J'ai encore quelques boîtes de haricots sur une étagère. Même si je saute une semaine, je ne mourrai pas de faim...

– Bon, alors assieds-toi et commence à écrire. Trois ou quatre colonnes. Plus, si tu penses que c'est nécessaire. Quand tu auras fini, tu décroches ton téléphone et tu demandes la rédaction. Dicte ton papier. Nous avons des gens capables de tout noter aussi vite que tu le liras. Et, Frank...

– Oui?

– N'épargne pas les chevaux, Frank. Vas-y à fond.

– Mais Johnny, je ne t'ai pas tout dit. J'allais y arriver. Dans la dernière maison, celle qui était éclairée et pleine de meubles...

– Oui, alors?

– La maison qui venait d'arriver. Les visiteurs l'avaient tout juste terminée. Mais en la regardant, j'ai vu des ombres dans la cuisine. Des ombres qui bougeaient. Celle que ferait une personne en allant et venant dans une cuisine pour préparer le dîner. Je te jure... Je te dis, Johnny, qu'il y avait des gens dans cette cuisine! Dieu tout-puissant, est-ce qu'ils fabriquent aussi des gens?

52. DE SOTO, WISCONSIN

L'homme du Dakota du Sud qui roulait dans sa vieille voiture poussive depuis plus de huit cents kilomètres, avec un moteur catarrheux, toussotant, ahanant, chaque hoquet menaçant d'être le dernier, s'arrêta dans la petite ville de De Soto, nichée entre le fleuve et la falaise. Il chercha une place de stationnement, mais il n'en restait plus. L'unique longue rue était bondée de véhicules et de gens, il y avait des cris, des bousculades, et l'homme s'affola à l'idée que tout ce monde avait pu venir aussi pour les voitures.

Il put finalement garer la sienne sur le bas-côté d'une petite route de terre battue qui remontait vers l'est à la sortie de la ville. Il y en avait beaucoup d'autres. Il dut faire près d'un kilomètre après la dernière maison avant de trouver une place. Il descendit et étira ses muscles douloureux. Il avait mal partout, il se sentait complètement épuisé. Il avait faim aussi, il avait besoin de manger et de dormir mais pas avant d'avoir eu sa voiture. A ce moment-là, il prendrait le temps de se reposer.

Il ne savait pas du tout comment s'y prendre pour se procurer une voiture. Tout ce qu'il savait, c'était qu'il y avait une île de l'autre côté du fleuve en face de ce village et que les voitures étaient dans l'île. Il se dit une fois de plus qu'il aurait dû aller à Dick's Landing, dans l'Iowa, mais d'après la carte il n'y avait que de petites routes secondaires pour y accéder. Il avait pensé gagner du temps en se rendant dans cette ville du Wisconsin opposée à Dick's Landing. Il lui fallait absolument traverser le fleuve pour atteindre l'île. Peut-être pourrait-il louer un bateau. Il se demanda combien cela coûterait, en espérant que ce ne serait pas trop exorbitant. Il avait peu d'argent sur lui. Peut-être, pensa-t-il, arriverait-il à traverser à la nage, ce qui ne paraissait guère certain. Il était assez bon nageur mais à ce qu'il avait pu constater pendant son long trajet dans la vallée, le Mississippi était large et son courant rapide.

Il suivit la route, contournant les nids de poule, glissant sur les gravillons. Plusieurs hommes marchaient devant lui et il ne chercha pas à les rejoindre; maintenant qu'il était là, il se sentait curieusement intimidé. Il se dit qu'il n'aurait pas dû venir mais, sur le moment, l'idée lui avait paru simple, excellente. Il avait bien besoin d'une voiture, Dieu sait, et c'était un moyen d'en obtenir une. Pas un instant il n'avait pensé que d'autres auraient la même idée. Il ne pouvait pas savoir, bien sûr, mais il soupçonnait à présent que tout ce monde venait pour la même raison que lui. Il y avait une consolation, tout de même. Il devrait y avoir bien assez de voitures pour tous. A ce qu'on avait dit à la télé, au moment où les visiteurs avaient été découverts dans l'île, ils avaient déjà produit plus de cent voitures. Il était logique de supposer que, depuis ce rapport, ils avaient continué d'en fabriquer, alors il devait y en avoir au moins deux cents, maintenant. Peut-être plus. Il y avait foule en ville mais sûrement, avec plus de deux cents voitures qui les attendaient, il y en aurait pour tout le monde. Le gros problème, c'était la traversée du fleuve, mais ça pouvait attendre.

Il arriva aux abords du village et continua de marcher vers le centre commercial au bord de l'eau, pensant y trouver quelqu'un qui lui dirait que faire. Quelque chose devait avoir été organisé, pour permettre d'aller chercher les voitures.

Un groupe compact se tenait sur le trottoir devant un bar et il s'en approcha. Trois véhicules de la police routière stationnaient en face mais il n'y avait aucune trace des agents. Une longue rangée d'hommes attendaient de l'autre côté de la voie de chemin de fer qui passait entre le village et le Mississippi, tous le dos tourné comme s'ils observaient quelque chose sur le fleuve.

L'homme du Dakota tira quelqu'un par la manche, en s'excusant.

– Il est arrivé un accident? demanda-t-il en désignant les voitures de police.

– Non. Il y en a eu un, tôt ce matin, mais pas depuis quelques heures.

– Alors qu'est-ce que la police fait là?

– Vous venez d'arriver, on dirait.

– Oui. Je viens du Dakota du Sud. De Rapid City, enfin, pas tout à fait, d'un petit village à l'est de Rapid City. J'ai fait la route d'une traite, en ne m'arrêtant que pour faire le plein.

– Vous deviez être pressé.

– Ma foi, je voulais arriver avant que toutes les voitures soient parties.

– Y en a aucune de partie, répliqua l'homme. Elles sont partout dans l'île.

– Alors j'arrive à temps.

– A temps pour quoi?

– Pour m'en procurer une.

– Vous n'allez pas vous procurer de voiture. Personne ne va en prendre. La police routière a bouclé le fleuve. Paraît même qu'on va faire venir la Garde Nationale. Ils sont dans des bateaux, ils patrouillent de long en large pour que personne ne descende ou ne remonte le fleuve.

– Mais pourquoi? Ils ont dit à la télé...

– Nous savons tous ce qu'ils ont dit à la télé. Et dans les journaux aussi. Des voitures gratuites pour tout le monde. Mais vous ne pouvez pas traverser.

– C'est l'île, qu'on voit là-bas?
– Elle est quelque part par là. Je ne sais pas trop où. Il y a tout un tas d'îles.
– Mais qu'est-ce qui est arrivé? Pourquoi la police...
– Une bande de crétins se sont entassés dans un bateau. Bien plus que l'embarcation ne pouvait en transporter mais ils continuaient de s'y empiler. Le bateau a coulé au milieu du courant. Presque tous ces abrutis se sont noyés.
– Mais quelqu'un pourrait organiser un système, un moyen sûr de passer...
– Sûr qu'ils pourraient, mais on aurait beau faire, ça ne marcherait pas. Personne ici n'a une goutte de bon sens. Tout le monde veut sa bagnole. La police a raison. Elle ne peut pas laisser les gens approcher du fleuve. Si on les laissait faire, il y aurait encore des morts.
– Mais vous ne voulez pas une voiture, vous?
– Bien sûr que j'en veux une. Mais il n'y a aucune chance maintenant. Plus tard, peut-être...
– Mais il m'en faut une tout de suite, gémit l'homme du Dakota. Il m'en faut une. Je ne sais pas si mon tacot durera assez pour me ramener chez moi.
Il traversa la rue en courant et escalada le remblai de la voie ferrée. Il rejoignit les hommes alignés de l'autre côté, il joua des coudes, les écarta. Un de ses pieds glissa sur la pente du remblai opposé. Il perdit l'équilibre, tomba en roulant et ne s'arrêta qu'au bord de l'eau. Couché là, il vit un colosse en uniforme qui le dominait.
Le policier lui dit, presque gentiment :
– Où croyez-vous aller comme ça, fiston?
– Il me faut une voiture!
L'agent secoua la tête.
– Je peux nager, insista l'homme du Dakota. Je

peux traverser facilement à la nage. Accordez-moi une chance. Laissez-moi tenter ma chance.

Le policier se pencha, allongea le bras et le mit debout.

– Ecoutez-moi, mon vieux. Je vous donne une chance. Vous allez remonter là sur la voie. Si jamais je vous revois, je vous fourre au bloc.

L'homme du Dakota escalada précipitamment le remblai. La foule se moqua de lui sans méchanceté.

53. MINNEAPOLIS

– Pouvons-nous être sûrs de Norton? demanda Lathrop. Il ne fait pas partie de notre rédaction.

– Je gagerais ma réputation sur lui, affirma Garrison. Je le connais depuis toujours. Nous étions à l'école ensemble, nous ne nous sommes jamais perdus de vue. C'est un journaliste dans l'âme. Ce n'est pas parce qu'il a choisi de se terrer à Lone Pine qu'il est moins bon journaliste. Nous agissons ici comme si nous étions des spécialistes, il y en a qui écrivent des articles, d'autres qui les corrigent, d'autres encore qui s'occupent de la composition et de la mise en page et quelques-uns qui rédigent les éditoriaux. A chacun son petit boulot. Frank fait tout, lui. Il part de zéro chaque semaine et il rassemble les informations et la publicité, il fabrique son journal du tout au tout. S'il a besoin d'un éditorial particulier, une semaine, il l'écrit et pas seulement ça...

– Inutile de continuer, Johnny. Je voulais simplement connaître votre opinion.

– Si Frank dit qu'il a vu les visiteurs fabriquer des maisons, ils fabriquent des maisons. Son histoire se tient, elle fourmille de détails.

– Ça me paraît incroyable, bougonna Lathrop, que nous ayons cette exclusivité. Ça nous en fait deux de suite. Nous avons eu les voitures, et maintenant les maisons.

– Je voudrais vous parler de quelque chose, dit Garrison. Je crois que nous devrions mettre la Maison Blanche au courant avant de boucler le journal. J'ai causé avec l'attaché de presse. Il a l'air d'un type bien. Je peux le joindre.

– Vous voudriez les avertir! s'exclama Lathrop, assez horrifié. Leur parler des maisons? Pourquoi, Johnny? Pourquoi diable...

– Je me trompe peut-être mais il me semble que le gouvernement encaisse pas mal de coups bas et...

– Ça lui fait du bien. Ces salauds-là l'ont mérité. Pas dans cette affaire des visiteurs; ils ne se sont pas trop mal débrouillés, là. Mais sur presque tout le reste ils n'ont fait que des conneries, avec obstination. Une bonne dose d'humilité ne leur fera pas de mal. Je n'arrive pas à les plaindre.

Garrison garda le silence un moment, il réfléchit, tenta de mettre de l'ordre dans ses pensées.

– Ce n'est pas tellement le gouvernement, dit-il enfin, mais la nation. La Maison Blanche s'est ressaisie; elle est décidée à résoudre la crise. Elle y arrivera peut-être. Elle avait une petite chance de réussir avant les maisons. Mais les maisons vont tout compromettre. Les voitures c'était déjà assez grave mais maintenant...

– Oui, je comprends bien. Les implications. Les maisons en plus des voitures. D'abord l'industrie automobile, à présent le bâtiment. Le dollar ne vaudra plus rien. Nous perdrons notre crédit. Mais nous devons quand même publier l'information. Ce n'est pas une histoire que nous pourrions étouffer même si nous le voulions, et nous ne le voulons pas.

– Il n'est pas question de ça. Nous devons la publier. Mais la question est la suivante : accordons-nous à notre gouvernement une chance de réagir avant de leur décocher ça entre les deux yeux? S'ils savaient, ils pourraient avoir le temps de modifier leur position, de se placer sur un terrain un peu plus solide pour affronter la nouvelle quand elle éclatera.

– La tendance générale, dit Lathrop, c'est de rendre l'affaire internationale. Je ne suis pas sûr que ce soit la sagesse. Après tout, nous avons subi le fardeau de cette invasion. Si des bienfaits ou des avantages peuvent en être retirés, ils doivent être pour nous. Les visiteurs nous ont choisis; nous ne les avons pas invités, nous ne les avons pas attirés. Je ne sais pas pourquoi ils nous ont élus. J'ignore pourquoi ils n'ont pas atterri en Europe ou en Afrique. Mais l'ONU ne cesse de glapir depuis...

– Ça non plus, je ne sais pas trop. Ça me ferait suer que ça devienne international, mais quoi qu'il arrive, je pense qu'il faudrait accorder au gouvernement quelques heures pour se retourner, à partir de ces nouvelles données. Il affrontera mieux la situation s'il est prévenu à temps. Il peut choisir de ne rien faire, de subir le choc passivement. Je ne sais pas. Ce n'est pas à nous d'en décider. Notre problème est différent. Nous parlons de notre responsabilité à l'égard de l'information. Nous nous considérons comme un service public. Nous ne faisons rien, volontairement, pour troubler ou dénigrer notre système culturel. Nous parlons beaucoup de dénicher et de rapporter la vérité et c'est facile quand nous pouvons reconnaître la vérité. Mais ça c'est autre chose, ça va au delà de la vérité toute simple. Et c'est un pouvoir que nous détenons. Nous devons exercer ce pouvoir avec le plus de sagesse possible. Si nous gardons ça rien que pour avoir un autre scoop...

– Bon Dieu, Johnny, je veux un autre scoop! Je les adore. Il n'y en aura jamais assez pour moi. Je m'y vautre avec délices. Comment pouvons-nous être sûrs que la Maison Blanche ne dira rien? A Washington, le secret n'existe pas à moins que quelqu'un le tamponne d'un cachet confidentiel.

– Je ne pense pas qu'il y aurait des fuites. Ils voudront garder le secret jusqu'à ce qu'ils sachent quelle attitude adopter, quelle action entreprendre. Ils ont besoin de tout le temps que nous pourrons leur accorder. Ils ne voudront pas plus de fuites que nous.

– Ma foi, je ne sais pas. Vraiment, je ne sais pas. Laissez-moi réfléchir, en parler au grand patron.

54. À BORD D'UN AVION APPROCHANT DE MINNEAPOLIS

– Tout le monde est résolu à en faire des ogres, dit Kathy à Jerry. De vilains petits ogres qui sont descendus du ciel pour nous faire du mal. Mais je sais que ce n'est pas vrai. J'ai touché 101, je ne veux pas seulement dire sa peau mais l'intérieur, son esprit vivant. C'était un véritable contact. Et quand j'en ai parlé au Président, il a paru très intéressé, il l'a dit. Mais il ne l'était pas, et les autres non plus. Ils ne pensent qu'à leur précieuse économie. Bien sûr, ils veulent savoir s'il y a un moyen d'aller parler aux visiteurs. Mais leur unique raison, c'est pour leur dire de cesser ce qu'ils font.

– Tu dois comprendre la position du Président. Tu dois te rendre compte que le gouvernement affronte...

– L'idée ne t'est jamais venue, ou à n'importe qui, que le Président pourrait se tromper, que nous pourrions tous nous tromper? Que notre façon de vivre est mauvaise et qu'elle l'est depuis très, très longtemps?

– Si, certainement. Nous tous, tout le monde. Nous faisons tous des fautes.

– Ce n'est pas ce que je veux dire. Il ne s'agit pas de fautes commises maintenant mais d'erreurs qui remontent très loin. Peut-être, si nous pouvions remonter suffisamment le temps, nous trouverions le moment où nous nous sommes engagés sur la mauvaise voie. Je ne connais pas assez l'histoire pour essayer seulement de deviner à quel moment nous nous sommes trompés mais quelque part au cours des siècles, nous nous sommes engagés sur la mauvaise route et il n'y avait pas moyen de revenir en arrière.

» Il y a quelques semaines, j'ai interviewé une bande de jeunes cinglés à l'université, de vrais dingues qui se sont baptisés les Amoureux. Ils m'ont dit que l'amour est partout, c'est le tout-être, la toute-finalité, que rien d'autre ne compte. Ils m'ont regardée avec leurs grands yeux ronds innocents où leur âme brillait et j'ai eu honte. Je me suis sentie aussi nue que leur âme. Je les prenais en pitié et ils m'exaspéraient, en même temps. Je suis revenue, j'ai écrit mon papier et je me sentais de plus en plus malade, car ils avaient tort, terriblement tort. Ils étaient trop loin des sentiers battus, si loin qu'on les croyait irrémédiablement perdus. Mais ils n'ont peut-être pas plus tort que nous. Le drame c'est que nous sommes tellement habitués à nos torts que nous finissons par ne plus les considérer comme tels. Le tout-amour peut être faux, mais le tout-argent, la toute-cupidité, c'est mauvais. Je te le dis, Jerry...

– Tu crois que les visiteurs essayent de nous remettre sur la bonne voie?

– Non, sans doute pas. Non, je n'ai jamais vraiment pensé ça. Ils ne savent pas ce qui va mal chez nous. S'ils le savaient, ils s'en ficheraient peut-être; ils penseraient que c'est notre affaire d'avoir tort. Eux-mêmes ont peut-être tort de faire ce qu'ils font. Fort probablement, même. Mais ce qu'ils font, bon ou mauvais, peut servir à nous révéler nos maux.

– Je crois qu'il est impossible de savoir ce qui est bon et ce qui est mauvais, dit Jerry. Les visiteurs et nous sommes aussi étrangers les uns aux autres qu'on peut l'être. Ils sont venus de Dieu sait où. Leur code de conduite, et ils doivent bien en avoir un, est différent du nôtre. Quand deux cultures aux normes différentes entrent de front en collision, l'une d'elles, ou peut-être les deux, en pâtit. Avec les meilleures intentions des deux côtés, il y a des dégâts.

– Pauvres créatures, murmura Kathy. Elles sont venues de si loin. Elles ont tant osé, tant affronté. Nous devrions être leurs amis mais nous finirons par les haïr.

– Je ne sais pas, dit Jerry. Certaines personnes peut-être. Les hommes au pouvoir, quel que soit ce pouvoir, les haïront car elles leur volent le pouvoir. Mais avec les nouvelles voitures, d'autres choses peut-être, le peuple, la grande masse anonyme, va danser de joie dans les rues en leur honneur.

– Mais pas pour longtemps, prédit Kathy. Ils finiront par les haïr aussi.

55. WASHINGTON, D.C.

– Avec cette nouvelle information, déclara le Secrétaire d'Etat Marcus White, je crois qu'il serait temps de repenser notre attitude.

John Hammond, le chef de cabinet de la Maison Blanche, demanda à Porter :

– A quel point peut-on se fier à cette information? Ne devrions-nous pas la vérifier?

– Je pense que c'est ce que nous faisons.

Le Président, l'air soucieux, changea de position dans son fauteuil.

– Dave a raison. Nous vérifions. Nous avons des gens à Lone Pine. Norton les guidera. La Garde Nationale s'y rend en hélicoptère pour transporter le groupe. Tout reste absolument secret. La Garde ne sait même pas pourquoi l'hélicoptère va là-bas. Nous saurons bientôt si l'information est exacte.

– Je crois que nous pouvons considérer qu'elle l'est, dit Porter. J'ai eu des contacts avec Garrison, de Minneapolis. C'est un garçon sérieux, un bon citoyen. N'oubliez pas qu'il n'était pas obligé de nous avertir. Il avait une exclusivité, il aurait pu la garder pour lui.

– Alors pourquoi ne l'a-t-il pas gardée? demanda le général Whiteside.

– Il nous laisse une chance. Il dit qu'il estimait juste de nous prévenir, il pensait que nous avions probablement besoin d'un peu de temps pour nous retourner avant qu'il mette sous presse.

– Il vous a fait promettre le secret?

– Pas ouvertement. Il a dit qu'il espérait que nous le protégerions. Je le lui ai promis. Et je pense que c'est ce que nous ferons. C'est notre intérêt, autant que le sien. Quand cette affaire éclatera, il vaut mieux que nous ayons au moins une idée de ce que nous devons dire ou faire. Nous avons besoin du temps qu'il nous accorde.

– Je n'aime pas ça, grogna Whiteside. Je n'aime pas ça du tout.

– Vous n'avez pas besoin de l'aimer, Henry, lui dit le Président. Aucun de nous n'aime ça non plus.

– Ce n'est pas ce que je voulais dire.

– Je le sais très bien. J'interprétais charitablement vos paroles.

Allen, le conseiller scientifique, intervint :

– A mon avis, nous devons partir du principe que l'information de Lone Pine est exacte. Elle paraît invraisemblable à première vue mais, si l'on réfléchit, elle ne l'est pas. Si les visiteurs peuvent fabriquer des voitures, il semble logique qu'ils puissent aussi construire des maisons. Un travail plus difficile, certainement, mais seulement dans le degré. Personnellement, je les en crois capables.

– Mais des maisons! s'exclama Whiteside. Des voitures c'est une chose, mais des maisons c'en est une autre. On peut distribuer des voitures, bon. Comment diable vont-ils distribuer des maisons? En installant de nouveaux lotissements, peut-être, en s'emparant de sites industriels et de domaines agricoles précieux? Ou en démolissant des quartiers pauvres pour mettre les nouvelles maisons à la place?

– Peu importe comment ils s'y prennent, dit Hammond. Peu importe ce qu'ils font, la menace est réelle. Dans ce pays, l'industrie du bâtiment est ruinée.

– J'avais dit que nous pourrions survivre à l'élimination de l'industrie automobile, mais à celle-ci, je ne sais pas, dit le Président. Le problème, c'est qu'elle répand une peur, un cancer dans l'économie. Si l'industrie de l'automobile et celle du bâtiment disparaissent, que peut-il y avoir de sûr?

– Où en est la situation des voitures, sur le Mississippi? demanda Hammond.

– Moche, répondit Porter. Nous avons isolé Goose Island mais la foule afflue. Tôt ou tard, il va y avoir un incident. Il y a déjà eu une dizaine de morts. Un bateau surchargé d'amateurs de voitures a coulé. Il y en aura d'autres, j'en suis sûr. On ne peut pas empêcher les gens de se procurer des voitures gratuites. Ces salauds cupides vont nous apporter bien des ennuis.

– C'est une situation isolée, fit observer White. Nous ne pouvons pas perdre de temps avec elle. Nous devons mettre au point une politique. Quand la nouvelle sera publiée, nous devons au moins avoir un commencement de politique. Nous devons donner à la nation et au monde une indication de ce que nous comptons faire.

– Ce sera très mal pris, prédit le Président. Quoi que nous fassions, ça sera dur à avaler. Depuis nos origines, nous sommes un peuple fier. Debout sur nos deux pieds. Céder n'est pas dans notre caractère.

– Un fichu crétin, dit Whiteside, a déclenché une rumeur au Capitole, disant qu'il y a eu un essai d'arme à feu et que nous préparons quelque chose. Il ne faudra pas longtemps à Ivan pour capter ça. Si on l'irrite trop, un doigt sur le bouton et...

– Cette rumeur, interrompit le Président, d'où qu'elle vienne, a servi à resserrer le Congrès autour de nous. Sans elle, personne ne sait ce qu'il aurait pu faire.

– Tout cela est dépassé, reprit Whiteside d'un ton pressant. N'y pensons plus. Nous ne pouvons rien changer à ce qui a été fait, nous devons le supporter. Je vous le répète depuis le début, nous ne pouvons résoudre seuls le problème. Si nous nous comportons d'une manière raisonnable, nous aurons le reste du monde derrière nous. Nous n'en sommes pas au point d'avoir perdu tout crédit.

– Même la Russie? demanda le Président.

– Je ne sais pas ce que les Soviétiques feront pour nous aider. Probablement plus que nous ne pensons. Mais si nous agissons raisonnablement, ils ne toucheront pas aux boutons dont parle Henry.

– Et quoi encore? Qu'avez-vous au juste dans l'idée? Que voyez-vous?

– Je suis convaincu que nous devons nous mettre d'accord sur le principe que les visiteurs constituent un problème international, que nous devons avoir des consultations avec d'autres nations, sur la situation qui s'est créée ici. Je crois que la plupart des principales puissances comprennent qu'une nation seule, nous ou n'importe quelle autre, ne peut contenir une telle situation, qu'elle finira par déborder des frontières, qu'elle deviendra un problème mondial. Je pense que le moment est venu de demander l'aide et la collaboration du reste du monde, de quiconque serait prêt à nous aider et à coopérer.

– Vous avez parlé à certains de ces gens, Marcus?

– Officieusement, oui, Je les ai surtout laissé parler et j'ai écouté. Ceux que j'ai vus sont persuadés que ce qui nous arrive en ce moment leur arrivera plus tard si le ou les problèmes ne sont pas résolus.

– Quel genre de collaboration pressentez-vous? Nous devons le savoir. Si nous internationalisons l'affaire, nous avons besoin de bien connaître les positions, ce que nous pouvons espérer.

– La France et la Grande-Bretagne sont prêtes à intervenir, à tout faire qui puisse nous aider. A faire le maximum pour soutenir le dollar. Le Japon fait preuve de la même bonne volonté. Les Scandinaves n'attendent qu'un mot de nous. Les Allemands de l'Ouest se tiennent prêts, si besoin est, à fournir une aide monétaire.

– De l'aide étrangère? Pour nous!

– C'est exactement ce que j'ai dit, répliqua White. Pourquoi s'en offusquer? Nous avons porté la moitié du monde sur nos épaules pendant des années. Nous avons reconstruit l'Europe occidentale après la Seconde Guerre mondiale. Ce ne sera jamais qu'un prêté pour un rendu. Il y a danger autant pour eux que pour nous et ils le savent. Le reste du monde ne peut admettre passivement notre effondrement. Même les gens de l'OPEP se rallieraient à nous.

Le regard atterré du Président fit le tour de la table.

– Oh, mon Dieu! souffla-t-il.

– Il ne s'agit pas seulement de nous empêcher de couler, insista le Secrétaire d'Etat. Il s'agit de mettre au point un nouveau système, un nouveau schéma politique, un nouveau concept financier, peut-être même une refonte de toute la structure économique. Pas seulement pour les Etats-Unis mais pour le monde entier. Non seulement les visiteurs ont été bien près de nous ruiner, mais ils ont modifié la situation de toute la planète et nous devons trouver un moyen de vivre avec elle. Rien ne sera plus jamais pareil. Je crois que la première tâche, la plus dure peut-être, sera d'analyser franchement ce qui s'est passé. Nous devons bien le comprendre si nous voulons juger de son impact.

– Vous êtes très éloquent, Marcus, dit Hammond. Est-ce que les autres nations, les hommes que vous avez vus si officieusement, reconnaissent tous les facteurs que vous nous avez exposés?

– Je crois pouvoir répondre affirmativement. Du moins leur pensée va dans ce sens.

– Mais les essais! cria Whiteside. Nous sommes au bord d'une découverte. Devons-nous renoncer à tout? Ne pourrions-nous, je ne sais pas, garder un peu de ce que nous avons trouvé?

– Je ne le crois pas, Henry, répondit très posément le Président. Vous avez entendu ce que notre ami vient de dire. Un monde nouveau, une nouvelle façon d'y vivre. C'est dur pour de vieux chevaux de bataille comme vous et moi, mais je puis en entrevoir la logique. Je suppose que certains d'entre nous, la majorité peut-être, ont toujours pensé de cette façon, plus ou moins, mais ne pouvaient se résoudre à l'exprimer tout haut.

– Comment diable allons-nous y parvenir? demanda Hammond.

– Pas seulement nous, répliqua le Secrétaire d'Etat. Le monde. Ce ne sera pas à nous seuls d'agir; cela regarde la Terre entière. Si le monde ne se serre pas les coudes cette fois, alors nous sommes tous fichus.

56. MINNEAPOLIS

Gold relisait l'article de Norton. Il releva la tête et se tourna vers Garrison.

– Ce dernier paragraphe, dit-il.

– Quoi, ce dernier paragraphe?

– Là où il dit qu'il a vu des ombres dans la cuisine, comme s'il y avait des gens qui préparaient le dîner. Et il écrit : « Mon Dieu, est-ce qu'ils se mettent aussi à fabriquer des gens? »

– Il n'y a rien à lui reprocher. C'est une sacrée chute. Ça vous fait courir des frissons glacés dans le dos.

– Tu en as parlé à Lathrop? Tu le lui as mentionné, en particulier?

– Non, je ne crois pas. J'ai oublié. Il était question d'un tas d'autres...

– Et Porter?

– Non. Je ne l'ai pas dit à Porter. Il en aurait eu une trouille de tous les diables.

– Norton a pu imaginer ça. Il n'a vu personne. Tout ce qu'il a vu, ou cru voir, c'est quelques ombres. Il a peut-être imaginé les ombres.

– Fais voir un peu, dit Garrison en tendant la main.

Gold lui donna le feuillet.

Garrison lut avec soin le paragraphe, le relut. Puis il prit un crayon gras, noir, et lentement, méthodiquement, il biffa le paragraphe en question.